Au sud de nulle part

Du même auteur aux Éditions Grasset :

Aux Éditions du Sagittaire :

CONTES DE LA FOLIE ORDINAIRE
NOUVEAUX CONTES DE LA FOLIE ORDINAIRE

Aux Éditions Grasset :

WOMEN
FACTOTUM
SOUVENIRS D'UN PAS GRAND-CHOSE
JE T'AIME, ALBERT
L'AMOUR EST UN CHIEN DE L'ENFER
L'AMOUR EST UN CHIEN DE L'ENFER (2e partie)
HOLLYWOOD
LE POSTIER
JOUER DU PIANO IVRE COMME D'UN INSTRUMENT À PERCUSSION JUSQU'À CE QUE LES DOIGTS SAIGNENT UN PEU

Charles Bukowski

Au sud de nulle part

Contes souterrains

Traduit de l'américain par
Brice Matthieussent

Bernard Grasset
PARIS

L'édition originale de cet ouvrage a été publiée en 1973, à Santa Barbara, par Black Sparrow Press, sous le titre :

SOUTH OF NO NORTH
Stories of the Buried Life

Charles Bukowski / Au sud de nulle part

Charles Bukowski est né en 1920 à Andernach (Allemagne). Ses parents émigrent aux États-Unis. Après une enfance difficile, il mène une vie médiocre, exerce des métiers divers. Il forge ainsi son image de « perdant » qui se console avec des amours peu reluisantes. Pour échapper à l'univers glauque des laissés-pour-compte du rêve américain, il commence à écrire des poèmes, pris par des revues obscures. Il s'invente aussi un double, le « vieux dégueulasse », qui donne des chroniques aux journaux underground.

Son premier livre, Mémoires d'un vieux dégueulasse *(1969), est publié par Lawrence Ferlinghetti, poète et éditeur des beatniks à San Francisco. On va donc, malgré lui, ranger Bukowski, dit aussi « Buko » ou « Buk » parmi les disciples de Jack Kerouac. En 1971 paraît son premier roman,* le Postier, *inspiré par ses années noires. Il est suivi du recueil de nouvelles qui le rendra célèbre,* Contes de la folie ordinaire *(1976), et d'un livre de poèmes,* L'amour est un chien de l'enfer *(1977). Toujours dans la veine autobiographique, il donne un gros roman, plutôt érotique,* Women *(1978), et un récit de ses premières années,* Souvenirs d'un pas grand-chose *(1985). Il continue à écrire des nouvelles et des poèmes.*

La découverte de Bukowski en France date de son apparition inoubliable dans l'émission Apostrophes, *le 22 septembre 1978. Invité avec d'autres « marginaux », comme Cavanna et le docteur Ferdière, Bukowski but un litre de vin blanc en direct, effaroucha la romancière Catherine Paysan, et insulta tout le monde. Bernard Pivot, stupéfait, le fit sortir du plateau. On n'avait jamais vu ça dans une émission aussi respectable. L'événement fit la une des journaux. On en parla jusqu'à New York. Le cinéaste italien Marco Ferreri s'empressa de tourner une adaptation des* Contes de la folie ordinaire, *avec Ben Gazzara dans le rôle de Buk.*

Le scandale n'empêcha pas plusieurs écrivains (Philippe Sollers, Alphonse Boudard) de reconnaître le génie d'un homme moins grossier qu'il n'y paraissait. Ses poèmes, notamment, sous leur fausse simplicité, cachent un art de l'image et du raccourci comparable à celui des poètes japonais, et sa tentative autobiographique a contribué à « décoincer » pas mal de jeunes auteurs, en les libérant de la terreur imposée par la « théorie ».

Avec Au sud de nulle part, *des* « Contes souterrains », *publiés en 1973, Buko replonge à corps perdu dans sa folie ordinaire. Ou, plutôt, il mêle ses délires à ceux d'autres types, restituant ce qu'il a connu, vu, pigé, enregistré, et qu'il recrache aujourd'hui, comme des morceaux de bidoche hachée gros, presque saignante. Il aligne ainsi une galerie de personnages puant du bec, horribles et touchants, trop humains, saignés à blanc par leur chienne de vie. Par exemple, il y a « Gros Gus », brute épaisse aux pets exceptionnels, un violeur. Ou Chonjacki « le Monstre », vedette des Chemises jaunes, un groupe de patineurs à roulettes. Et Ronnie l'étrangleur, l'homme qui aimait les blondes. Robert, qui rêve d'entrer au Musée de Cire, une nuit, pour faire l'amour avec les femmes statufiées.*

Le plus fondu de tous, c'est Chinaski, le double de Buk. Ils se ressemblent comme deux gorgées de bière. Même douleur, même tendresse inavouée, même colère. Il se souvient des dimanches, « minuscules lumières dans les jours sombres de la dépression ». Il traîne sur les champs de courses. Il boxe contre Hemingway et le dérouille. « Une vraie boucherie. » Il donne une lecture de poésie à San Francisco. « Je suis profond, je suis magnifique. Des couilles. En plus, c'est vrai, j'ai vraiment des couilles magnifiques. » Il s'est pété à l'alcool. Il a pondu des poèmes. En quelques phrases, le tour est joué : Bukowski plante le décor (sordide), campe les acteurs (givrés), mène l'action (désolante). On est vraiment « au sud de nulle part », entre un coin de bar et des coins de rues, avec des visions brèves ou obsédantes. Partout, la cocasserie, pareille à la foudre, secoue l'univers.

RAPHAËL SORIN

SOLITUDE

Edna marchait dans la rue avec son sac à provisions quand elle dépassa l'automobile. Il y avait une pancarte sur la fenêtre :

JE CHERCHE UNE FEMME.

Elle s'arrêta. Il y avait un grand morceau de carton sur la fenêtre, avec un texte collé dessus. Un texte tapé à la machine. De l'endroit où elle était sur le trottoir, Edna n'arrivait pas à le lire. Elle ne pouvait déchiffrer que l'en-tête :

JE CHERCHE UNE FEMME.

C'était une voiture luxueuse et neuve. Edna s'avança sur le gazon pour lire le texte tapé à la machine :

> Homme, 49 ans. Divorcé. Cherche à rencontrer femme en vue mariage. Doit avoir entre 35 et 44 ans. J'aime la télévision et le cinématographe. Gastronome. Je suis comptable à temps complet. Compte en banque approvisionné. J'aime les femmes bien en chair.

A trente-sept ans, Edna était plutôt bien en chair. Il y avait un numéro de téléphone et aussi trois photos du type qui cherchait une femme. En costume cravate, il semblait assez guindé. De plus, il semblait terne, un peu cruel. Et taillé dans une bille de bois, songea Edna, taillé dans une bille de bois.

Edna s'éloigna, souriant vaguement. Elle ressentait aussi de la répulsion. Quand elle arriva à son appartement, elle avait oublié la pancarte. Ce ne fut que quelques heures plus tard, dans sa baignoire, qu'elle repensa à cet homme, et cette fois elle se dit qu'il devait être vraiment seul pour faire un truc pareil :

JE CHERCHE UNE FEMME.

Elle l'imagina revenant chez lui, découvrant les factures du gaz et du téléphone dans sa boîte aux lettres, se déshabillant, prenant un bain, allumant la télé. Un coup d'œil sur le journal du soir. Puis allant se faire à manger dans la cuisine. Debout en caleçon, les yeux baissés sur la poêle à frire. Posant son dîner sur une table, mangeant. Buvant son café. Regardant encore un peu la télé. Et peut-être une canette solitaire avant de se mettre au lit. Des millions d'hommes faisaient ça dans toute l'Amérique.

Edna sortit de sa baignoire, se sécha, s'habilla et sortit de son appartement. La voiture était toujours là. Elle nota le nom du type, Joe Lighthill, et son numéro de téléphone. Elle relut le texte dactylographié. « Cinématographe ». Quel mot bizarre. Tout le monde disait « cinéma », de nos jours. *Je cherche une femme.* Cet homme ne manquait pas de courage. L'expression dénotait une forte personnalité.

Quand Edna revint chez elle, elle but trois tasses de café avant de composer le numéro. Le téléphone sonna quatre fois.

– Allô? fit une voix d'homme.

– Monsieur Lighthill?

– Oui.

– J'ai vu votre annonce. Sur la voiture.

– Oh! oui.

– Je m'appelle Edna.

– Comment allez-vous, Edna?

– Oh! tout va bien. Mais il fait tellement chaud. C'est vraiment insupportable.

– Oui, ça ne rend pas la vie facile.

– Eh bien, monsieur Lighthill...

– Appelez-moi Joe.

– Eh bien, Joe, hahaha, j'me sens stupide. Vous savez pourquoi je vous téléphone?

– Vous avez vu ma pancarte?

– J'veux dire, hahaha, keski cloche chez vous? Vous arrivez pas à trouver de femme?

– Apparemment non, Edna. Dites-moi, où sont-elles?
– Les femmes?
– Oui.
– Oh! partout, vous savez.
– Où? Dites-moi. Où?
– Eh bien, à l'église, par exemple. Il y a des femmes à l'église.
– Je ne vais jamais à l'église.
– Oh!
– Écoutez, Edna, pourquoi ne pas venir faire un tour chez moi?
– Vous voulez dire : chez vous?
– Oui. J'habite un appartement agréable. Nous pourrions boire un verre en bavardant. Tranquillement.
– Il est tard.
– Il n'est pas vraiment tard. Écoutez, vous avez remarqué ma pancarte. Vous êtes sûrement intéressée.
– Enfin...
– Vous avez peur, c'est tout. Vous avez tout simplement peur.
– Non, je n'ai pas peur.
– Alors venez boire un verre, Edna.
– Eh bien...
– Venez.
– Très bien. Je serai là dans un quart d'heure.

C'était au dernier étage d'un immeuble d'habitation moderne. Appartement 17. En dessous, la piscine reflétait les lumières. Edna frappa. La porte s'ouvrit, et elle vit M. Lighthill. Front dégarni; poils sortant des narines; col de chemise ouvert.

– Entrez donc, Edna...

Elle entra et la porte se referma derrière elle. Elle portait sa robe bleue en tricot, une paire de sandales, mais pas de bas. Elle fumait une cigarette.

– Asseyez-vous. Je vais vous préparer un verre.

L'endroit était agréable. Tout en bleu et vert, et *très* propre. Elle entendit M. Lighthill fredonner en préparant les verres, hmmmmmmmmmmmm, hmmmmmmmmmmmmm, hmmmmmmmmm... Il semblait détendu; cela aidait Edna.

M. Lighthill – Joe – revint avec deux verres. Il tendit le

sien à Edna, puis s'assit dans un fauteuil en face d'elle.

– Oui, dit-il, il fait une chaleur infernale. Heureusement que j'ai l'air conditionné.

– J'ai remarqué. C'est très agréable.

– Buvez.

– Ah! oui.

Edna but une gorgée. C'était bon, un peu corsé, mais ça avait bon goût. Elle observa Joe pencher la tête en arrière en buvant. De profondes rides sillonnaient son cou. Il flottait dans son pantalon, beaucoup trop grand pour lui. Ça donnait un air bizarre à ses jambes.

– Vous portez une belle robe, Edna.

– Elle vous plaît?

– Oh! oui. Et puis vous êtes potelée. Elle vous va au poil, vraiment au poil.

Edna ne dit rien. Joe non plus. Ils restaient là, assis à se regarder en descendant leurs verres.

Pourquoi ne parle-t-il pas? pensa Edna. C'est à lui de parler. On dirait *vraiment* qu'il est taillé dans une bille de bois. Elle termina son verre.

– J'vais vous en servir un autre, dit Joe.

– Non, il faut que je parte maintenant.

– Oh! allez, dit-il, laissez-moi vous en préparer un autre. Nous avons besoin de quelque chose pour nous relaxer.

– D'accord, mais après ça, je m'en vais.

Joe partit dans la cuisine avec les verres. Il ne fredonnait plus. Il revint, tendit son verre à Edna, puis se rassit dans son fauteuil en face d'elle. Le cocktail était plus fort que le premier.

– Vous savez, dit-il, j'suis imbattable pour répondre aux questionnaires sur le sexe.

Edna but une gorgée sans répondre.

– Et vous, ça vous intéresse? demanda Joe.

– Je n'ai jamais répondu à aucun.

– Dommage. Vous savez, les réponses qu'on fait révèlent votre personnalité.

– Vous croyez vraiment que ces trucs sont valables? J'en ai vu dans le journal. J'ai jamais répondu aux questions, mais j'en ai vu, dit Edna.

– Bien sûr qu'ils sont valables.

– Peut-être que je suis pas très bonne, question sexe, dit Edna. C'est peut-être pour ça que je suis seule.

Elle but une grande gorgée.

– En fin de compte, nous sommes tous seuls, dit Joe.

– Que voulez-vous dire?

– J'veux dire qu'indépendamment du sexe ou de l'amour, un beau jour, tout est terminé.

– C'est triste, dit Edna.

– Bien sûr. Un beau jour, c'est fini. Soit on rompt, soit on s'arrange : les deux partenaires cohabitent sans plus rien ressentir. Moi, je préfère habiter seul.

– C'est vous qui avez décidé de divorcer, Joe?

– Non, c'est ma femme.

– Keski a foiré?

– Orgies sexuelles.

– Orgies sexuelles?

– Vous savez, une orgie sexuelle est l'endroit le plus solitaire qu'on puisse imaginer. Ces partouzes – le désespoir me tombait dessus – ces bites entrant et sortant – excusez-moi...

– Y a pas de mal.

– Ces bites entrant et sortant, ces jambes nouées, ces doigts frénétiques, les bouches, tout le monde peinant et suant, bien décidé à y arriver coûte que coûte.

– Je ne connais pas grand-chose à tout ça, Joe, dit Edna. Je crois que sans amour, le sexe n'est rien. Les choses ne prennent de sens que s'il y a de l'émotion entre les partenaires.

– Vous voulez dire que les gens doivent s'aimer?

– Ça aide.

– Mais imaginez qu'ils soient lassés l'un de l'autre? Qu'ils soient *obligés* de rester ensemble? Pour l'argent? Pour les enfants? Tout ça...

– Les orgies ne mènent à rien.

– Alors que faire?

– Eh bien, je sais pas. Peut-être l'échange.

– L'échange?

– Vous savez, quand deux couples se connaissent assez bien et qu'ils changent de partenaire. Là, au moins, les sentiments ont une chance. Par exemple, disons que j'ai toujours bien aimé la femme de Mike. Je l'aime bien depuis des mois. Je la regarde à chaque fois qu'elle traverse une pièce. J'aime la voir bouger. Je suis curieux d'elle. Je me demande, vous savez, ce qu'il y a derrière ces mouvements. Je l'ai vue en colère, je l'ai vue saoule, je l'ai vue sobre. Et alors, on échange. On se retrouve dans une chambre avec elle, enfin on va la connaître vraiment. Y a une chance pour qu'il se passe un truc réel. Naturellement, Mike est avec ma femme dans l'autre pièce. J'me dis, bonne chance Mike, j'espère que tu es aussi bon amant que moi.

– Et ça marche?

– Eh bien, je sais pas... Les échanges posent parfois des problèmes... après. Il faut discuter la chose à fond... vraiment à fond. Et malgré tout, la situation risque de se compliquer, malgré toutes les discussions...

– Vous croyez, Joe?

– Eh bien, ces échanges... J'crois que ça peut réussir à certaines personnes... peut-être à pas mal de gens. Mais j'crois pas que ça marcherait dans mon cas. Je suis trop prude.

Joe termina son verre. Edna posa le sien et se leva.

– Écoutez, Joe, il faut que j'y aille...

Joe traversa la pièce vers Edna. Avec son pantalon, il ressemblait à un éléphant. Elle vit ses oreilles énormes. Puis il l'étreignit, l'embrassa. L'alcool n'avait pas réussi à masquer sa mauvaise haleine. Il dégageait une odeur abominable. Une partie de sa bouche ne la touchait pas. Il était fort, mais sa force était impure, elle mendiait. Edna recula la tête, mais il ne la lâcha pas.

JE CHERCHE UNE FEMME.

– Joe, lâchez-moi! Vous allez trop *vite,* Joe! Lâchez-moi!

– Pourquoi es-tu venue ici, salope?

Il essaya encore de l'embrasser, réussit. C'était horrible. Edna leva un genou. Le genou fit mouche. Ses bras battirent l'air et il tomba sur le tapis.

– Dieu, Dieu... pourquoi as-tu fait ça? T'as essayé de me tuer...

Il se roulait par terre.

Son derrière, songea-t-elle, il a un derrière si *laid.* Elle le laissa se tordre sur le tapis et dévala l'escalier. Dehors, l'air était propre. Elle entendait des gens parler, elle entendait leurs postes de télé. Elle rentra chez elle à pied; c'était pas loin. Elle avait besoin d'un autre bain, se débarrassa de sa robe bleue en tricot et se nettoya scrupuleusement. Puis elle sortit de la baignoire, se sécha avec une serviette et mit des bigoudis roses. Elle décida de ne plus revoir Joe.

TAP TAP CONTRE LE RIDEAU

Nous parlions des femmes, mations leurs jambes quand elles sortaient de voiture, et le soir nous scrutions les fenêtres dans l'espoir de voir un couple baiser, mais nous ne voyions jamais rien. Une fois, on a surpris un type et une fille au lit; le type pelotait sa gonzesse et on a pensé, ça y est c'est parti, mais elle a dit : « Non, j'ai pas envie de le faire ce soir! » Après quoi elle lui a tourné le dos. Quand il a allumé une cigarette, on s'est mis à la recherche d'une autre fenêtre.

– Fils de pute, c'est pas une de mes femmes qui me tournerait le dos comme ça!

– Moi non plus, j'accepterais pas. On appelle ça un homme!

Nous étions trois, moi, Baldy et Jimmy. Notre grand jour était le dimanche. Le dimanche, on se retrouvait chez Baldy et on descendait la Grande Rue en tramway. Ça nous coûtait sept *cents*.

A l'époque, il y avait deux cinémas, le Follies et le Burbank. Nous étions amoureux des strip-teaseuses du Burbank, et comme les plaisanteries y étaient un peu moins vaseuses, nous allions au Burbank. Nous avions essayé les cinémas porno, mais les films n'étaient pas vraiment porno et les intrigues se ressemblaient toutes. Deux types faisaient picoler une innocente gamine et, avant qu'elle ait eu le temps de se remettre de sa gueule de bois, elle se retrouvait dans un bordel avec une queue de marins et de Mexicains devant sa porte. En plus, les clodos dormaient nuit et jour dans les cinémas porno, pissaient par terre, buvaient du vin et se foutaient sur la gueule. La puanteur de pisse, de vinasse et de meurtre était insupportable. Moyennant quoi on allait au Burbank.

- Alors, les gars, on va au cinoche, aujourd'hui? demandait le grand-père de Baldy.

– Bon Dieu, non, m'sieur, on a des trucs à faire.

Pourtant, on y allait. On y allait tous les dimanches. On partait de bon matin, bien avant le spectacle, et on arpentait la Grande Rue en regardant les bars vides, les filles assises dans l'entrée, leurs jupes remontées, donnant des coups de pied dans les rais de lumière filtrant dans l'obscurité du bar. Ces filles avaient fière allure. Mais nous étions au parfum. On connaissait le scénario par cœur. Quand un type entrait boire un verre, il raquait un maximum, pour son verre et celui de la fille. Bien sûr, le verre de la fille était quasiment de la flotte. Il avait droit à un sourire ou deux, et puis basta. Si le gars donnait le moindre signe d'avoir du fric, le barman avisait le videur, et le mec se retrouvait sur le trottoir sans son fric en deux temps trois mouvements. On connaissait le scénario par cœur.

Après notre balade dans la Grande Rue, on allait dans une échoppe de hotdogs manger un hotdog à huit *cents* et boire une chope de bière à cinq *cents*. Comme on s'entraînait à soulever des poids, nos muscles saillaient; on relevait bien haut nos manches de chemise; chacun de nous mettait son paquet de cigarettes dans sa poche de chemise. Nous avions même tâté des cours de Charles Atlas, Tension Dynamique, mais l'haltérophilie nous semblait le moyen le plus évident et le plus efficace.

Tout en mangeant notre hotdog avec notre énorme chope de bière, on jouait au flipper, un *penny* la partie. Fallait qu'on connaisse parfaitement ce flipper. Quand t'atteignais le score idéal, t'avais une partie gratuite. Vu qu'on n'avait pas beaucoup de fric, on devait coûte que coûte jouer comme des champions.

Franky Roosevelt était au poste de commande, la vie s'améliorait un peu, mais c'était toujours la dépression, aucun de nos pères n'avait de travail. Où nous trouvions notre maigre argent de poche était un mystère, mais le fait est que nous avions l'œil pour tout ce qui n'était pas rivé au sol. Nous ne volions pas, nous partagions. Et nous inventions. N'ayant que peu ou pas d'argent, nous inventions de petits jeux pour passer le temps – l'un d'eux consistant à marcher jusqu'à la plage, puis à retourner sur nos pas.

D'habitude, on faisait ça l'été; nos parents ne se plaignaient jamais quand on rentrait à la maison trop tard pour dîner. Pas plus qu'ils ne s'inquiétaient des grosses ampoules sur la plante de nos pieds. On commençait seulement à les entendre quand ils constataient qu'on avait usé le talon et la semelle de nos chaussures. Ils nous envoyaient illico presto dans un petit magasin bon marché où, pour un prix raisonnable, on trouvait des talons, des semelles et de la colle.

Même topo quand on jouait au football américain dans les rues. Aucuns fonds n'étaient disponibles pour aménager des terrains de jeux. On était tellement dur à cuir qu'on jouait au football américain dans les rues durant la saison de football, la saison de basket, la saison de baseball, et rebelote pendant la saison de football suivante. Quand tu te fais plaquer sur l'asphalte, il se passe des choses. La peau éclate, les os craquent, le sang gicle, mais tu te relèves comme si de rien n'était.

Nos parents se foutaient des écorchures, du sang et des bleus; le péché capital et impardonnable, c'était de faire un trou dans un genou de notre pantalon. Chaque garçon possédait en tout et pour tout deux paires de pantalons : son pantalon de tous les jours et son pantalon du dimanche; il était hors de question de faire un trou aux genoux d'une de tes deux paires de pantalons, parce que cela prouvait ton dénuement et ta connerie, ainsi que le dénuement et la connerie de tes parents. Moyennant quoi tu apprenais à plaquer un type sans tomber sur *aucun* de tes genoux. Et le type qui se faisait plaquer apprenait à se faire plaquer sans tomber sur aucun de ses genoux.

Quand on se battait, on se battait pendant des heures, mais nos parents ne venaient jamais à la rescousse. Sûrement parce que nous jouions aux durs et ne nous soumettions jamais, ils voulaient nous soumettre. Mais comme nous haïssions nos parents, c'était exclu; et comme nous les haïssions, ils nous haïssaient en retour et sortaient nonchalamment sur leurs porches pour nous regarder nous battre impitoyablement. Ils bâillaient, ramassaient un prospectus publicitaire qui traînait, puis rentraient chez eux.

J'me suis bagarré avec un type qui a fini sa carrière dans les sphères supérieures de la Navy. J'me suis bagarré avec lui tout un jour durant, de 8 h 30 du matin jusqu'après le coucher du soleil. Personne ne nous a séparés, alors que nous nous tabassions pile devant chez lui, sous deux énormes poivriers, sous les moineaux qui nous ont chié dessus toute la sainte journée.

Terne combat, combat au finish. Il était plus gros, un peu plus vieux et plus lourd, mais j'étais le plus cinglé des deux. On a arrêté d'un commun accord – je saurais pas expliquer ça, faut le vivre pour comprendre, mais quand deux types se tapent dessus depuis huit ou neuf heures, une étrange fraternité se noue.

Le lendemain, mon corps était bleu de la tête aux pieds. Aucune parole ne pouvait sortir de mes lèvres, le moindre mouvement me faisait mal. J'étais sur mon lit, prêt à mourir, quand ma mère est entrée avec la chemise que j'avais portée pendant le combat. Elle l'a tendue au-dessus du lit, devant mes yeux, et elle a dit :

– Regarde, y a des taches de sang sur cette chemise! Des taches de sang!

– Désolé!

– Je ne réussirai jamais à les nettoyer! JAMAIS!

– C'est son sang à lui.

– Je m'en fous! C'est du sang! Ça ne partira jamais!

Le dimanche était notre jour favori, notre jour de repos. Nous allions au Burbank. Ça commençait toujours par un mauvais film. Un très vieux film, qu'on regardait en attendant la suite. On pensait aux filles. Les trois ou quatre mecs de la fosse d'orchestre, ils jouaient fort, ils jouaient peut-être pas trop bien, mais ils jouaient fort, et les filles finissaient par sortir et s'emparer du rideau, du bord du rideau, elles saisissaient ce rideau comme si c'était un homme, elles secouaient leurs corps et faisaient tap tap contre le rideau. Après quoi elles se mettaient à onduler et à se déshabiller. Quand on avait assez de fric, on avait même droit à un sachet de popcorn; sinon, au diable le popcorn.

Suivait un entracte. Un petit homme se levait pour annoncer : « Mesdames et messieurs, je vous serais reconnaissant de m'écouter quelques instants... » Il vendait des bagues cochonnes. Quand on exposait à la lumière le verre de la bague, on découvrait une image de toute beauté. Satisfait ou remboursé! Chaque bague ne coûtait que cinquante *cents,* une vie entière de félicité contre cinquante *cents* seulement, à la disposition exclusive des clients du Burbank. « Il suffit de la tendre à la lumière, et vous m'en donnerez des nouvelles!

Merci beaucoup, mesdames et messieurs, pour votre aimable attention. Maintenant, les ouvreuses vont circuler parmi vous dans les travées. »

Deux pochardes arpentaient alors les travées, puant la vinasse, chacune portant un sac de bagues cochonnes. Je n'ai jamais vu personne en acheter. Je suppose toutefois que, si l'on tenait le verre de la bague dans la lumière, on devait contempler l'image d'une femme nue.

L'orchestre redémarrait, les rideaux s'ouvraient, livrant passage aux *chorus girls*, pour la plupart d'anciennes strip-teaseuses décaties, barbouillées de mascara, poudre de riz et rouge à lèvres, portant des faux cils. Elles se décarcassaient pour chanter avec la musique, mais restaient toujours un peu en arrière. Pourtant, elles ne faiblissaient jamais; je les trouvais très courageuses.

Puis arrivait le chanteur de charme. C'était très difficile d'aimer le chanteur de charme. Il chantait à tue-tête des chansons d'amour bafoué. Il ne savait pas chanter; quand il avait terminé, il étendait les bras, et saluait à la moindre vaguelette d'applaudissements.

Puis arrivait le comédien. Lui était sacrément bon! Il sortait des coulisses avec son vieux manteau marron, le chapeau baissé sur les yeux, tanguant et roulant des épaules comme un clochard, un clochard oisif, sans feu ni lieu. Une fille se pointait alors sur scène, et les yeux du comédien ne la lâchaient pas. Il se tournait vers le public pour lui confier, de sa bouche édentée : « Nom de Dieu, que je sois damné! »

Puis une autre fille entrait en scène. Il s'avançait vers elle, collait son visage contre le sien, et lui déclarait : « Je suis vieux, j'ai plus de quarante-quatre ans, mais quand le lit s'écroule, je termine par terre. » C'était trop. Nous riions comme des bossus! Les vieux comme les jeunes, tout le monde était plié en deux. Suivait le coup de la valise. Il essayait d'aider une fille à faire sa valise. Mais les vêtements dépassaient sans arrêt.

– J'arrive pas à tout fourrer dedans!

– Là, laissez-moi vous aider!

– Regardez! Voilà que ça ressort encore!

– Attendez! Je vais monter dessus!

– Quoi? Oh! *non*, je vous interdis de monter dessus!

Le coup de la valise pouvait se poursuivre indéfiniment. Mais qu'est-ce qu'il était drôle!

Enfin, les trois ou quatre strip-teaseuses du début revenaient. Nous avions chacun notre préférée, nous étions tous trois amoureux. Baldy avait porté son choix sur une Française fluette affligée d'asthme et de poches violacées sous les yeux. Jimmy avait un faible pour la Femme Tigre (plus exactement la Tigresse). J'avais fait remarquer à Jimmy que la Femme Tigre avait indéniablement un sein plus gros que l'autre. La mienne s'appelait Rosalie.

Rosalie avait un gros cul, qu'elle secouait sans arrêt en chantant de drôles de petites ritournelles; elle arpentait la scène en se déshabillant, parlait toute seule et pouffait de rire. Elle était la seule à prendre son pied en travaillant. J'étais amoureux de Rosalie. Je songeais souvent à lui écrire pour lui dire qu'elle était formidable, mais je ne me suis jamais décidé à passer à l'acte.

Un après-midi que nous attendions le tramway après le spectacle, nous découvrîmes la Femme Tigre qui attendait le tramway itou. Elle portait une robe verte moulante. On est resté là à la regarder.

– C'est la tienne, Jimmy, c'est la Femme Tigre.

– Mec, elle est super! Regarde un peu ça!

– J'vais lui parler, a dit Baldy.

– C'est la fille de Jimmy.

– Je ne veux pas lui parler, a dit Jimmy.

– Moi, j'vais aller lui parler, a dit Baldy.

Il a placé une cigarette entre ses lèvres, puis s'est avancé vers elle.

– Salut, poupée! Ça gaze? qu'il lui a dit en souriant.

La Femme Tigre n'a rien répondu. Elle a continué à regarder droit devant elle en attendant le tramway.

– Je te connais. J't'ai vue te dessaper aujourd'hui. T'es formid, poupée, vraiment formid!

La Femme Tigre a rien répondu.

– T'as ça dans le sang, bon Dieu, t'as vraiment ça dans le sang!

La Femme Tigre regardait droit devant elle. Baldy était là, à lui sourire comme un demeuré. « J'aimerais bien te le mettre. J'aimerais bien te baiser, baby! »

On a été rechercher Baldy. On l'a raccompagné jusqu'au bout de la rue. « 'spèce de connard, t'as pas le droit de lui parler comme ça! »

– Quoi, elle arrête pas de nous allumer, elle allume tous les mecs!
– Elle essaie juste de gagner sa croûte.
– C'est une allumeuse, elle pense qu'à ça!
– T'es cinglé.
On l'a raccompagné au bout de la rue.

Peu après cette scène, j'ai commencé à me désintéresser des dimanches sur la Grande Rue. J'imagine que le Follies et le Burbank sont toujours là. Naturellement, la Femme Tigre, la fille asthmatique et Rosalie, ma Rosalie, sont parties depuis longtemps. Probablement mortes. Le gros cul mouvant de Rosalie est probablement mort. Quand je retourne dans mon quartier et que je passe devant la maison où j'ai vécu, je constate que des inconnus y habitent. Pourtant, ces dimanches étaient sympas, la plupart des dimanches étaient sympas, minuscules lumières dans les jours sombres de la dépression, quand nos pères arpentaient leurs porches, impotents, sans travail, et nous regardaient nous dérouiller, puis rentraient pour fixer les murs, hésitant à allumer la radio à cause de la note d'électricité.

TOI, TA BIÈRE ET TA CÉLÉBRITÉ

Jack passa la porte et repéra le paquet de cigarettes sur la cheminée. Assise sur le divan, Ann lisait *Cosmopolitan.* Jack alluma sa cigarette, s'assit dans un fauteuil. Il était minuit moins dix.

– Charley t'a conseillé de ne pas fumer, dit Ann, levant les yeux de son magazine.

– Je mérite une cigarette. Ça n'a pas été de la tarte ce soir.

– Tu as gagné?

– Match nul, mais j'ai eu le dessus. Benson est un dur; il manque pas de cran. D'après Charley, le suivant sera Parvinelli. Si on bat Parvinelli, à nous le titre de champion.

Jack se leva, alla dans la cuisine, revint avec une bouteille de bière.

– Charley m'a demandé de ne pas te laisser boire de bière.

Ann posa le magazine.

– « Charley m'a demandé, Charley m'a dit »... J'en ai marre. J'ai gagné mon combat. J'viens d'en gagner seize d'affilée. J'ai bien droit à une bière et une cigarette.

– Tu es censé rester en forme.

– Aucune importance. J'les prends tous quand ils veulent.

– Tu es tellement célèbre. Tu parles sans arrêt de ta gloire quand tu picoles, tu es tellement célèbre. J'en suis malade.

– Je *suis* célèbre. Seize victoires, dont quinze par K.O. Qui dit mieux?

Ann ne répondit pas. Jack emmena sa bouteille de bière et sa cigarette aux toilettes.

– Tu ne m'as même pas embrassée en entrant. T'as préféré filer droit à ta bouteille de bière. Tu es très célèbre, d'accord. Tu es un célèbre buveur de bière.

Jack ne répondit pas. Cinq minutes plus tard, il se tenait dans l'encadrement de la porte des chiottes, pantalon et caleçon sur les chevilles.

– Bon Dieu, Ann, tu pourrais tout de même mettre du papier hygiénique dans les toilettes!

– Désolée.

Elle alla chercher un rouleau dans le placard. Jack s'essuya, puis sortit. Après quoi il finit sa bière et en prit une autre. « Tu vis avec le meilleur poids léger du monde, et tu trouves moyen de te plaindre. Y a plein de filles qu'aimeraient vivre avec moi, et toi tu passes ton temps à traînasser et à me faire chier. »

– Je sais que tu es bon, Jack, peut-être le meilleur, mais tu ne sais pas à quel point c'est *rasoir* de t'entendre répéter, comme un disque rayé, que tu es le plus célèbre.

– Ah! ça te rase, hein?

– Oui, bordel, toi, ta bière et ta célébrité me rasent.

– Tu connais un poids léger meilleur que moi? Tu n'assistes même pas à mes combats.

– Dans la vie, il existe autre chose que les combats, Jack.

– Quoi? Rester le cul posé sur un fauteuil à lire *Cosmopolitan*?

– J'aime enrichir mon esprit.

– T'as pas tort. Y a du pain sur la planche.

– Je te répète qu'il existe autre chose que les combats.

– Quoi? Accouche.

– Eh bien, l'art, la musique, la peinture, des trucs comme ça.

– Es-tu qualifiée en l'un de ces domaines?

– Non, mais ils m'intéressent.

– Merde, alors, j'préfère être le meilleur dans mon domaine.

– Bon, meilleur, le meilleur... Seigneur, tu peux donc pas apprécier les gens pour ce qu'ils sont?

– Pour ce qu'ils *sont*? Mais que *sont* la plupart des gens? Des limaces, des sangsues, des dandies, des maquereaux, des larbins...

– De toute façon, tu as toujours regardé les gens de haut. Aucun de tes amis n'est assez bon pour toi. Avec ta célébrité à la con!

– Parfaitement, baby, j'suis célèbre.

Jack alla chercher une autre bière dans la cuisine.

– Toi et ta foutue bière de merde!

– C'est mon droit. Des types la vendent, moi je l'achète.

– Charley a dit...

– Que Charley aille se faire foutre!

– Toi et ta célébrité à la con!

– Parfaitement, j'suis célèbre. Au moins Pattie le savait. L'acceptait. Elle en était fière. Elle savait que ça coûtait quelque chose. Toi tu te bornes à me faire chier.

– Alors, pourquoi ne retournes-tu pas avec Pattie? Quesse tu fais avec moi?

– C'est précisément ce que je me demande.

– T'inquiète pas, on n'est pas marié, j'peux partir à la seconde.

– Écoute-moi un peu. Merde, je rentre ici complètement lessivé après dix rounds durailles, et t'es même pas contente que j'aie tenu le coup. En fait, t'es sans arrêt sur mon dos.

– Tu vois, Jack, il existe autre chose que les combats. Quand je t'ai rencontré, je t'ai admiré pour ce que tu étais.

– J'étais un boxeur. Y a rien d'autre en dehors de la boxe. Voilà ce que je suis – boxeur. C'est ma vie, et j'suis bon. J'suis le meilleur. J'ai remarqué que t'as toujours eu un faible pour les types de seconde zone... comme Toby Jorgenson.

– Toby est très drôle. Il a beaucoup d'humour, il a un humour formidable. J'aime bien Toby.

– Ses derniers combats ont été nuls. Même ivre mort, je n'en fais qu'une bouchée.

– Dieu sait que tu es souvent ivre mort. Tu crois que ça me fait plaisir dans les soirées de te voir écroulé par terre, dans les vapes, ou sillonner les salons en gueulant à tout le monde « J'SUIS CÉLÈBRE, J'SUIS CÉLÈBRE, J'SUIS CÉLÈBRE »? Tu crois pas que j'ai l'air d'une conne?

– P'têt que *t'es* une conne. Si t'apprécies tellement Toby, pourquoi ne te colles-tu pas avec lui?

– Oh! j'ai simplement dit que je l'aimais bien, que je le

trouvais *drôle,* ça ne veut pas dire que j'ai envie de coucher avec lui.

– Écoute, tu couches avec moi et tu dis que je te rase. Je sais foutrement pas c'que tu veux.

Ann ne répondit pas. Jack se leva, s'avança vers le divan, saisit la tête d'Ann et l'embrassa, puis retourna se rasseoir dans son fauteuil.

– Laisse-moi te parler de ce combat avec Benson. Même toi aurais été fière de moi. Au premier round, il me balance une droite de derrière les fagots, qui m'envoie au tapis. J'me relève et le tiens à distance jusqu'à la fin du round. Il me plante à nouveau au deuxième. J'me relève tout juste à 8. Une nouvelle fois, je le tiens à distance. Les rounds suivants, je les passe à me remettre en jambes. Avantage pour moi dans le sixième, le septième et le huitième. Dans le neuvième, j'le balance une fois au tapis, et deux fois dans le dixième. J'appelle pas ça un match nul. Les arbitres si. Enfin, ça fait quarante-cinq sacs pour ma pomme, tu piges, bébé? Quarante-cinq sacs. J'suis célèbre, tu peux pas nier que j'suis célèbre, hein?

Ann ne répondit pas.

– Allez, dis-moi que j'suis célèbre.

– D'accord, t'es célèbre.

– Ah! voilà qui est mieux.

Jack s'approcha du divan et l'embrassa de nouveau.

– J'me sens tellement bien. La boxe est un art, c'est vraiment un art. Faut des tripes pour devenir un grand artiste, et faut des tripes pour devenir un grand boxeur.

– D'accord, Jack.

– « D'accord, Jack. » C'est tout c'que tu sais dire? Pattie, elle, ne cachait pas sa joie quand je gagnais. On passait toute la nuit à faire la fête. C'est trop te demander, que de participer quand je fais kek chose bien? Merde, t'es amoureuse de moi? Ou bien t'es amoureuse des ratés et des demi-portions? J'parie qu'tu serais plus contente si j'avais perdu.

– Je veux que tu gagnes, Jack, c'est seulement que t'insistes tellement sur c'que tu fais...

– Merde alors, c'est mon gagne-pain, c'est ma vie. J'suis fier d'êt' le meilleur. C'est comme s'envoler, c'est comme s'envoler pour flanquer une raclée au soleil.

– Que feras-tu quand tu ne pourras plus boxer?

– Bon Dieu, nous aurons assez de fric pour faire c'qu'on aura envie de faire.
– Sauf s'aimer, peut-être.
– J'devrais peut-être apprendre à lire *Cosmopolitan*, enrichir mon esprit.
– Ça serait pas un mal.
– Va te faire foutre.
– Quoi?
– Va te faire foutre.
– Eh bien, c'est quelque chose que nous n'avons pas fait depuis un bout de temps.
– Y a des types qui aiment baiser des emmerdeuses, moi pas.
– Je suppose que Pattie n'était pas une emmerdeuse?
– Toutes les femmes sont des emmerdeuses, mais t'es la championne.
– Alors pourquoi ne te recolles-tu pas avec Pattie?
– Parce que tu es là. Je ne peux héberger qu'une putain à la fois.
– Une putain?
– Une putain.
Ann se leva, marcha vers le placard, sortit sa valise et commença à y ranger ses vêtements. Jack alla chercher une autre bouteille de bière dans la cuisine. Ann pleurait, elle était en colère. Jack s'assit avec sa bière et but une longue gorgée. Il avait besoin d'un whisky, il avait besoin d'une bouteille de whisky. Et d'un bon cigare.
– Je viendrai chercher mes autres affaires quand tu ne seras pas là.
– Laisse tomber. J'te les ferai envoyer.
Elle s'arrêta sur le seuil.
– Eh bien, j'crois que ça y est, dit-elle.
– Absolument, répondit Jack.
Elle ferma la porte. Elle était partie. Procédure habituelle. Jack termina sa bière, puis s'approcha du téléphone. Il composa le numéro de Pattie. Ce fut elle qui répondit.
– Pattie?
– Oh! Jack, comment vas-tu?
– J'ai fait un combat formidable, ce soir. Match nul. Entre moi et le titre de champion, il n'y a plus que Parvinelli.
– T'en feras qu'une bouchée, Jack. Je sais que t'en es capable.

- Que fais-tu ce soir, Pattie?

– Il est une heure du matin, Jack. Tu as bu?

– Un peu. C'est la fête.

– Et Ann?

– On a rompu. Je ne cours qu'une seule femme à la fois, tu sais bien, Pattie.

– Jack...

– Quoi?

– J'suis avec un type.

– Un type?

– Toby Jorgenson. Il est dans ma chambre...

– Oh! j'suis désolé.

– Moi aussi, Jack. Je t'ai aimé... et je t'aime peut-être encore.

– Oh! merde, vous les femmes n'avez que ce mot-là à la bouche...

– J'suis navrée, Jack.

– C'est pas grave.

Il raccrocha, puis alla chercher son manteau dans le placard. Il l'enfila, termina sa bière, prit l'ascenseur jusqu'à sa voiture. Il remonta Normandie à cent à l'heure, s'arrêta devant le magasin de spiritueux de Hollywood Boulevard. Il descendit, entra dans le magasin. Il acheta un pack de Michelob et des Alka Seltzer. Puis, au comptoir, il demanda une pinte de Jack Daniels. Pendant que l'employé tapait la note, un pochard s'approcha avec deux packs de bière Coors.

– Salut, mec! dit-il à Jack. Tu serais pas Jack Backenweld, le boxeur?

– Si, c'est moi, répondit Jack.

– Bordel, j't'ai vu te battre ce soir, Jack, t'es vraiment balaize. T'es vraiment célèbre!

– Merci, mon vieux, dit-il au pochard, avant de prendre son sac et de remonter en voiture. Il s'installa, enleva la capsule de la bouteille de Daniels et but une longue rasade, Puis il fit demi-tour, enfila Hollywood vers l'ouest, tourna à gauche dans Normandie, où il repéra une minette bien roulée titubant sur le trottoir. Il arrêta sa voiture, sortit la pinte du sac et la montra à la fille.

– Voulez que j'vous emmène quelque part?

Jack fut surpris quand elle monta.

– J'vais vous aider à boire ça, m'sieur, mais comptez pas sur un extra.

- Bon Dieu, non, dit Jack.

Il descendit Normandie à cinquante à l'heure, citoyen pépère et troisième poids léger du monde. Un instant, il eut envie de lui dire à côté de qui elle était assise, mais il changea d'idée, tendit le bras et pelota son genou.

– Z'auriez une cigarette, m'sieur? demanda la fille.

Il lui en passa une, enfonça l'allume-cigare. Celui-ci ressortit, et Jack l'alluma.

PARADIS INTERDIT

J'étais assis dans un bar de Western Avenue. Il était minuit environ et mon esprit pataugeait dans sa confusion habituelle. Tu sais, quand tout va de travers : les femmes, les boulots, les non-boulots, le temps, les chiens. Au bout du compte, tu restes assis, prostré, hébété, comme sur un banc d'arrêt de bus en attendant la mort.

Bref, j'étais assis là quand est entrée une fille aux longs cheveux noirs, aux yeux marron tristes, bien roulée. Pourtant, je ne me suis pas branché sur elle. Je l'ai ignorée, bien qu'elle se fût installée sur le tabouret voisin du mien, alors qu'il y avait des douzaines de sièges vides. En fait, nous étions tous les deux seuls dans le bar, en dehors du barman. Elle a commandé un blanc sec. Puis elle m'a demandé ce que je buvais.

– Scotch à l'eau.

– Servez-lui un scotch à l'eau, elle a dit au barman.

C'était plutôt inhabituel.

Elle a ouvert son sac, en a extrait une petite cage en fil de fer, dont elle a fait sortir des petits personnages, qu'elle a posés sur le bar. Tous faisaient dans les six centimètres de haut; ils étaient vivants, habillés comme il faut. Il y en avait quatre, deux hommes et deux femmes.

– On fabrique ça maintenant, dit-elle. C'est très cher. Quand je les ai achetés, ils coûtaient dans les deux mille dollars pièce. Maintenant, ils tournent autour de deux mille quatre cents dollars. Je ne connais pas le procédé de fabrication, mais c'est probablement illégal.

Les petits personnages se baladaient sur le comptoir.

Soudain, l'un des bonshommes gifla violemment l'une des petites femmes.

– Espèce de salope, dit-il, j'en ai ras le bol de toi!

– Non, George, c'est pas possible, cria-t-elle. Je t'aime! Je me suiciderai! Je veux rester avec toi!

– J'en ai rien à foutre, dit le petit homme, en sortant une minuscule cigarette, qu'il alluma. J'ai bien le droit de vivre.

– Si tu ne veux pas d'elle, dit l'autre bonhomme, je la prends pour moi. Je l'aime.

– Je n'ai pas envie de toi, Marty. Je suis amoureuse de George.

– Mais c'est un salopard, Anna, un vrai salopard!

– Je sais, mais je l'aime quand même.

Le petit salopard s'avança alors vers l'autre petite femme, et l'embrassa.

– Me voilà avec un triangle sur les bras, dit la personne qui m'avait payé le verre. Voici Marty et George et Anna et Ruthie. George est un amant formidable. Marty est plus gauche.

– Ça ne vous rend pas triste de regarder ça? Hum, comment vous appelez-vous?

– Aube. Un prénom terrible. Voilà ce que les mères font parfois subir à leurs enfants.

– J'm'appelle Hank. Ça ne vous attriste pas...

– Non, j'adore les regarder. Moi-même, je n'ai pas eu beaucoup de chance en amour, aucune même...

– Nous souffrons tous de la malchance.

– Sûrement. En tout cas j'ai acheté ces petits personnages, et maintenant que je les regarde, c'est comme si je partageais tous leurs problèmes sans vraiment les partager. Mais quand ils se mettent à faire l'amour, ça m'excite terriblement. Ça me pose un sacré problème.

– Ils sont sexy?

– Très, très sexy. Mon Dieu, ça m'excite à un point!

– Pourquoi ne pas leur demander de faire l'amour? J'veux dire, tout de suite. On les regardera ensemble.

– Oh! on ne peut pas les obliger à le faire. Il faut qu'eux-mêmes en aient envie.

– Ils font souvent l'amour?

– Oh! ils sont loin d'être mauvais. Quatre ou cinq fois par semaine.

Ils se baladaient toujours sur le bar.

– Écoute, dit Marty, donne-moi une chance. Donne-moi juste une chance, Anna.

– Non, dit Anna, c'est George que j'aime. Je ne peux rien y faire.

George embrassait Ruthie, caressait ses seins. Ruthie prenait son pied.

– Ruthie prend son pied, j'ai dit à Aube.

– En effet. Elle adore ça.

Moi aussi, je m'excitais. J'ai enlacé Aube et l'ai embrassée.

– Écoute, elle a dit, je n'aime pas qu'ils fassent l'amour en public. Je vais les ramener chez moi et ils le feront là-bas.

– Mais je ne pourrai pas regarder.

– Eh bien, tu n'as qu'à venir avec moi.

– D'accord, j'ai dit, allons-y.

J'ai terminé mon verre et on est sorti ensemble. Elle portait les petits personnages dans leur petite cage en fil de fer. On est monté dans la voiture d'Aube et on a placé les personnages entre nous sur le siège avant. J'ai regardé Aube. Elle était réellement jeune et belle. Son esprit aussi paraissait séduisant. Keski avait bien pu foirer avec ses hommes? Il existait tellement de façons de bousiller une relation. Les quatre personnages lui avaient coûté huit mille dollars. Ce fric suffisait pour échapper aux rapports humains sans tout à fait y échapper.

Sa maison, située près des collines, semblait agréable. On est descendu de voiture et on a marché jusqu'à la porte. Je portais les personnages dans leur cage, pendant qu'Aube ouvrait la porte.

– La semaine dernière, j'ai entendu Randy Newman au Troubadour. Il est super, non? elle a demandé.

– Oui, vraiment.

On est entré dans la pièce de devant; Aube a sorti les petits personnages et les a placés sur une table. Puis elle est allée dans la cuisine, a ouvert le frigo et pris une bouteille de vin. Elle a apporté deux verres.

– Excuse-moi, elle a dit, mais tu as l'air un peu fou. Quel est ton métier?

– Je suis écrivain.

– Tu penses écrire quelque chose sur tout ça?

– Personne ne me croira jamais, mais j'écrirai sur toi et tes homuncules.

– Regarde, a dit Aube. George vient d'enlever la culotte de Ruthie. Il la caresse avec le doigt. Glace?

– Oui. Non, pas de glace. Sec.

– Je sais pas, a dit Aube, mais ça m'excite vraiment de les observer. Peut-être parce qu'ils sont tout petits. Ça me fait vraiment des choses.

– Je vois très bien ce que tu veux dire.

– Regarde, George la suce maintenant.

– Tiens, en effet.

– Mais regarde-les!

– Seigneur!

J'ai enlacé Aube. On est resté debout à s'embrasser. Ses yeux allaient des miens aux personnages, puis revenaient vers mes yeux.

Petit Marty et petite Anna regardaient aussi.

– Écoute, dit Marty, ils vont s'y mettre. Nous pourrions peut-être nous y mettre aussi. Même les grands vont s'y mettre. Regarde-les!

– Tu as entendu? j'ai demandé à Aube. Ils ont dit que nous allions nous y mettre. C'est vrai?

– J'espère que c'est vrai, a dit Aube.

Je l'ai emmenée sur le divan et j'ai remonté sa robe autour de ses hanches. Je l'embrassais sur la gorge. Je t'aime, lui ai-je dit.

– C'est vrai? Vraiment?

– Oui, réellement, oui...

– D'accord, a dit la petite Anna au petit Marty, autant que nous fassions l'amour ensemble, bien que je ne sois pas amoureuse de toi.

Ils s'embrassèrent au centre de la table. J'avais réussi à enlever la culotte d'Aube. Aube gémissait. Petite Ruthie gémissait. Marty étreignait Anna. Ça baisait dans tous les coins. Brusquement, j'ai eu l'impression que tous les habitants de la planète forniquaient en même temps. Après quoi j'ai oublié les habitants de la planète. Nous sommes allés dans la chambre à coucher. Puis j'ai entraîné Aube dans une longue et lente cavalcade...

Quand elle est sortie de la salle de bains, je lisais une nouvelle plutôt tristounette dans *Playboy*.

– C'était vraiment bon, elle a dit.
– Y a pas d'quoi, j'ai répondu.
Elle est remontée au lit à côté de moi. J'ai posé le magazine.
– Tu crois qu'on y arrivera ensemble? elle a demandé.
– Comment ça?
– J'veux dire, crois-tu qu'on arrivera à rester ensemble un petit moment?
– Je ne sais pas. Faut voir. Le début est toujours le plus facile.
A ce moment-là, on a entendu un cri dans la pièce de devant. « Oh oh », a fait Aube. Elle a sauté du lit et couru dans l'autre pièce. Je l'ai suivie. Quand je suis arrivé, elle tenait George dans ses mains.
– Oh, mon Dieu!
– Keski s'est passé?
– C'est Anna qui lui a fait ça!
– Fait quoi?
– Elle lui a tranché les couilles! George est un eunuque!
– Ouah!
– Va chercher du papier toilette, vite! Il perd tout son sang!
– Ce sale fils de pute! disait la petite Anna sur la table. Si je ne peux pas avoir George, alors personne ne l'aura!
– Maintenant, vous êtes toutes les deux à moi! dit Marty.
– Non, il va falloir que tu choisisses entre nous deux, dit Anna.
– Alors, tu prends laquelle? demanda Ruthie.
– Je vous aime toutes les deux, répondit Marty.
– Il ne perd plus de sang, a dit Aube. Il est tout froid. Elle enveloppa George dans un mouchoir et le posa sur la cheminée.
– Écoute, m'a dit Aube, si tu crois que ça ne peut pas durer entre nous, je refuse de continuer.
– Je crois que je t'aime, Aube.
– Regarde, elle a dit, Marty embrasse Ruthie!
– Ils vont le faire, à ton avis?
– Je ne sais pas. Ils paraissent excités.
Aube saisit Anna et la mit dans la cage en fil de fer.

– Laissez-moi sortir! Je vais les tuer tous les deux! Laissez-moi sortir!

Sur la cheminée, les gémissements de George filtraient à travers le mouchoir. Marty avait enlevé la culotte de Ruthie. J'attirai Aube contre moi. Elle était belle et jeune, son esprit me séduisait. De nouveau, je pouvais être amoureux. C'était possible. On s'est embrassé. Je suis tombé dans ses yeux. Puis je me suis relevé et j'ai commencé à courir. Je savais où je me trouvais. Un cafard et un aigle faisaient l'amour. Le temps était un crétin jouant du banjo. Je continuais de courir. Les longs cheveux d'Aube tombaient sur mon visage.

– Je vais tuer tout le monde! hurlait la petite Anna. Elle gueulait dans sa cage en fil de fer à trois heures du matin.

POLITIQUE

A l'Université de Los Angeles, juste avant la Deuxième Guerre mondiale, je posais au nazi. Je faisais à peine la différence entre Hitler et Hercule, et m'en contrefoutais. Simplement, j'en avais marre d'écouter les prêchi-prêchas des patriotes nous haranguant pour liquider la bête. Je décidai de devenir l'opposition. Je ne me donnais même pas le mal de lire des trucs sur Adolf, je me contentais de déblatérer toutes les insanités et les horreurs qui me tombaient sous la main.

Pourtant, je ne défendais aucune conviction politique précise. Je désirais seulement flotter en toute liberté.

Vous savez, parfois quand on ne croit pas à ce qu'on fait, on trouve une activité beaucoup plus intéressante parce qu'on n'est pas impliqué émotionnellement dans une Cause. Ça se passait peu avant que les grands gars blonds n'aient formé la brigade Abraham Lincoln – pour repousser les hordes fascistes espagnoles. Et finir par se faire botter le cul par des troupes entraînées. Certains types partirent par goût de l'aventure, d'autres pour faire un voyage en Espagne, mais n'empêche qu'ils se firent botter le cul. Je tenais à mon cul. Il n'y avait pas beaucoup de choses que j'aimais en moi, mais je tenais absolument à mon cul et à ma queue.

En plein cours, je bondissais et hurlais tout ce qui me passait par la tête. D'ordinaire, cela touchait à la Race supérieure, ce que je trouvais plutôt comique. Je ne faisais pas porter le chapeau aux Noirs ni aux Juifs, car je voyais bien qu'ils étaient aussi paumés et misérables que moi. Mais je gueulais des discours sanglants pendant les cours et en dehors des cours; la bouteille de vin que je planquais dans mon vestiaire me remontait. J'étais sidéré que tant de gens m'écoutent et que si peu, voire aucun, ne mettent en doute mes affirmations. Je déblatérais à tort et à travers, j'adorais distraire toute l'Université de Los Angeles.

– Vous feriez un excellent président de l'association des étudiants, Chinaski.

– Merde alors, surtout pas.

Je ne voulais rien faire. Je ne voulais même pas aller aux cours de gym. A vrai dire, je ne redoutais rien de plus au monde que d'aller aux cours de gym pour transpirer, porter un protège-couilles et comparer la longueur de nos queues. Je savais que j'avais une queue de taille moyenne. Je n'avais pas besoin d'aller aux cours de gym pour apprendre ça.

On a eu de la chance. La fac a décidé de nous faire payer deux dollars pour les frais d'inscription. Nous avons décidé – enfin, quelques-uns ont décidé – que cette taxe était anticonstitutionnelle, moyennant quoi nous refusions de la payer. On s'est mis en grève. La fac nous a permis d'assister aux cours, mais nous a sucré certains privilèges, dont les cours de gym.

Quand l'heure du cours de gym arrivait, on gardait nos vêtements civils. Le prof avait reçu la consigne de nous faire défiler sur le terrain, en formation serrée. Telle était leur revanche. Magnifique. Personne ne m'obligeait à courir autour de la piste en suant sang et eau, ou essayer de lancer un ballon de basket à la con dans un panier à la con.

On défilait dans un sens, puis dans l'autre, jeunes, débordant de connerie, débordant de folie, de sexe et de frustration, à la veille de la guerre. Moins on croyait en la vie, moins on avait à perdre. On n'avait pas grand-chose à perdre, moi et ma queue de taille moyenne.

On arpentait le terrain en improvisant des chansons cochonnes, pendant que les Bons Américains de l'équipe de football menaçaient de nous botter le train, sans jamais s'y décider. Probablement parce que nous étions plus balaizes et plus malins. Ça me paraissait magnifique, de jouer au nazi, et de défiler en proclamant qu'on violait mes droits constitutionnels.

De temps en temps, j'étais ému. Je me rappelle un jour, en cours, après avoir descendu un peu trop de vin, j'ai déclaré, la larme à l'œil : « Je vous promets que ça ne sera pas la dernière guerre. Dès qu'un ennemi est éliminé, on finit toujours par en trouver un autre. Ce processus est sans fin, totalement dépourvu de sens. Il n'existe rien de tel qu'une bonne ou une mauvaise guerre. »

Une autre fois, il y avait un communiste qui parlait sur une estrade, dans un terrain vague, au sud du campus. Un type complètement sincère, avec des lunettes sans monture, de l'acné, portant un pull noir aux coudes troués. Debout, j'écoutais, entouré de quelques-uns de mes disciples. L'un d'eux était un Russe blanc, Zircoff, son père ou son grand-père avait été tué par les Rouges pendant la révolution russe. Il me montra un sac de tomates pourries. « Dès que tu nous feras signe, me dit-il, on commencera à les balancer. »

Je m'aperçus brusquement que mes disciples n'avaient pas écouté un traître mot de l'orateur ou, dans le cas contraire, n'en tenaient aucun compte. Ils avaient déjà fait leur choix. Le monde entier leur ressemblait. Posséder une queue de taille moyenne ne me sembla plus le plus grand péché du monde.

– Zircoff, j'ai dit, range tes tomates.

– Pakès, il a dit, j'aimerais que ce soient des grenades.

Ce jour-là, j'ai perdu le contrôle de mes disciples; j'suis parti au moment où ils commençaient à balancer leurs tomates pourries.

On m'informa de la fondation imminente d'un nouveau parti d'avant-garde. On me donna une adresse à Glendale et, un soir, j'y allai. On s'est assis dans le sous-sol d'une grande maison avec nos bouteilles de vin et nos queues de tailles variées.

Il y avait une estrade avec un bureau et un immense drapeau américain tendu contre le mur du fond. Un jeune Américain de bonne famille s'est pointé sur l'estrade et a suggéré que nous commencions par saluer le drapeau et lui jurer fidélité.

J'ai toujours détesté les serments de fidélité au drapeau. C'est tellement chiant, tellement débile. A chaque fois, j'ai davantage envie de jurer fidélité à moi-même, mais nous étions là, nous nous sommes levés et avons juré. Suivit une petite pause; tout le monde s'assit avec l'impression d'avoir été vaguement arnaqué.

L'Américain bon chic bon genre a pris la parole. Je

reconnus le bibendum toujours au premier rang pendant le cours de théâtre. J'ai jamais fait confiance à ce genre de mec. Des lécheurs. Tous des lécheurs. Il commença ainsi : « Il faut coûte que coûte enrayer la menace communiste. Nous sommes réunis ici pour prendre des mesures en ce sens. Nous prendrons des mesures légales et, peut-être, des mesures illégales pour arriver à nos fins... »

Je ne me rappelle pas vraiment le reste. Je me contrefoutais de la menace communiste ou de la menace nazie. Je voulais me saouler, je voulais baiser, je voulais bouffer, je voulais chanter au-dessus d'une chope de bière dans un bar cradingue et fumer un cigare. Je n'étais conscient de rien. J'étais une dupe, un instrument.

Ensuite, Zircoff, moi et un ancien disciple, on est descendu au parc de Westlake, on a loué un bateau et on a essayé d'attraper un canard pour dîner. On a réussi à se saouler sérieux, mais on n'a pas capturé de canard, et on s'est aperçu qu'on n'avait pas assez d'argent pour payer la location du bateau.

Au milieu du lac peu profond, on a joué à la roulette russe avec le pistolet de Zircoff et on s'en est tous tiré. Puis Zircoff, ivre mort, s'est dressé au clair de lune et a déchargé son pistolet dans le fond du bateau. L'eau a commené à jaillir et on s'est grouillé vers le rivage. Bien avant qu'on touche le bord, le bateau a coulé et on a dû se foutre a l'eau pour patauger jusqu'au rivage. La nuit se terminait donc pour le mieux, sans gâchis notable...

J'ai continué à jouer au nazi un petit bout de temps, tout en me foutant des nazis, des communistes et des Américains. Pourtant, mon intérêt faiblissait. En fait, juste avant Pearl Harbor, j'ai laissé tomber. Je n'en tirais plus le moindre plaisir. Je sentais la guerre imminente; je n'avais pas trop envie d'aller me battre, mais je n'avais pas trop envie non plus d'être objecteur de conscience. C'était de la merde. Et totalement inutile. Moi et ma queue de taille moyenne étions dans la merde.

En cours, je ne parlais plus, j'attendais. Les étudiants et les profs se payaient ma tronche. J'avais perdu tout ressort, tout désir. Je sentais la situation m'échapper complètement. Ça allait arriver. Toutes les queues étaient dans la merde.

Ma prof d'anglais, une femme aimable aux belles jambes,

me demanda un jour de rester après le cours. « Keski s'passe, Chinaski ? – J'ai renoncé, j'ai répondu. – Vous voulez dire, à la politique ? elle a demandé. – En effet, à la politique, j'ai dit. – Vous feriez un bon marin », elle a dit. J'suis sorti...

J'étais assis avec mon meilleur ami, un marine, dans un bar du centre ville, devant une bière, quand c'est arrivé. Il y avait de la musique à la radio; soudain, il n'y a plus eu de musique. On nous a informés que Pearl Harbor venait d'être bombardé. Puis on a annoncé que tous les militaires devaient rejoindre immédiatement leur base. Mon ami m'a demandé de prendre le bus avec lui jusqu'à San Diego, ajoutant que c'était peut-être la dernière fois qu'on se voyait. Il avait raison.

L'AMOUR POUR $ 17,50

Le plus grand désir de Robert – quand il se mettait à cogiter sur ce chapitre – était d'entrer subrepticement au musée de Cire, une nuit, pour faire l'amour avec les femmes en cire. Pourtant, cela paraissait trop dangereux. Il se bornait donc à faire l'amour aux statues et autres mannequins de ses fantasmes sexuels, et vivait dans un monde totalement imaginaire.

Un jour, arrêté à un feu rouge, il jeta un coup d'œil dans l'entrée d'une boutique. Le genre de boutique où l'on vend n'importe quoi – disques, divans, livres, babioles, etc. Il la vit, moulée dans une longue robe rouge. Elle portait des lunettes sans monture; elle était bien foutue, distinguée et sexy comme dans le bon vieux temps. Une vraie poule de luxe. Puis le feu est passé au vert, et il a dû rouler.

Robert s'est garé une rue plus loin; il est retourné à pied à la boutique. Il est resté dehors, devant le présentoir à journaux, pour la reluquer. Même ses yeux semblaient réels; sa bouche, légèrement en cul de poule, révélait un tempérament impulsif.

Robert entra pour regarder les disques. Il se rapprochait d'elle; il l'observait à la dérobée. Non, on n'en faisait plus des comme ça aujourd'hui. Elle portait même des talons aiguilles.

La fille de la boutique s'avança vers lui.

– Vous désirez quelque chose, monsieur?

– Non, je regarde simplement, mademoiselle.

– Si vous avez besoin de moi, n'hésitez pas.

– Entendu.

Robert s'approcha du mannequin. Il n'y avait pas d'étiquette indiquant le prix. Il se demanda si elle était à vendre. Il retourna aux disques, choisit un album pas cher, puis l'acheta à la fille.

Quand il retourna à la boutique, le mannequin était toujours là. Robert traîna quelques minutes, acheta un cendrier en forme de serpent lové sur lui-même, puis ressortit.

A sa troisième visite, il demanda à la fille :

– Ce mannequin est-il à vendre?

– Le mannequin?

– Oui, le mannequin.

– Vous désirez l'acheter?

– En effet. Vous êtes ici pour vendre, non? Ce mannequin est-il à vendre?

– Un instant, monsieur.

La fille se propulsa dans l'arrière-boutique. Il y avait un simple rideau de séparation; un vieux juif apparut. Les deux boutons inférieurs de sa chemise manquaient, de sorte qu'on voyait les poils de sa bedaine. Il n'avait pas l'air trop méchant.

– Ce mannequin vous intéresse, monsieur?

– Oui. Est-il à vendre?

– Eh bien, pas vraiment. Voyez-vous, c'est un élément décoratif, une sorte de plaisanterie.

– Je désire l'acheter.

– Hum, voyons voir...

Le vieux juif alla vers le mannequin et le palpa, palpa la robe, les bras.

– Voyons voir... Je pense pouvoir vous laisser cette... chose... pour dix-sept dollars cinquante.

– Je prends.

Robert sortit un billet de vingt. Le patron compta la monnaie.

– Elle va me manquer, dit-il, parfois elle me semble presque réelle. Dois-je vous l'envelopper?

– Non, je la prends telle quelle.

Robert saisit son emplette et la porta jusqu'à sa voiture. Il l'allongea sur le siège arrière. Puis il monta et rentra chez lui. Quand il arriva, coup de bol, il n'y avait personne dans le secteur et il la fit entrer chez lui incognito. Il la mit debout au centre de la pièce, puis la regarda.

– Stella, dit-il, Stella, salope!

Il s'approcha d'elle et la gifla. Puis il saisit sa tête entre ses mains et l'embrassa. Un baiser appuyé. Son pénis commençait à durcir quand le téléphone sonna. « Allô? » répondit-il.

– Robert?

– Ouais. C'est moi.

– C'est Harry.

– Comment va, Harry?

– Ça va, et toi? Quesse tu deviens?

– Rien de spécial.

– J'avais envie de passer chez toi. Avec de la bière.

– O.K.

Robert raccrocha, prit Stella à bras-le-corps et la porta dans le placard. Il la colla dans un coin du placard, puis ferma la porte.

Harry n'avait vraiment pas grand-chose à dire. Il restait assis là, avec sa canette de bière.

– Comment va Laura? demanda-t-il.

– Oh, dit Robert, c'est terminé entre moi et Laura.

– Keski s'est passé?

– L'éternel numéro de la vamp. Elle se croyait toujours sur scène. Infatigable. Elle draguait les mecs n'importe où – chez l'épicier, dans la rue, dans les cafés, n'importe où et n'importe qui. Suffisait d'être un homme, elle se foutait du reste. Elle a même branché un type qui avait fait un faux numéro de téléphone. A la fin, j'ai craqué.

– Alors t'es seul maintenant?

– Non, j'en ai une autre. Brenda. Tu la connais.

– Ah oui! Brenda. Chouette fille.

Harry s'incrustait, avec sa bière. Harry ne trouvait jamais de nénette, mais parlait sans arrêt d'elles. Harry avait quelque chose de répugnant. Robert n'avait pas envie de faire la conversation et Harry partit rapidement. Robert alla ouvrir le placard et en sortit Stella.

– Espèce de sale pute! dit-il. Tu m'as trompé, pas vrai?

Stella ne répondit pas. Elle restait plantée là, l'air *cool* et supérieur. Il lui balança une bonne taloche. Ce n'était pas demain la veille qu'une femme tromperait impunément Bob Wilkenson. Il lui en balança une autre.

– Nymphomane! Tu baiserais un gosse de quatre ans si t'arrivais à faire bander son zizi, hein?

Il la gifla encore, puis l'étreignit et l'embrassa. Il l'embrassa sauvagement. Puis il glissa ses mains sous sa robe. Elle était bien foutue, très bien foutue. Stella lui rappelait une prof d'algèbre qu'il avait eue au lycée. Stella ne portait pas de culotte.

– Putain, dit-il, à qui t'as filé ta culotte?

Son pénis se pressa contre elle. Il n'y avait pas d'ouverture. Mais Robert bandait maintenant comme un âne. Il se glissa entre le haut des cuisses de Stella. C'était lisse et étroit. Il se mit à la besogner. Un moment, il se sentit complètement crétin, puis sa passion prit le dessus et il entreprit de l'embrasser dans le cou tout en la besognant.

Robert lava Stella avec le chiffon à vaisselle, puis la rangea dans le placard derrière un imperméable, ferma la porte et réussit à regarder la dernière mi-temps des Lions de Detroit contre les Béliers de L.A. à la télé.

Un bon moment, Robert se la coula douce. Il entreprit certaines modifications. Il acheta à Stella plusieurs slips, un porte-jarretelles, des bas, un bracelet de cheville.

Il lui acheta aussi des boucles d'oreilles, mais fut estomaqué de découvrir que sa chérie ne possédait pas d'oreilles. Sous son abondante chevelure, les oreilles manquaient. Malgré tout, il colla les boucles d'oreilles avec du ruban adhésif. Stella présentait des avantages notables – Robert n'était pas obligé de l'emmener dîner dehors, dans les fêtes, voir des films chiants; toutes ces sorties dont raffolent la plupart des femmes. Et puis, il y avait des disputes. Il y a toujours des disputes, même avec un mannequin. Elle n'était pas spécialement bavarde, mais il était sûr qu'une fois elle lui avait dit : « Tu es le meilleur amant que j'aie jamais connu. Le vieux juif était nul. Tu aimes de toute ton âme, Robert. »

Oui, il y avait des avantages. Elle était différente de toutes les femmes qu'il avait connues. Elle ne désirait pas faire l'amour à contretemps. Il choisissait toujours l'endroit et le moment. Et puis elle n'avait pas de règles. Et il pouvait lui lécher le sexe. Il lui coupa quelques mèches de cheveux, qu'il colla entre ses cuisses.

Leur liaison avait commencé par le sexe, mais il tomba peu à peu amoureux d'elle, il s'en rendait compte. Il songea à consulter un psychiatre, puis décida de ne pas le faire. Après tout, était-il vraiment nécessaire d'aimer un être humain en chair et en os? Ça ne durait jamais longtemps. Trop de différences séparaient les espèces; ce qui commençait par de l'amour se terminait trop souvent par la guerre.

Et puis il n'était pas forcé de rester au lit avec Stella pour l'entendre parler de tous ses anciens amants. Karl, qui en avait une grosse, mais qui refusait de sucer. Louie, qui dansait tellement bien, Louie qui aurait pu devenir danseur classique au lieu de vendre des assurances. Et Marty, qui embrassait si bien; il avait un truc pour nouer les langues. Et ainsi de suite. A l'infini. Quelle merde. D'accord, Stella avait mentionné le vieux juif. Mais juste une fois.

Robert était avec Stella depuis deux semaines environ quand Brenda téléphona.

– Oui, Brenda? répondit-il.

– Robert, tu ne m'as pas appelée.

– J'ai été très pris, Brenda. Je viens d'être promu directeur du district, j'ai dû réorganiser tout le service.

– Vraiment?

– Oui.

– Robert, il y a quelque chose qui ne va pas...

– Que veux-tu dire?

– Je le sens à ta voix. Il y a quelque chose qui ne va pas. Dis-moi ce qui se passe, Robert. C'est une autre femme?

– Pas exactement.

– Comment ça : pas exactement?

– Oh, bon Dieu!

– Que se passe-t-il? Que se passe-t-il? Robert, je sens que ça ne va pas. Je viens te voir immédiatement.

– Mais tout va bien, Brenda.

– Sale fils de pute, tu ne vas pas me faire mariner longtemps comme ça! Il se passe quelque chose. Je suis chez toi dans une minute!

Brenda raccrocha; Robert alla prendre Stella, la rangea dans le placard, dans un coin, bien planquée. Puis il revint sur ses pas, s'assit et attendit.

Brenda ouvrit la porte et entra en trombe.

– Bon, alors keski va pas? Keski s'passe?

– Écoute, baby, dit-il, tout est O.K. Calme-toi.

Brenda était bien roulée. Ses seins avaient tendance à s'affaisser, mais elle possédait de belles jambes et un cul superbe. L'expression de ses yeux était invariablement angoissée, paumée. Il n'avait jamais réussi à guérir ses yeux de leur maladie. Parfois, après l'amour, un calme temporaire emplissait ses yeux, mais ça ne durait jamais.

– Tu m'as même pas encore embrassée!

Robert se leva de son fauteuil pour embrasser Brenda.

– Bordel, t'appelles ça un baiser! Keski y a? elle demanda. Keski s'passe?

– Rien du tout, j't'assure, rien du tout...

– Si tu ne me dis rien, je vais hurler!

– Mais je t'assure, il n'y a rien de spécial.

Brenda hurla. Elle marcha jusqu'à la fenêtre et hurla. Tous les voisins en profitèrent. Après, elle s'arrêta.

– Bon Dieu, Brenda, ne refais jamais ça! S'il te plaît, s'il te plaît!

– Je vais recommencer! Je vais recommencer! Dis-moi c'qui va pas, Robert, ou je recommence!

– Très bien, dit-il, une seconde.

Robert alla ouvrir le placard, enleva l'imperméable qui dissimulait Stella, puis la sortit du placard.

– Quesse c'est que ça? demanda Brenda. Quesse c'est que ça?

– Un mannequin.

– Un mannequin? Tu veux dire que...?

– Exactement : je suis amoureux d'elle.

– Oh, mon Dieu! Tu veux dire : de cette chose? De cette *chose*?

– Oui.

– Oh... Tu aimes cette *chose* plus que moi? Ce tas de celluloïd? Ce tas de merde industrielle? Tu veux dire que tu aimes cette *chose* plus que moi?

– Oui.

– J'imagine que tu couches avec ce truc? Tu dois certainement faire des choses à ce... à cette *chose?*

– En effet.

– Oh...

Alors Brenda hurla pour de bon. Debout, plantée là, elle hurla. Robert pensa qu'elle ne s'arrêterait jamais. Mais elle bondit sur le mannequin et se mit à le dérouiller. Le mannequin tituba et tomba contre le mur. Brenda sortit en courant, monta dans sa voiture, démarra comme une folle. Elle enfonça l'aile d'une voiture en stationnement, mais accéléra sans jeter un coup d'œil en arrière.

Robert se dirigea vers Stella. La tête s'était détachée, avait roulé sous une chaise. Des éclats d'un matériau crayeux jonchaient le sol. Un bras brisé pendouillait, deux fils de fer en émergeaient. Robert s'assit dans un fauteuil. Il resta assis, sonné. Puis il se leva pour aller aux toilettes, y passa une minute, et ressortit. Debout dans le couloir, il voyait la tête sous la chaise. Il se mit à sangloter. C'était terrible. Il ne savait pas quoi faire. Il se rappela l'enterrement de sa mère, celui de son père. Mais aujourd'hui c'était différent. Vraiment différent. Il restait là dans le couloir, à sangloter et attendre. Les deux yeux de Stella étaient ouverts, tranquilles et magnifiques. Ils le regardaient.

DEUX POCHARDS

J'avais un peu plus de vingt ans et, bien que buvant comme un trou sans rien manger, j'étais encore costaud. Physiquement, je veux dire, et c'est une sacrée chance quand tout le reste se barre en couilles. Mon esprit se révoltait constamment contre mon sort et mon existence, la seule façon dont je pouvais le calmer consistait à boire, boire, boire. Je marchais le long de la route – poussière, crasse, canicule –, je crois que c'était en Californie, mais je suis plus bien sûr. Un paysage désertique. Je marchais le long de la route; mes chaussettes étaient raides, pourries, elles puaient, les clous traversaient la semelle de mes chaussures et me rentraient dans les pieds; je devais placer des bouts de carton dans mes chaussures – du carton, des journaux, tout ce qui me tombait sous la main. Mais les clous passaient au travers, et il fallait soit en mettre davantage, soit déplacer le carton, le retourner, l'ajuster.

Le camion s'est arrêté à ma hauteur. J'ai continué à marcher en faisant semblant de rien voir. Le camion a redémarré, puis le chauffeur s'est mis à rouler à côté de moi.

– Hé, gamin, a dit le type, tu cherches du boulot?

– Qui dois-je assassiner? j'ai demandé.

– Personne, a dit le type, allez viens, monte.

J'ai fait le tour du camion; quand je suis arrivé à la porte, elle était ouverte. Je suis monté sur le marchepied, je me suis glissé à l'intérieur, j'ai claqué la porte et me suis installé dans le siège en cuir. J'avais échappé au soleil.

– Si tu me suces, a dit le type, j'te file cinq sacs.

Je lui ai balancé une droite bien appuyée dans les tripes,

une gauche quelque part entre l'oreille et le cou, et de nouveau une droite dans les gencives; le camion a quitté la route. J'ai sauté sur le volant et corrigé la trajectoire. Après quoi j'ai coupé le moteur et freiné. J'suis descendu et j'ai recommencé à marcher au bord de la route. Cinq minutes plus tard, le camion s'est repointé à ma hauteur.

– Gamin, a dit le type, excuse-moi. J'te voulais pas de mal. J'ai jamais dit que t'étais homo. Enfin, bon, t'as quand même l'air à moitié homo. Y a quelque chose qui te choque dans le fait d'être homo?

– J'crois que, quand on est homo, ça n'a rien de choquant.

– Allez, a continué le type, monte. J'ai un vrai boulot pour toi. Du sérieux. Tu pourras te faire un peu de fric, histoire de te renflouer.

Je suis remonté. On est parti.

– J'suis désolé, il a dit, t'as une gueule de vrai mec, mais regarde un peu tes mains. T'as des mains de gonzesse.

– Vous inquiétez pas pour mes mains, j'ai dit.

– Enfin, c'est pas un boulot de fillette. Faut charger des traverses de chemin de fer. T'as déjà chargé des traverses?

– Non.

– C'est un boulot dur.

– Toute ma vie j'ai fait des sales boulots.

– O.K., a dit le type, O.K.

On a roulé sans rien dire, le camion se balançait d'avant en arrière. Il n'y avait que de la poussière, de la poussière et le désert. Le type n'avait pas une gueule inoubliable, à vrai dire il n'avait pas grand-chose d'inoubliable. Pourtant, les zombis qui restent longtemps à la même place acquièrent parfois des miettes de pouvoir et de prestige. Lui possédait ce camion et il embauchait. De temps en temps, faut faire avec ce genre de mec.

On a roulé et on a repéré un vieux type qui cheminait le long de la route. Il devait avoir dans les quarante-cinq balais. C'est vieux pour la route. M. Burkhart – il m'avait dit son nom – a ralenti, puis demandé au vieux :

– Hé, Paulo, tu veux te faire deux ou trois billets?

– Oh oui, monsieur! a dit le vieux.

– Fais le tour. Laisse-le monter, a dit M. Burkhart.

Le vieux est monté. Il puait salement – la gnôle, la sueur, le malheur et la mort. On a roulé jusqu'à un ensemble de petites constructions. On est descendu avec Burkhart et on est entré dans un magasin. Il y avait un type portant une visière verte et un paquet d'élastiques autour du poignet gauche. Il était chauve, mais une forêt malsaine de longs poils blonds couvrait ses bras.

– Bonjour, monsieur Burkhart, il a dit, j'vois que vous avez encore dégoté deux autres pochards.

– Voici la liste, Jesse, dit M. Burkhart, et Jesse alla chercher la commande.

Ça a pris du temps. Finalement, il est revenu.

– Autre chose, monsieur Burkhart? Deux bouteilles de vin ordinaire?

– Pas de vin pour moi, j'ai dit.

– O.K., a dit le vieux type, je prends les deux bouteilles.

– Ça sera déduit de ta paie, a dit Burkhart au vieux.

– Pas de problème, a dit le vieux, déduisez-les de ma paie.

– T'es sûr que tu veux pas une bouteille? m'a demandé Burkhart.

– Bon, très bien, j'ai fait, je prends une bouteille.

Nous campions sous une tente; cette nuit-là, on a bu le vin et le vieux m'a raconté ses ennuis. Il avait perdu sa femme. Il aimait toujours sa femme. Il pensait à elle tout le temps. Une femme formidable. Il avait été prof de math. Mais il avait perdu sa femme. Une femme comme on n'en faisait plus. Bla bla bla.

Bon Dieu, quand on s'est réveillé, le vieux était malade et je ne me sentais pas beaucoup mieux, le soleil était déjà haut, on est allé au boulot : fallait empiler des traverses de chemin de fer. Les rangées inférieures de la pile étaient les plus faciles. Mais au fur et à mesure qu'on progressait, fallait les compter. « Un, deux, trois », je comptais et puis je passais à une autre.

Le vieux portait un bandeau autour de la tête; la gnôle suintait de son crâne, dégoulinait dans le bandeau qui noircissait en s'imbibant de sueur. De temps en temps, une écharde dépassant d'une traverse perçait mes gants pourris et se plantait dans ma main. En temps ordinaire, la douleur aurait été insupportable et j'aurais tout laissé tomber, mais la fatigue émoussait mes sens, elle m'anesthésiait presque. Quand ça arrivait, je me foutais simplement en rogne – j'avais envie de tuer quelqu'un, mais lorsque je regardais autour de moi, je ne voyais que du sable et des falaises et l'ardent soleil jaune comme une fournaise et nulle part où aller.

A intervalles réguliers, la compagnie des chemins de fer faisait arracher les anciennes traverses pour les remplacer par des neuves. Ils abandonnaient les vieilles traverses à côté des voies. Ces anciennes traverses n'étaient pas particulièrement pourries, mais la compagnie n'en voulait plus, de sorte que Burkhart embauchait des mecs comme nous pour en faire des piles, qu'il chargeait sur son camion, puis vendait. Elles devaient servir à plein de choses. Dans certains ranches, on les voyait fichées en terre, reliées par du fil de fer barbelé, le tout constituant une clôture. Je suppose qu'elles devaient avoir d'autres usages. Cela ne m'intéressait pas vraiment.

Ça ressemblait à n'importe quel autre boulot impossible, tu te fatiguais, t'avais envie de te tailler, et puis tu fatiguais encore plus et tu oubliais de te tailler, les minutes n'avançaient pas, tu vivais éternellement la même minute, sans espoir, sans échappatoire, piégé, trop sonné pour te tailler et nulle part où aller si tu te barrais pour de bon.

– Gamin, j'ai perdu ma femme. C'était une femme tellement formidable. J'arrête pas de penser à elle. Une gentille femme est le plus beau cadeau qu'on puisse recevoir.

– Ouais.

– Si seulement on avait un peu de picrate.

– Y a plus de picrate. Faut attendre ce soir.

– J'me demande si y a des gens qui comprennent les poivrots.

– Les autres poivrots.

– Tu crois que les échardes qu'on a dans les mains vont ramper jusqu'à notre cœur?

– Aucune chance; on n'a jamais eu de bol.

Deux Indiens se pointèrent pour nous regarder. Ils nous observèrent longtemps. Quand, le vieux et moi, on s'est assis sur une traverse pour fumer un clope, l'un des Indiens s'est avancé vers nous.

– Dites, les gars, vous bossez comme des andouilles, il a dit.

– Quesse tu veux dire? j'ai demandé.

– Vous travaillez quand il fait le plus chaud dans le désert. En fait, vous devriez vous lever de bonne heure et terminer votre boulot quand il fait encore frais.

– T'as raison, j'ai dit. Merci.

L'Indien avait raison. Je décidai que désormais nous nous lèverions de bonne heure. Mais on n'a jamais réussi. Le vieux était régulièrement trop malade après sa biture de la veille et j'arrivais jamais à le faire décaniller à l'heure.

– Encore cinq minutes, qu'il disait, encore cinq petites minutes.

Finalement, un jour, le vieux a déclaré forfait. Il pouvait plus soulever une autre traverse. Il arrêtait pas de s'excuser.

– C'est pas grave, papa.

On est retourné à la tente et on a attendu le soir. Allongé, papa me tenait le crachoir. Il arrêtait pas de parler de son ancienne femme. J'entendais causer de son ancienne femme toute la journée et le soir aussi. Et puis Burkhart est arrivé.

– Nom d'un petit bonhomme, vous vous êtes pas trop cassé aujourd'hui, les gars. Vous croyez qu'on va vous nourrir à rien foutre?

– C'est terminé, Burkhart, j'ai dit. Nous attendons notre paie.

– Heureusement que je vous ai pas payés d'avance; j'ai de la jugeote.

– Si vous avez de la jugeote, j'ai dit, vous feriez bien de nous payer.

– S'il vous plaît, monsieur Burkhart, a pleurniché le vieux, s'il vous plaît, s'il vous plaît, nous avons travaillé sacrément dur, parole!

– Burkhart sait ce que nous avons fait, j'ai dit, il comptabilise les piles, tout comme moi.

– Soixante-douze piles, a dit Burkhart.

– Quatre-vingt-dix piles, j'ai dit.

– Soixante-seize piles, a dit Burkhart.

– Quatre-vingt-dix piles, j'ai dit.

– Quatre-vingts piles, a dit Burkhart.

– Adjugé, j'ai dit.

Burkhart a sorti son calepin et son crayon, et nous a déduit le vin, la bouffe, le transport et le logement. Papa et moi, on a chacun reçu dix-huit dollars pour cinq jours de boulot. On a pris les billets. Et eu droit à un retour en ville gratuit. Gratuit? Burkhart nous avait baisés jusqu'à l'os, mais nous ne pouvions pas invoquer la loi, car lorsque tu n'as pas de fric, la loi cesse de fonctionner.

– Nom de Dieu, a dit le vieux, j'vais vraiment me péter la gueule. J'vais me saouler, et bien. Pas toi, gamin?

– Je ne crois pas.

On est allé dans l'unique bar de la ville, on s'est posé, Papa a commandé du vin, moi une bière. Le vieux a remis ça avec son ancienne femme, moyennant quoi je me suis barré à l'autre bout du bar. Une petite Mexicaine a descendu l'escalier, puis est venue s'asseoir à côté de moi. Pourquoi descendent-elles toujours l'escalier ainsi, comme au cinéma? J'ai vraiment eu l'impression d'être au cinéma. Je lui ai payé une bière. Elle a dit : « Je m'appelle Sherri. » J'ai dit : « C'est pas un prénom mexicain. » Elle a dit : « C'est pas obligatoire. » J'ai dit : « T'as raison. »

En haut, c'était cinq dollars. Elle a commencé par me laver, puis a remis ça après. Elle me lavait en prenant de l'eau dans une petite écuelle blanche décorée de poussins qui se poursuivaient tout autour. En dix minutes, elle s'est fait autant de fric que moi en une journée. Financièrement parlant, il valait manifestement mieux avoir une chatte qu'une queue.

Quand j'ai redescendu l'escalier, le vieux avait déjà posé sa tête sur le bar; il était raide. Comme nous n'avions rien mangé ce jour-là, il n'avait pas tenu l'alcool. Un dollar et un peu de monnaie traînaient près de sa tête. Un moment, j'ai pensé le réveiller et l'emmener avec moi, mais j'avais déjà assez à faire avec moi-même. Je suis sorti. Il faisait frais et je suis parti à pied vers le nord.

J'avais honte d'avoir abandonné Papa aux vautours de seconde zone de ce bled. Puis je me suis demandé si parfois la femme du vieux pensait à lui. J'ai décidé que non, ou que, dans l'affirmative, elle devait penser à lui comme lui à elle. La terre entière grouillait de sinistres paumés en son genre. Il fallait que je trouve un endroit où dormir. Le lit que j'avais partagé avec la petite Mexicaine avait été mon premier lit depuis trois semaines.

Quelques nuits auparavant, j'avais remarqué que les échardes de ma main se mettaient à palpiter quand le froid tombait. Chaque écharde m'envoyait des spasmes douloureux. Il commençait à faire froid. Je ne peux pas dire que je haïssais le monde des hommes et des femmes, mais je ressentais un certain dégoût qui me séparait des artisans, des commerçants, des menteurs, des amants, et maintenant des dizaines d'années plus tard je ressens ce même dégoût. Bien sûr, cela n'est que l'histoire d'un homme, ma conception de la réalité. Si vous poursuivez votre lecture, la prochaine nouvelle sera peut-être plus gaie. J'espère.

MAJA THURUP

La presse et les télés avaient couvert l'événement de bout en bout; la femme devait écrire un bouquin sur le sujet. La femme s'appelait Hester Adams, deux fois divorcée, deux enfants. Elle avait trente-cinq ans; on sentait qu'elle tirait ses dernières cartouches. Les rides apparaissaient sur son visage, ses seins se transformaient lentement mais sûrement en fourreaux de parapluie, ses chevilles et ses jambes épaississaient, elle prenait du ventre. On avait appris à l'Amérique que la beauté était l'apanage exclusif de la jeunesse, particulièrement du sexe féminin. Pourtant, Hester Adams possédait la sombre beauté de la frustration et de la déchéance prochaine; elle se glissait en elle, cette déchéance, lui conférait une sorte de séduction sexuelle, comme à une femme sur le retour et désespérée assise dans un bar plein d'hommes. Hester avait fait un tour d'horizon, constaté le peu de générosité des mâles américains, et pris l'avion direction l'Amérique du Sud. Elle avait pénétré dans la jungle avec son appareil photo, sa machine à écrire portative, ses chevilles qui épaississaient, sa peau de Blanche, et elle s'était dégoté un cannibale, un cannibale noir : Maja Thurup. Maja Thurup avait une bonne tête. Son visage semblait porter la trace de mille gueules de bois et de mille tragédies. C'était d'ailleurs la vérité – il avait connu mille gueules de bois, mais ses tragédies n'avaient qu'une seule cause : Maja Thurup était trop bien monté, beaucoup trop bien monté. Toutes les filles du village refusaient ses avances. De son instrument, il avait déchiré à mort deux filles. L'une par-devant, l'autre par-derrière. Peu importe.

Maja était un solitaire; il buvait et ruminait sa solitude quand Hester Adams arriva avec un guide, sa peau blanche et son appareil photo. Après les présentations rituelles et quelques verres au coin du feu, Hester entra dans la hutte de Maja, engloutit tout ce que Maja Thurup pouvait lui offrir, et demanda même du rab. Un vrai miracle pour tous les deux; leur mariage donna lieu à une cérémonie tribale de trois jours, durant lesquels on rôtit et dévora des prisonniers des tribus ennemies, au milieu des danses, des incantations et des beuveries. Ce fut après la cérémonie, après que les gueules de bois se furent dissipées, que les ennuis commencèrent. Le chaman, qui avait remarqué qu'Hester refusait de manger la chair rôtie des prisonniers ennemis (garnie d'ananas, d'olives et de noix), annonça à cor et à cris qu'Hester n'était pas une déesse blanche, mais l'une des filles du démon Ritikan. (Des siècles auparavant, Ritikan avait été chassé du paradis tribal, car il refusait de manger autre chose que des légumes, des fruits et des noix). Cette déclaration engendra des dissensions dans la tribu, et deux amis de Maja Thurup furent promptement trucidés, qui avaient suggéré que la performance sexuelle d'Hester tenait du miracle, et que son refus d'ingérer de la chair humaine était excusable – du moins temporairement.

Hester et Maja partirent en Amérique, à North Hollywood pour être précis, où Hester entreprit des démarches pour que Maja Thurup pût obtenir la citoyenneté américaine. Ancienne maîtresse d'école, Hester se mit à enseigner à Maja l'art de l'habillement, l'anglais, à l'initier à la bière et aux vins de Californie, à la télévision, à la nourriture du supermarché le plus proche. Maja ne se contenta pas de regarder la télé, il apparut sur le petit écran en compagnie de Hester, pour déclarer publiquement leur amour. Puis ils retournèrent à leur appartement de North Hollywood et firent l'amour. Après quoi Maja s'assit au centre du tapis avec ses manuels de grammaire anglaise, pour boire de la bière et du vin, chanter les chants de son pays et jouer du bongo. Hester travaillait sur son livre à propos de Maja et de Hester. Un grand éditeur attendait. Hester n'avait plus qu'à rassembler ses souvenirs et à s'y mettre.

Un matin, vers huit heures, j'étais au lit. La veille, j'avais perdu quarante dollars à Santa Anita, mon compte en banque à la California Federal était dangereusement dégarni, je n'avais pas pondu une nouvelle potable depuis un mois. Le téléphone a sonné. Je me suis réveillé, j'ai gerbé, toussé et décroché.

– Chinaski?

– Ouais?

– Ici Dan Hudson.

Dan dirigeait le magazine *Flare* à Chicago. Il payait bien. Il était directeur et rédacteur en chef.

– Salut, Dan, mon sauveur.

– Écoute, j'ai un truc pour toi, rien que pour toi.

– D'accord, Dan. C'est quoi?

– Je veux que tu interviewes la nénette qui vient d'épouser un cannibale. Lésine pas sur le sexe. Mélange l'amour à l'horreur. Tu vois ce que je veux dire?

– Parfaitement. Je vis ça depuis ma naissance.

– Tu auras cinquante dollars si tu me rends ça avant le 27 mars.

– Dan, pour cinquante dollars, je te transforme Richard Burton en lesbienne.

Dan me fila l'adresse et le numéro de téléphone. Je me suis levé, balancé de la flotte sur le visage, j'ai pris deux Alka Seltzer, ouvert une bouteille de bière, puis j'ai téléphoné à Hester Adams. Je lui ai raconté que je voulais faire de sa liaison avec Maja Thurup une grande histoire d'amour du XXe siècle. Pour les lecteurs du magazine *Flare*. Je lui ai garanti que mon papier aiderait Maja à obtenir la citoyenneté américaine. Elle a accepté une interview à une heure de l'après-midi.

C'était au troisième étage d'un immeuble sans ascenseur. Elle a ouvert la porte. Maja était assis par terre avec son bongo; il buvait à la bouteille un porto de qualité moyenne. Pieds nus, il portait un blue-jean serré, et un T-shirt blanc zébré de bandes noires. Hester était habillée pareil. Elle m'a apporté une bouteille de bière. J'ai pris une cigarette dans le paquet posé sur la table et j'ai commencé l'interview.

– Quand avez-vous rencontré Maja?

Hester m'a donné la date. Elle m'a aussi donné l'heure et le lieu exacts.

– Quand avez-vous senti, pour la première fois, que vous étiez amoureuse de Maja? Quelles furent les circonstances précises de la naissance de votre amour?

– Eh bien, a dit Hester, c'était...
– Elle aime moi quand elle prendre son pied avec moi, a dit Maja sur le tapis.
– Il connaît déjà bien l'anglais, vous ne trouvez pas?
– Si, il est tout à fait extraordinaire.
Maja saisit sa bouteille et s'enfila une longue rasade.
– Quand moi mettre ce truc en elle, elle dire, « Oh mon Dieu oh mon Dieu oh mon Dieu! » Ha ha ha ha!
– Maja est merveilleusement bâti, elle a dit.
– Elle manger aussi, a poursuivi Maja, elle manger bien. Gorge profonde, ha ha ha!
– J'ai aimé Maja dès que je l'ai vu, dit Hester. Ses yeux, son visage... tellement tragique. Et puis sa démarche. Il marche, euh, il marche un peu comme un tigre.
– Baiser, dit Maja, nous baiser nous baisouiller baiser baiser. Moi fatigué.
Maja se retapa un coup de porto. Il me regarda.
– Toi baiser elle. Moi fatigué. Elle gros tunnel affamé.
– Maja a un sens de l'humour incomparable, dit Hester. C'est une autre raison de mon attachement pour lui.
– Seule chose qui attache toi à moi, dit Maja, est mon poteau pipi zizi.
– Maja boit depuis ce matin, dit Hester, il faut que vous l'excusiez.
– Je devrais peut-être revenir quand il se sentira mieux.
– Absolument.
Hester me donna un rendez-vous le lendemain, à deux heures de l'après-midi.

C'était pas plus mal. J'avais besoin de photos. Je connaissais un photographe dans la dèche, un certain Sam Jacoby, qui ferait le boulot proprement et pour pas cher. Le lendemain, je l'ai emmené avec moi. L'après-midi était ensoleillé; il n'y avait qu'une mince couche de brouillard. Nous sommes arrivés à l'appartement et j'ai sonné. Pas de réponse. J'ai sonné encore. Maja a ouvert la porte.
– Hester pas ici, il a dit, elle partie épicier.
– Nous avons rendez-vous à deux heures. J'aimerais autant l'attendre à l'intérieur.
On est entré et on s'est assis.
– Je jouer tambour pour vous, a dit Maja.

Il a joué du tambour et nous a chanté quelques chants de la jungle. Il était pas mauvais. Il descendait une autre bouteille de porto. Il portait toujours son T-shirt à zébrures et son jean.

– Baiser baiser baiser, il a dit, elle vouloir seulement baiser. Elle rendre moi fou.

– La jungle vous manque, Maja?

– Me fais pas chier avec tes conneries, papa.

– Pourtant, elle vous aime, Maja.

– Ha ha ha!

Maja s'est fendu d'un autre solo de tambour. Même saoul, il était bon.

Quand Maja s'est arrêté, Sam m'a dit : « Tu crois qu'il y a de la bière dans le réfrigérateur? »

– Elle en a peut-être mis au frais.

– J'me sens nerveux. J'ai besoin d'une bière.

– Vas-y. Prends-en deux. J'irai lui en acheter d'autres. J'aurais dû en amener.

Sam s'est levé, puis est allé dans la cuisine. Je l'ai entendu ouvrir la porte du réfrigérateur.

– J'écris un article sur vous et Hester, j'ai dit à Maja.

– Femme trou béant. Jamais plein. Comme volcan.

J'ai entendu Sam gerber dans la cuisine. Il picolait sec. Je savais qu'il avait la gueule de bois. Il était malgré tout l'un des meilleurs photographes du coin. Ensuite, plus un bruit. Sam est revenu. Il s'est assis. Il n'a pas ramené de bière.

– Moi jouer tambour encore, a dit Maja.

Il a recommencé à taper sur son bongo. Il était encore bon. Mais pas aussi bon que la dernière fois. Le vin faisait lentement son effet.

– Tirons-nous d'ici, m'a dit Sam.

– Je dois attendre Hester, j'ai dit.

– Mec, barrons-nous, a dit Sam.

– Vous vouloir du vin, les gars? a demandé Maja.

Je me suis levé pour aller chercher une bière à la cuisine. Sam m'a suivi. Je me suis approché du réfrigérateur.

– Je t'en supplie, n'ouvre pas cette porte! il a dit.

Sam a filé vers l'évier pour vomir encore. J'ai regardé la porte du réfrigérateur. Je l'ai pas ouverte. Quand Sam s'est redressé, j'ai dit : « Très bien, allons-y. »

On est retourné dans la pièce de devant; Maja était toujours assis avec son bongo.

– Moi jouer tambour encore une fois, il a dit.

– Non, merci, Maja.

On est sorti, on a descendu l'escalier et on est arrivé dans la rue. On est monté dans ma voiture. J'ai démarré. Je savais pas quoi dire. Sam la bouclait. Nous étions dans le quartier d'affaires. J'ai trouvé une station-service et demandé au pompiste le plein d'ordinaire. Sam est descendu de la voiture, puis allé dans une cabine téléphonique appeler les flics. J'ai vu Sam sortir de la cabine. J'ai payé l'essence. J'avais loupé mon interview. J'étais refait de cinquante dollars. J'ai attendu que Sam remonte dans la voiture.

LES TUEURS

Harry venait de sauter du train de marchandises et descendait Alameda pour prendre un café à cinq *cents* chez Pedro. Il était très tôt, mais il se rappela que Pedro ouvrait à cinq heures du mat. On pouvait rester assis pendant deux heures chez Pedro pour cinq *cents*. On avait le temps de gamberger. On pouvait se rappeler toutes les conneries qu'on avait faites, et aussi les bons moments.

C'était ouvert. La petite Mexicaine qui lui servit son café le regarda comme on regarde un être humain. Les pauvres connaissent la vie. Une fille sympa. Enfin, une fille apparemment sympa. Toutes étaient synonymes d'emmerdes. D'ailleurs tout était synonyme d'emmerdes. Il se souvint d'une phrase entendue quelque part : la Vie n'est qu'une Suite d'Emmerdes.

Harry s'assit à une table bancale. Le café était bon. Trente-huit ans, une vie ratée. Sirotant son café, il se rappela ses conneries – et ses bons moments. Il en avait tout simplement eu ras le bol – de la valse des assurances, des petits boulots, des hautes cloisons vitrées, des clients; il avait tout bonnement eu ras le bol de tromper sa femme, de coincer les secrétaires dans l'ascenseur et les couloirs; ras le bol des fêtes de Noël et du nouvel an et des anniversaires, des traites à payer pour la voiture neuve ou le mobilier – l'eau, le gaz et l'électricité – toute la saloperie écœurante du quotidien.

Il en avait eu ras le bol et il s'était tiré, point final. Le divorce arriva assez vite, l'alcool arriva assez vite, et brusquement il se retrouva dans le vide. Il ne possédait rien, il découvrit que le dénuement aussi était difficile à assumer.

C'était un fardeau d'un autre style. Si seulement il existait une solution intermédiaire acceptable. Apparemment, on n'avait le choix qu'entre deux voies : persévérer dans l'arnaque ou devenir un clochard.

Quand Harry leva les yeux, un homme s'asseyait en face de lui, avec une tasse de café à cinq *cents*. Il semblait avoir dans les quarante ans. Il était vêtu aussi pauvrement que Harry. L'homme roula une cigarette, puis regarda Harry en l'allumant.

– Ça gaze?

– Drôle de question, dit Harry.

– Moui, en effet.

Ils burent tous les deux leur café.

– On se demande comment on atterrit ici.

– Oui, dit Harry.

– A propos, je m'appelle William.

– Moi, c'est Harry.

– Tu peux m'appeler Bill.

– D'accord.

– A voir ton visage, on dirait que t'es arrivé au bout de quelque chose.

– J'en ai marre de la dèche, complètement marre.

– Tu veux retourner dans la société, Harry?

– Non, c'est pas ça. Mais j'aimerais oublier tout ça.

– Tu peux te suicider.

– Je sais.

– Écoute, dit Bill, on a seulement besoin d'un peu de fric gagné facile pour nous payer du bon temps.

– D'accord, mais où le trouver?

– Ben, faut savoir prendre quelques risques.

– Comment ça?

– J'ai déjà fait quelques casses dans des villas. C'est bonnard. Je cracherais pas sur un bon associé.

– O.K., j'suis prêt à essayer n'importe quoi. J'en ai marre des haricots à l'eau, des beignets rances, de l'Armée du Salut, des sermons, des ronflements...

– Notre problème, c'est de nous rendre sur le lieu des opérations, dit Bill.

– Y m'reste deux ou trois dollars.

– Au poil, on s'retrouve à minuit. T'as un crayon?

– Non.

– Une seconde. J'vais en chercher un.

Bill revint avec un bout de crayon. Il saisit une serviette en papier et se mit à écrire dessus.

– Tu prends le bus de Beverly Hills et tu demandes au conducteur de te déposer là. Ensuite, tu marches vers le nord pendant deux blocs. Je t'attendrai là. T'as pigé?

– J'y serai.

– T'as une femme, des enfants? demanda Bill.

– J'avais, répondit Harry.

Il faisait froid, cette nuit-là. Harry descendit du bus et marcha deux blocs vers le nord. Il faisait sombre, très sombre. Bill attendait en fumant une cigarette roulée à la main. Il n'était pas à découvert, mais en retrait contre un buisson touffu.

– Salut, Bill.

– Salut, Harry. Prêt à entamer ta nouvelle carrière lucrative?

– Absolument.

– Au poil. J'ai déjà inspecté le secteur. Je crois avoir trouvé un bon coup. Une maison isolée. Ça pue le fric. T'as la trouille?

– Non. J'ai pas la trouille.

– Tant mieux. Reste calme et suis-moi.

Harry suivit Bill sur le trottoir pendant un bloc et demi, puis Bill coupa entre deux taillis et s'avança sur une grande pelouse. Ils marchèrent jusqu'à l'arrière de la maison, une grande bâtisse à deux étages. Bill s'arrêta devant une fenêtre. Il fendit la double fenêtre avec un couteau, puis s'immobilisa pour écouter. On se serait cru dans un cimetière. Bill déverrouilla la double fenêtre, puis l'enleva. Il s'attaquait maintenant à la fenêtre proprement dite. Ça prenait du temps et Harry se mit à penser : Bon Dieu, je suis avec un amateur. Je suis avec un cinglé. La fenêtre s'ouvrit alors et Bill monta à l'intérieur. Harry vit son cul se tortiller. Tout ça est ridicule, songea-t-il. Y a vraiment des types qui font ça?

– Amène-toi, dit doucement Bill, de l'intérieur.

Harry enjamba la fenêtre. Effectivement, ça puait le fric et l'encaustique.

– Nom de Dieu, Bill. Maintenant, j'ai la trouille. On est complètement dingues.

– Parle pas si fort. T'en as marre de bouffer des haricots à l'eau, non?

– Oui.

– Alors sois un homme.

Harry restait là, pendant que Bill ouvrait lentement les tiroirs et fourrait des objets dans ses poches. Ils étaient dans la salle à manger. Bill enfournait des couteaux, des fourchettes et des cuillers dans ses poches.

On ne tirera jamais rien de ça, se dit Harry.

Bill continuait à bourrer d'argenterie les poches de son manteau. Soudain, il lâcha un couteau. Le sol était dur, sans tapis, de sorte que le choc fut sonore.

– Qui est là?

Bill et Harry se figèrent.

– Qui est là? répéta la voix.

– Que se passe-t-il, Seymour? dit une voix de fille.

– J'ai cru entendre quelque chose. J'ai été réveillé par un bruit.

– Oh! rendors-toi.

– Non. J'ai entendu quelque chose.

Harry entendit un lit craquer, puis le bruit d'un homme qui marchait. L'homme franchit la porte et se retrouva dans la salle à manger avec eux. Il portait un pyjama, un jeune homme de vingt-six ou vingt-sept ans, avec un bouc et des cheveux longs.

– Alors, salopards, que faites-vous dans ma maison?

Bill se tourna vers Harry. « Va dans la chambre. Ils ont peut-être un téléphone. Empêche la fille de l'utiliser. Moi, j'm'occupe du mec. »

Harry se dirigea vers la chambre, trouva la porte, entra, découvrit une jeune blonde d'environ vingt-trois ans, cheveux longs, en chemise de nuit fantaisie, les seins à l'air. Il y avait un téléphone sur la table de nuit, mais la fille ne s'en servait pas. Elle plaça le dos de sa main devant sa bouche. Elle était assise dans le lit.

– Ne crie pas, dit Harry, ou je te tue.

Il restait là, à la regarder, pensant à sa propre femme, qui n'avait jamais été aussi belle. Harry commença à transpirer, il avait le vertige. Lui et elle se regardaient.

Harry s'assit sur le lit.

– Si vous touchez à ma femme, je vous tue! dit le jeune homme.

Bill venait de le pousser dans la chambre. Il lui avait fait une clef au bras, la pointe de son couteau touchait le centre du dos du jeune homme.

– Personne ne veut de mal à ta femme, mec. Dis-nous simplement où tu planques ton putain de fric, et on se barre.

– Je vous ai dit que tout ce que j'avais était dans mon portefeuille.

Bill resserra sa prise et enfonça un peu le couteau. Le jeune homme grimaça.

– Les bijoux, dit Bill, montre-moi où sont les bijoux.

– En haut...

– Au poil. Allons-y!

Harry regarda Bill l'entraîner dehors. Puis Harry fixa la fille, dont les yeux étaient rivés aux siens. Des yeux bleus, aux pupilles dilatées par la peur.

– Ne hurle pas, lui dit-il, ou j'te tue, alors empêche-moi de te tuer!

Les lèvres de la fille se mirent à trembler. Elles étaient d'un rose très pâle; soudain la bouche de Harry fut sur la sienne. Il portait une moustache poussiéreuse, son haleine empestait; elle était blanche – blanche, douce, délicate et tremblante. Il tint sa tête entre ses mains. Il écarta son visage et plongea son regard dans ses yeux. « Espèce de putain, dit-il, espèce de saloperie de putain! » Il l'embrassa encore, plus violemment. Ils tombèrent ensemble sur le lit. Il enleva ses chaussures avec ses pieds, en la maintenant clouée sur le lit. Puis il s'attaqua à son pantalon, essayant de l'enlever, tout en la tenant et l'embrassant. « Espèce de salope, sale pute de merde... »

– *Oh non! Seigneur, non! Pas ma femme, ordures!*

Harry ne les avait pas entendus entrer. Le jeune homme poussa un hurlement. Puis Harry entendit un gargouillis. Il se releva et regarda derrière lui. Le jeune homme était à terre, la gorge tranchée; son sang jaillissait rythmiquement sur le sol.

– Tu l'as tué! dit Harry.

– Il criait.

– T'étais pas obligé de le tuer.

– T'étais pas obligé de violer sa femme.

– Je l'ai pas violée, mais tu l'as tué.

Alors elle se mit à hurler. Harry plaça sa main devant la bouche de la fille.

– Qu'allons-nous faire? demanda-t-il.

– Nous allons la tuer aussi. Elle a tout vu.

– Je ne peux pas la tuer, dit Harry.

– Moi, j'vais la tuer, dit Bill.
– Y a p'têt'mieux à faire avant.
– Vas-y, prends-la.
– Colle-lui quelque chose dans la bouche.
– J'm'en occupe, dit Bill.
Il prit une écharpe dans un tiroir, et l'enfonça dans la bouche de la fille. Puis il déchira l'oreiller en lanières qu'il noua sur la bouche de la fille.
– Vas-y, dit Bill.
La fille n'opposa aucune résistance. Elle paraissait sous le choc.
Quand Harry se retira, Bill prit sa place. Harry regarda. C'était comme ça. Ce genre de truc arrivait dans le monde entier. Quand une armée victorieuse déferlait, les soldats violaient les femmes. Ils étaient l'armée victorieuse.
Bill descendit du lit.
– Merde, un coup du tonnerre.
– Écoute, Bill, c'est pas la peine de la tuer.
– Elle racontera tout.
– Si nous épargnons sa vie, elle ne dira rien. Elle aura tout intérêt à la boucler.
– Non, elle parlera. Je connais la nature humaine. Elle parlera un jour ou l'autre.
– Pourquoi ne dénoncerait-elle pas des types qui font les mêmes chose que nous?
– C'est ce que je veux dire, dit Bill, on peut pas la laisser comme témoin.
– Demandons-lui. Parlons-lui. Demandons-lui ce qu'elle en pense.
– Moi, je *sais* ce qu'elle en pense. Je vais la tuer.
– Je t'en prie, Bill, non. Soyons un peu corrects.
– Un peu corrects? Maintenant? C'est trop tard. Si t'avais pas fait la connerie de sortir ta queue...
– Ne la tue pas, Bill, je ne supporterai pas ça...
– Retourne-toi.
– Bill, s'il te plaît...
– J'ai dit : retourne-toi, nom de Dieu!
Harry se retourna. Il n'entendit aucun bruit. Quelques minutes passèrent.
– Bill, tu as fini?
– Oui, j'ai fini. Retourne-toi et regarde.
– Je ne veux pas. Partons. Tirons-nous d'ici.

Ils enjambèrent la fenêtre par laquelle ils étaient entrés. La nuit était plus froide que jamais. Ils longèrent la façade obscure de la maison, puis franchirent les taillis.

– Bill?

– Ouais?

– J'me sens mieux maintenant, comme si rien n'était jamais arrivé.

– Pourtant, c'est arrivé.

Ils retournèrent à l'arrêt de bus. Les services de nuit étant réduits, ils devraient probablement attendre une heure. A l'arrêt du bus, chacun examina l'autre à la recherche de traces de sang, mais bizarrement ils n'en découvrirent aucune. Puis ils roulèrent et allumèrent deux cigarettes.

Soudain, Bill cracha la sienne.

– Bordel. Oh! nom de Dieu de bordel!

– Keski y a, Bill?

– On a oublié de prendre son portefeuille!

– Ah merde! dit Harry.

UN HOMME

George était allongé dans sa caravane, sur le dos, il regardait une petite télé portative. La vaisselle du dîner n'était pas faite, la vaisselle du petit déjeuner non plus, il avait besoin de se raser, la cendre de sa cigarette roulée tombait sur son maillot de corps. Une partie de la cendre était encore incandescente. Parfois, la cendre brûlante ratait le maillot de corps et atterrissait sur sa peau; il la balayait alors de la main, en jurant.

On frappa à la porte de la caravane. Il se leva lentement et ouvrit la porte. C'était Constance. Elle avait une pinte de whisky intacte dans son sac.

– George, j'ai plaqué ce fils de pute, je pouvais plus supporter ce fils de pute.

– Assieds-toi.

George a ouvert la pinte, pris deux verres, versé un tiers de whisky et deux tiers d'eau dans chacun. Puis il s'est posé sur le lit à côté de Constance. Elle a sorti une cigarette de son sac et l'a allumée. Elle était ivre, ses mains tremblaient.

– Et j'lui ai piqué son foutu fric. J'ai pris son sale fric et j'me suis tirée pendant qu'il bossait. Tu peux pas savoir comme j'ai souffert avec cet enfant de salaud.

– File-moi un clope, a dit George.

Elle lui en a donné un, et comme elle se penchait, George l'a enlacée, attirée vers lui et embrassée.

– Espèce d'enfant de pute, elle a dit, tu m'as manqué.

– Tes sacrées guibolles m'ont manqué, Connie. J'ai vraiment regretté tes guibolles.

– Tu les aimes toujours?

– J'm'excite rien qu'à les voir.

– J'ai jamais pris mon pied avec les étudiants, a dit Connie. Ils sont trop doux, on dirait du petit-lait. Et puis il arrêtait pas de briquer sa maison. T'aurais vu ça, une vraie ménagère. Il faisait tout. Il sautait sur la moindre tache. On aurait pu bouffer dans les chiottes, tellement c'était nickel. Il était *aseptisé,* voilà c'qu'il était.

– Bois un coup. Ça ira mieux.

– En plus, question sexe, zéro.

– Tu veux dire qu'il bandait pas?

– Si, il bandait. Il bandait tout le temps. Mais il ne savait pas comment rendre une femme heureuse, tu vois. Il savait pas quoi faire. Tout ce fric, tous ces diplômes – pour que dalle.

– Moi, j'aimerais bien avoir des diplômes.

– T'en as pas besoin. T'as tout c'qu'il te faut, George.

– Tu parles d'une réussite. J'me paie tous les boulots à la con.

– J'te répète que t'as tout c'qu'il te faut, George. Tu sais rendre une femme heureuse.

– Ouais?

– Oui. Et tu sais quoi encore? Sa *mère* était sans arrêt là! Sa *mère*! Deux, trois fois par semaine. Elle restait assise à me reluquer en faisant semblant de bien m'aimer, mais elle me traitait comme une pute. Comme une sale pute qui lui volait son fiston! Son p'tit chéri de Walter! Bon Dieu! Quelle merde!

– Bois un coup, Connie.

George avait déjà vidé son verre. Il attendit que Connie eût vidé le sien, puis le prit et remplit les deux verres.

– Soi-disant qu'il m'aimait. Moi, je lui disais : « Regarde ma chatte, Walter! » Mais il refusait de regarder ma chatte. Il disait : « Je ne veux pas regarder cette chose. » Cette *chose*! C'est comme ça qu'il l'appelait! Toi, tu n'as pas peur de ma chatte, George?

– Elle ne m'a jamais mordu.

– Mais toi, tu l'as mordue, tu l'as palpée, pas vrai, George?

– Ben oui.

– Tu l'as léchée, tu l'as sucée?

– J'crois bien.

– Tu sais parfaitement, George, c'que t'as fait.

– Combien de fric t'as pris?
– Six cents dollars.
– J'aime pas qu'on vole les particuliers, Connie.
– C'est pour ça que tu croupis à la plonge dans un restau. T'es honnête. Mais lui est tellement con, George. Et puis c'est pas le fric qui lui manque; d'ailleurs, j'l'ai bien gagné... lui et sa *mère* et son *amour*, sa *mère-amour*, sa p'tite cuvette de chiottes bien astiquée, ses nouvelles voitures, ses déodorants, ses lotions after-shave, sa petite queue et sa façon de baiser comme un pédé. Tout pour lui, tu comprends, tout pour *lui*! Toi, tu connais les femmes, George...
– Merci pour le whisky, Connie. File-moi une autre cigarette.
George remplit une nouvelle fois les verres.
– Tes jambes m'ont manqué, Connie. Tes sacrées guibolles m'ont vraiment manqué. J'aime bien quand tu portes ces hauts talons. Ça me rend dingue. Les femmes d'aujourd'hui savent pas ce qu'elles ratent. Les hauts talons donnent du galbe au mollet, à la cuisse, au cul; ça rythme la démarche. Ça me branche vraiment!
– Tu parles comme un poète, George. Des fois, tu parles comme ça. T'es un sacré plongeur de restau.
– Tu sais c'que j'aimerais vraiment?
– Non?
– J'aimerais te fouetter avec ma ceinture sur les jambes, le cul, les cuisses. J'aimerais te voir trembler et pleurer, et quand tu tremblerais, que tu pleurerais, j'te la collerais avec tout mon amour.
– J'ai pas envie, George. Tu ne me parlais jamais comme ça, avant. Tu m'as toujours traitée correctement.
– Remonte ta robe.
– Quoi?
– Remonte ta robe, j'veux voir mieux tes jambes.
– T'aimes vraiment mes jambes, hein George?
– J'veux les voir à la lumière!
Constance tira sur sa robe.
– Nom de Dieu de merde, dit George.
– T'aimes mes jambes?
– J'adore tes jambes!
George se pencha au-dessus du lit et gifla violemment Constance. Sa cigarette gicla de sa bouche.
– Pourquoi tu fais ça?

– T'as baisé Walter! T'as baisé Walter!
– Et alors?
– Alors remonte encore ta robe!
– Non!
– Fais c'que j'te dis!
George la gifla encore, plus fort. Constance tira sur sa robe.
– Jusqu'à la culotte! cria George. Mais pas plus haut, j'veux pas voir ta culotte!
– Bon Dieu, George, keski te prend?
– T'as baisé Walter!
– George, s'il te plaît, t'as perdu la boule? J'veux partir. Laisse-moi sortir d'ici, George!
– Bouge pas ou je te tue!
– Tu me tuerais?
– J'te jure!
George se leva et se versa un plein verre de whisky sec, le but, puis se rassit à côté de Constance. Il prit sa cigarette et appuya le bout rougeoyant contre le poignet de la fille. Elle hurla. Il maintint fermement sa cigarette sur le poignet, puis l'écarta.
– J'suis un homme, baby, tu piges?
– Je sais que t'es un homme, George.
– Tiens, vise un peu mes muscles!
George se leva et plia ses deux bras. « Pas mal, hein, baby? Vise un peu ces muscles! Touche! Vas-y, touche! »
Constance toucha un bras. Puis l'autre.
– Oui, tu as un corps superbe, George.
– J'suis un homme. J'suis plongeur dans un restau, mais j'suis un homme, un vrai.
– Je sais, George.
– J'suis pas comme le minable soupe au lait que tu viens de plaquer.
– Je sais.
– Et j'peux aussi chanter. Écoute un peu ma voix.
Constance resta assise. George se mit à chanter. Il chanta *Old Man River*. Puis il chanta *Nobody Knows the Trouble I've Seen*. Il chanta *St. Louis Blues*. Il chanta *God Bless America*, s'interrompant plusieurs fois pour éclater de rire. Puis il s'assit à côté de Constance. Il dit : « Connie t'as des guibolles de toute beauté. » Il lui demanda une autre cigarette. Il la fuma, descendit deux autres verres, puis posa

sa tête sur les jambes de Connie, contre ses bas, dans son giron, avant de dire : « Connie, j'suis un salaud, j'dois être cinglé, j'suis désolé de t'avoir fait mal, désolé de t'avoir brûlée avec cette cigarette. »

Constance restait assise. Elle passait ses doigts dans les cheveux de George, le caressait, le rassurait. Bientôt, il s'endormit. Elle attendit encore un peu. Puis elle souleva sa tête et la plaça sur l'oreiller, souleva ses jambes et les allongea sur le lit. Elle se leva, alla vers la pinte de whisky, se versa une bonne rasade dans son verre, ajouta une goutte d'eau, et descendit le tout. Elle s'avança vers la porte de la caravane, l'ouvrit, sortit, la referma. Elle traversa l'arrière-cour, ouvrit le portail, remonta la ruelle sous la lune d'une heure du matin. Le ciel était dégagé. Le même ciel plein d'étoiles scintillait là-haut. Quand elle arriva sur le boulevard, elle prit vers l'est et atteignit bientôt l'entrée du Blue Mirror. Elle entra, balaya la salle du regard et découvrit Walter assis tout seul, saoul, au fond du bar. Elle alla au fond et s'assit à côté de lui.

– J't'ai manqué, chéri? demanda-t-elle.

Walter leva les yeux. Il la reconnut. Il ne répondit pas. Il regarda le barman et le barman s'avança vers eux. Ils se connaissaient tous.

LA CLASSE

Je ne sais plus très bien où cela s'est passé. Quelque part dans le nord-est de la Californie. Hemingway avait terminé un roman, il revenait d'Europe ou d'ailleurs, et il était sur le ring en train de combattre avec quelqu'un. Il y avait des journalistes, des critiques, des écrivains – toute la tribu – plus quelques jeunes femmes assises au bord du ring. Je me suis installé dans la dernière rangée. La plupart des gens ne regardaient pas Hem. Ils discutaient ensemble et se marraient.

Le soleil était haut. On devait être en début d'après-midi. Je regardais Ernie. Il tenait son homme, il s'amusait avec lui. Il faisait mouche quand il le voulait. Ensuite, il a mis son partenaire au tapis. Les gens ont commencé à regarder. L'adversaire de Hem fut compté jusqu'à 8. Hem se dirigea vers lui, puis s'arrêta. Ernie enleva son protège-dents, rit, salua son adversaire. Un vrai carnage. Ernie retourna dans son coin. Il laissa aller sa tête en arrière et un type lui versa de l'eau dans la bouche.

Je me suis levé de mon siège et j'ai descendu lentement la travée vers le ring. J'ai levé le bras pour flanquer une tape dans les côtes de Hemingway.

– Monsieur Hemingway?
– Oui, qu'y a-t-il?
– J'aimerais bien tâter des gants avec vous.
– Vous avez déjà boxé?
– Non.
– Allez donc vous entraîner.
– J'suis ici pour vous botter le train.

Ernie a ri. Puis il a dit au type debout dans le coin : « Donne un short et des gants à ce gamin. »

Le type a sauté du ring et je l'ai suivi le long de la travée jusqu'au vestiaire.

– T'es cinglé, p'tit gars? il m'a demandé.

– Je ne sais pas. Je ne crois pas.

– Là. Essaie ce short.

– Ça va.

– Oh, oh... c'est trop grand.

– Ta gueule. Ça me va au poil.

– D'accord. Laisse-moi te bander les mains.

– Pas de bandage.

– Pas de bandage?

– Pas de bandage.

– Tu veux un protège-dents?

– Pas de protège-dents.

– Tu vas combattre avec ces godasses?

– Je vais combattre avec ces godasses.

J'ai allumé un cigare et je suis sorti derrière lui. J'ai descendu la travée, le cigare au bec. Hemingway est remonté sur le ring et on lui a remis ses gants. Il n'y avait personne dans mon coin. Quelqu'un a fini par se pointer pour nouer mes gants. On nous a appelés au centre du ring pour les consignes d'usage.

– Si vous pratiquez le corps à corps, a dit l'arbitre, je devrai...

– Je ne pratique pas le corps à corps, j'ai dit à l'arbitre.

Les autres consignes ont suivi.

– O.K., retournez dans vos coins respectifs. La cloche sonne le début du combat. Que le meilleur gagne. Au fait, il m'a dit, vous feriez mieux d'enlever ce cigare de votre bouche.

Quand la cloche a sonné, je me suis levé sur le ring, le cigare planté dans la bouche. J'ai aspiré une bonne goulée de fumée, puis l'ai soufflée dans la tronche d'Ernest Hemingway. Le public s'est marré.

Hem a attaqué, balancé un jab et un crochet, mais raté les deux. J'étais rapide sur mes jambes. J'ai dansé une petite gigue, m'suis approché, tap tap tap tap tap, cinq jabs rapides du gauche sur le pif de Papa. J'ai jeté un coup d'œil à une fille au premier rang, sacrée nénette, et Hem en a profité pour me décocher une droite qui a écrasé mon cigare sur ma bouche.

Je l'ai senti me cramer les lèvres et la joue; du bras, j'ai chassé les cendres brûlantes. J'ai craché ce qui restait du cigare et balancé un crochet dans le bide d'Ernie. Il a décoché un uppercut du droit et, d'un gauche, m'a écrasé l'oreille. Puis il a esquivé ma droite et m'a coincé contre les cordes. Quand la cloche a sonné, il me dérouillait d'une droite appuyée au menton. J'me suis retrouvé au tapis. J'me suis relevé et j'suis retourné dans mon coin.

Un type est arrivé avec un seau.

– M. Hemingway aimerait savoir si vous désirez faire un autre round? m'a demandé le type.

– Dis à M. Hemingway qu'il a eu de la chance. J'ai pris de la fumée dans les yeux. Un autre round me suffira amplement pour terminer le boulot.

Le type s'est barré avec son seau et j'ai vu Hemingway rire.

La cloche a sonné, j'ai bondi sur mes pieds. J'ai attaqué d'entrée de jeu, pas trop fort, mais avec une bonne coordination. Ernie a battu en retraite, ratant tous ses coups. Pour la première fois, j'ai vu le doute dans ses yeux.

Qui est ce gamin? se demandait-il. J'ai raccourci la distance, appuyé davantage mes coups. Tous faisaient mouche. A la tête comme au corps. J'ai sorti le grand jeu. Je boxais comme Sugar Ray, frappais comme Jack Dempsey.

J'avais coincé Hemingway contre les cordes. Il ne pouvait pas tomber. Chaque fois qu'il faisait mine de tomber en avant, je le redressais d'un bon uppercut. Une vraie boucherie. *Mort dans l'après-midi.*

J'ai fait un pas en arrière et M. Ernest Hemingway est tombé en avant, de tout son long.

J'ai dénoué mes gants avec mes dents, les ai retirés, puis ai sauté du ring. J'ai marché jusqu'à mon vestiaire, je veux dire le vestiaire de Hemingway, pour prendre une douche. J'ai bu une bouteille de bière, allumé un cigare, et me suis assis sur la table de massage. On a transporté Ernie à l'intérieur, on l'a allongé sur une autre table. Il était toujours dans les vapes. J'suis resté assis, nu, à les regarder s'inquiéter pour Ernie. Il y avait des femmes dans la pièce, mais je ne faisais pas attention à elles. Un mec s'est pointé.

– Qui êtes-vous? il a demandé. Comment vous appelez-vous?

– Henry Chinaski.

– Jamais entendu parler de vous, il a dit.
– Ça va pas tarder, j'ai fait.

Tout le monde m'a entouré. Ernie pouvait bien crever. Pauvre Ernie. Tous se sont pressés autour de moi. Les femmes aussi. J'étais mort de faim. Une vraie poule de luxe me reluquait de haut en bas. Elle ressemblait à une fille de la haute, riche, cultivée et tout – châssis superbe, visage superbe, vêtements superbes.

– Que faites-vous dans la vie? m'a demandé quelqu'un.
– Boire et baiser.
– Non, non, je veux dire, votre métier?
– Plongeur.
– Plongeur?
– Ouais.
– Vous avez un passe-temps favori?
– Eh bien, je ne sais pas si on peut appeler ça un passe-temps. J'écris.
– Vous écrivez?
– J'écris.
– Quoi?
– Des nouvelles. Elles sont pas mal.
– Vous êtes déjà publié?
– Non.
– Pourquoi?
– J'ai jamais essayé.
– Où sont vos nouvelles?
– Là-bas.

J'ai montré une vieille valoche en carton.

– Écoutez, je suis critique au *New York Times*. Cela vous ennuierait-il, si j'emmenais vos nouvelles chez moi pour les lire? Je vous les renverrai.
– Ça me va, p'tit gars, seulement j'sais pas où j'serai.

La fille de la haute s'est avancée.

– Il sera avec moi.

Puis elle a dit :

– Dépêche-toi, Henry, habille-toi. On a une longue route devant nous et nous avons des choses à discuter.

Pendant que je m'habillais, Ernie a repris conscience.

– Keski s'est passé, nom de Dieu? il a demandé.
– Vous êtes tombé sur un adversaire coriace, monsieur Hemingway, lui a dit quelqu'un.

J'ai fini de m'habiller et j'me suis approché de sa table.

– Tu boxes bien, Papa, mais personne ne gagne à tous les coups.

Je lui ai serré la main.

– N'en fais pas tout un plat.

J'suis parti avec la fille de la haute, on est monté à bord d'une décapotable jaune qui faisait un demi-bloc de long. Elle conduisait le champignon au plancher et négociait les virages à toute vitesse, pneus hurlants, mais visage de marbre. La classe. Si elle faisait l'amour comme elle conduisait, j'avais une sacrée nuit en perspective.

Elle habitait dans les collines, une maison isolée. Un majordome nous a ouvert.

– George, elle lui a dit, vous êtes libre pour la nuit. Non, prenez donc une semaine de congé.

On est entré. Un bibendum était assis dans un fauteuil, un verre à la main.

– Tommy, elle a dit, fous le camp.

On s'est baladé dans la maison.

– Qui est ce gros lard? je lui ai demandé.

– Thomas Wolfe, elle a dit, un emmerdeur.

Elle a fait une halte dans la cuisine pour prendre une pinte de bourbon et deux verres. Après quoi elle a dit : « Viens. »

Je l'ai suivie dans la chambre à coucher.

Le lendemain matin, le téléphone nous a réveillés. C'était pour moi. Elle m'a passé le téléphone et je me suis assis dans le lit à côté d'elle.

– Monsieur Chinaski?

– Oui?

– J'ai lu vos nouvelles. Elles m'ont tellement emballé que je n'ai pas dormi de la nuit. Vous êtes sans conteste le plus grand génie de la décade!

– Seulement de la décade?

– Enfin, peut-être du siècle.

– Voilà qui est mieux.

– Les rédacteurs de *Harper's* et de l'*Atlantic* sont ici avec moi. Vous ne le croirez peut-être pas, mais tous les deux ont accepté cinq nouvelles qu'ils publieront ultérieurement.

– Je le crois, j'ai dit.

Le critique a raccroché. Je me suis allongé. La fille de la haute et moi avons fait l'amour encore une fois.

ARRÊTEZ DE LORGNER MES NÉNÉS, MISTER

Gros Gus était la brute la plus épaisse de tout l'Ouest et la gâchette la plus rapide de tout l'Ouest. Il s'était envoyé davantage de femmes que n'importe quel autre citoyen de l'Ouest. Il détestait prendre des bains, écouter des conneries ou arriver en deuxième position. Il était également le patron d'un convoi de chariots partant vers l'Ouest. Aucun homme de son âge ne pouvait se vanter d'avoir tué plus d'Indiens, tringlé plus de femmes, ou descendu plus d'hommes blancs.

Gros Gus était célèbre, il le savait, tout le monde le savait. Même ses pets étaient exceptionnels, plus sonores que le gong du dîner – et il était bien monté. Le pied de Gros Gus consistait à emmener les chariots à bon port, cartonner ces dames, occire quelques types, puis retourner à son point de départ chercher un autre convoi. Il avait une barbe noire, un cul d'une propreté douteuse et des dents jaunes éclatantes.

Il venait de se taper une bonne partie de jambes en l'air avec la jeune femme de Billy Joe, pendant que, sur son ordre, Billy Joe faisait le guet. Il avait obligé la femme de Billy Joe à parler à Billy Joe tandis qu'il la tringlait. Il lui avait fait dire : « Ah! Billy Joe, toute cette queue plantée en moi jusqu'à la garde, j'peux à peine respirer! Billy Joe sauve-moi! Non, Billy Joe, ne me sauve pas! »

Quand Gros Gus eut joui, il obligea Billy Joe à lui laver le sexe, après quoi ils sortirent tous ensemble s'empiffrer de pieds de porc aux haricots.

Le lendemain, ils rencontrèrent un chariot solitaire qui cheminait à travers la prairie. Un petit maigrichon d'environ seize ans au visage couvert d'acné tenait les rènes. Gros Gus trotta jusqu'à lui.

– Dis donc, p'tit gars, fit-il.

Le gamin ne répondit pas.

– J'te parle, p'tit gars...

– Va te faire foutre, dit le p'tit gars.

– Je suis Gros Gus, dit Gros Gus.

– Va te faire foutre, Gros Gus, dit le gamin.

– Comment t'appelles-tu, fiston?

– On m'appelle le « Kid ».

– Écoute-moi, Kid, un homme n'a aucune chance de s'en tirer tout seul en territoire indien.

– C'est pourtant mon intention, dit le Kid.

– O.K., ça te regarde, Kid, dit Gros Gus, qui faisait faire demi-tour à son cheval quand les rideaux du chariot s'ouvrirent et qu'apparurent un joli minois, un tour de poitrine de quatre-vingts centimètres, un cul appétissant et des yeux couleur du ciel après l'orage. Les yeux de la mignonne se posèrent sur Gros Gus, dont la queue se mit à frémir contre le pommeau de la selle.

– C'est pour ton bien, Kid, viens avec nous.

– Barre-toi, grand-père, dit le Kid, j'ai pas besoin des conseils débiles d'un pépé aux caleçons merdeux.

– J'ai descendu des hommes pour cent fois moins que ça, dit Gros Gus.

Le Kid cracha par terre. Puis sa main remonta le long de son pantalon et il se gratta l'entrejambe.

– Pépé, tu me rases. Maintenant, tire-toi de mon orbite avant que je te transforme en motte de fromage suisse.

– Kid, dit la fille en se penchant vers lui, un sein sortant de son corsage, collant une érection au soleil, Kid, je crois que cet homme a raison. Nous n'avons aucune chance de nous en tirer seuls contre ces saloperies d'Indiens. Fais pas le con. Dis à cet homme que nous rejoignons son convoi.

– Nous allons avec vous, dit le Kid.

– Comment s'appelle ta copine? demanda Gros Gus.

– Perle de Rosée, dit le Kid.

– Arrêtez de lorgner mes nénés, mister, dit Perle de Rosée, sinon il va vous arriver des bricoles.

Tout se passa bien pendant quelque temps. Il y eut une embuscade avec les Indiens à Blueball Canyon. Trente-sept

Indiens tués, un prisonnier. Aucune perte côté américain. Gros Gus dérouilla l'Indien capturé, puis en fit son cuisinier. Il y eut une autre embuscade à Clap Canyon, trente-sept Indiens tués, un prisonnier. Aucune perte côté américain. Gros Gus dérouilla...

Il était évident que Gros Gus avait le béguin pour Perle de Rosée. Il n'arrivait pas à regarder ailleurs. Son cul, c'était surtout son cul. Une fois, à force de la reluquer, il tomba de cheval, et l'un des deux cuisiniers indiens eut le malheur de rire. Il ne resta donc plus qu'un seul cuisinier indien.

Un jour, Gros Gus envoya des hommes du convoi – dont le Kid – chasser le buffle. Gros Gus attendit qu'ils se fussent éloignés, puis se dirigea vers le chariot du Kid. Il sauta sur le siège, écarta les rideaux et entra. Accroupie au centre du chariot, Perle de Rosée se masturbait.

– Pour l'amour du ciel, baby, dit Gros Gus, attends-moi!

– Fous le camp d'ici, dit Perle de Rosée, en retirant son doigt pour le pointer sur Gros Gus, fous le camp d'ici et laisse-moi faire ce que j'ai envie de faire!

– Ton homme ne sait pas s'occuper de toi, Perle de Rosée!

– Il s'occupe très bien de moi, connard, simplement ça ne me suffit pas. J'suis toujours en chaleur après mes règles.

– Écoute, baby...

– Taille-toi!

– Écoute, baby, regarde...

Et il sortit son outil. Pourpre, il oscillait d'avant en arrière comme le contrepoids d'une vieille horloge. Des gouttes de salive tombèrent par terre.

Perle de Rosée ne pouvait détacher ses yeux de l'instrument. Elle finit par dire :

– Ne compte pas me coller ce foutu machin dans le sexe!

– On dirait que t'en as envie, Perle de Rosée.

– NE COMPTE PAS ME COLLER CE FOUTU MACHIN DANS LE SEXE!

– Mais pourquoi? Pourquoi? Regarde-le!

– J'arrête pas de le regarder!

– Alors pourquoi t'en veux pas?

– Parce que je suis amoureuse du Kid.

– Amoureuse? fit Gros Gus en éclatant de rire. Amoureuse? C'est bon pour les crétins, ce genre de connerie! Vise un peu ce pieu! L'amour, à côté, c'est du pipi de chat!

– J'aime le Kid, Gros Gus.

– Et vise un peu ma langue, dit Gros Gus, la langue la plus agile de tout l'Ouest!

Il tira la langue et lui fit accomplir des mouvements de gymnastique.

– J'aime le Kid, dit Perle de Rosée.

– Ben, va t'faire foutre, dit Gros Gus en bondissant en avant, se jetant sur Perle de Rosée. Il eut un mal de chien à enfoncer son outil et, quand ce fut chose faite, Perle de Rosée hurla. Il l'estoqua six ou sept fois, puis, soudain, se sentit brutalement tiré en arrière.

C'ÉTAIT LE KID, QUI REVENAIT DE LA PARTIE DE CHASSE.

– On a eu ton buffle, fils de pute. Et quand t'auras remis ton froc, on va régler ça dehors.

– J'suis la gâchette la plus rapide de l'Ouest, dit Gros Gus.

– J'vais t'coller un trou tellement gros dans le buffet que ton trou du cul ressemblera à un pore de ta peau, dit le Kid. Allez, dépêchons. J'ai hâte de dîner. Cette chasse au buffle m'a ouvert l'appétit...

Les hommes se sont assis autour du feu de camp pour regarder. Il y avait de l'électricité dans l'air. Les femmes sont restées dans les chariots, pour prier, se masturber, boire du gin. Gros Gus avait trente-quatre encoches sur son revolver, et une mauvaise mémoire. Le Kid n'avait pas la moindre encoche sur son revolver. Mais il possédait une assurance que les autres avaient rarement vue. Gros Gus semblait le plus nerveux des deux. Il but une gorgée de whisky, descendit la moitié de la flasque, puis s'avança vers le Kid.

– Écoute, Kid...

– Ouais, fils de pute...?

– Enfin, pourquoi tu t'énerves comme ça?

– J'vais te transformer en passoire, pépé!

– Pourquoi?

– T'emmerdes vraiment trop ma femme, pépé!

– Écoute-moi, Kid, tu comprends donc pas? Cette nénette est en train de nous monter l'un contre l'autre, et nous on entre dans son jeu.

– J'ai aucune envie d'entendre tes conneries, pépé! Maintenant écarte-toi et dégaine! T'as que ce que tu mérites!

– Kid...

– Écarte-toi et dégaine!

Autour du feu de camp, les hommes se raidirent. Une brise légère se leva à l'ouest, apportant l'odeur du crottin de cheval. Quelqu'un toussa. Les femmes se tenaient accroupies dans les chariots, buvant du gin, priant, se masturbant. Le crépuscule approchait.

Trente pas séparaient maintenant Gros Gus et le Kid.

– Dégaine, espèce de poule mouillée, dit le Kid, dégaine, avorton minable, violeur de mes deux!

Doucement, une femme armée d'un fusil écarta les rideaux d'un chariot. C'était Perle de Rosée. Elle plaça la crosse du fusil contre son épaule et son œil dans la ligne de mire.

– Allez, vas-y, l'obsédé, dit le Kid, DÉGAINE!

La main de Gros Gus fila vers son revolver. Un coup de feu troua le crépuscule. Perle de Rosée baissa son fusil qui fumait, puis rentra à l'intérieur du chariot. Le Kid était allongé, mort, par terre, un trou dans le front. Gros Gus remit son revolver inutilisé dans son étui, et se dirigea vers le chariot. La lune brillait dans le ciel.

À PROPOS D'UN DRAPEAU VIETCONG

Le désert grillait sous le soleil de l'été. Rouge sauta du train de marchandises alors qu'il ralentissait juste après le dépôt des chemins de fer. Il alla chier un peu au nord, derrière quelques gros rochers, puis se torcha avec des feuilles. Ensuite, il parcourut cinquante mètres, s'assit à l'abri du soleil derrière un autre rocher et roula une cigarette. Il vit les hippies s'avancer vers lui. Deux types et une fille. Ils avaient sauté du train dans le dépôt, et revenaient en arrière.

L'un des types portait un drapeau vietcong. Ces mecs semblaient doux et inoffensifs. La fille avait un gros cul alléchant – à deux doigts de faire péter la couture de son blue-jean. Elle était blonde, le visage couvert d'acné. Rouge attendait qu'ils soient presque à sa hauteur.

– Heil Hitler! dit-il.

Les hippies ont ri.

– Où allez-vous? a demandé Rouge.

– On essaie d'aller à Denver. J'crois qu'on va y arriver.

– Eh bien, dit Rouge, va falloir que vous attendiez un peu. J'vais devoir vous emprunter votre copine.

– Que voulez-vous dire?

– T'as parfaitement entendu.

Rouge a saisi la fille. D'une main, il a empoigné ses cheveux, et de l'autre son cul. Il l'a embrassée. Le plus grand des deux types a posé la main sur l'épaule de Rouge.

– Hé là, une minute...

Rouge s'est retourné, d'une gauche sèche il a flanqué le type au tapis. Un coup à l'estomac. Le type est resté par terre, essayant de retrouver son souffle. Rouge a regardé le hippy qui portait le drapeau vietcong.

– Si tu veux pas d'ennuis, me fais pas chier. Viens, il a dit à la fille, allons derrière ces rochers.

– Non, pas question, a dit la fille, je refuse.

Rouge a sorti son cran d'arrêt et appuyé sur le bouton. Il a posé la lame à plat sur le nez de la fille et a pressé.

– Tu crois que tu seras plus séduisante sans ton nez?

Elle a rien répondu.

– J'te le couperai.

Rouge ricana.

– Écoute, dit le type au drapeau, crois pas que tu pourras t'en tirer aussi facilement.

– En avant, fillette, dit Rouge en la poussant vers les rochers.

Rouge et la fille disparurent derrière les rochers. Le type au drapeau aida son copain à se relever. Ils restèrent plantés là. Ils restèrent là plusieurs minutes.

– Il est en train de baiser Sally. Que pouvons-nous faire? Dire qu'il est en train de la baiser juste en ce moment.

– On peut rien faire. C'est un dément.

– On devrait faire quelque chose.

– Sally doit se dire qu'on est des vraies lavettes.

– Elle a raison. On était deux. On aurait pu lui régler son compte.

– Il avait un couteau.

– Ça fait rien. On aurait pu se débarrasser de lui.

– J'me sens vraiment con.

– Et Sally, tu crois qu'elle est jouasse? Il est en train de la baiser.

Ils restaient là, à attendre. Le grand qui avait encaissé le coup de poing s'appelait Leo. L'autre se nommait Dale. Il faisait chaud au soleil pendant qu'ils attendaient.

– Il nous reste deux cigarettes, dit Dale, t'as pas envie de les fumer?

– Bordel, comment pourrions-nous fumer en sachant c'qui s'passe derrière ces rochers?

– T'as raison. Bon Dieu, ça en prend un temps.

– Ah! je sais pas. Tu crois qu'il l'a tuée?

– J'm'inquiète.

– On devrait peut-être aller jeter un coup d'œil.

– D'accord, mais fais gaffe.

Leo s'avança vers les rochers. Il y avait une petite colline avec des buissons. Il rampa jusqu'au sommet de la colline en se cachant derrière les buissons, puis regarda de l'autre côté. Rouge baisait Sally. Leo regarda. Ça semblait interminable. Rouge la besognait avec une régularité de métronome. Leo redescendit la colline à plat ventre, se remit debout et rejoignit Dale.

– Je crois que ça va pour elle, dit-il.

Ils attendirent.

Enfin, Rouge et Sally émergèrent de derrière les rochers. Ils s'avancèrent vers eux.

– Merci bien, mes frères, dit Rouge, vot' nana est un sacré bon coup.

– Que le diable t'emporte! dit Leo.

Rouge éclata de rire. « Paix! Paix!... » Ses doigts formèrent le V de la non-violence. « Bon, je crois que j'vais y aller... »

Rouge roula rapidement une cigarette, puis lécha le bord gommé en souriant. Il l'alluma, inhala une bouffée, et s'éloigna vers le nord, marchant à l'ombre.

– Faisons le reste en auto-stop, dit Dale. Les trains de marchandises ne valent rien.

– L'autoroute est vers l'ouest, dit Leo. Allons-y.

Ils se mirent en route vers l'ouest.

– Seigneur, dit Sally, j'peux à peine marcher! Ce type est une brute!

Leo et Dale ne répondirent pas.

– Pourvu que je ne tombe pas enceinte, dit Sally.

– Sally, dit Leo, j'suis désolé...

– Oh! la ferme!

Ils marchèrent. Le soir n'allait pas tarder à tomber, la chaleur du désert diminuait.

– Je déteste les hommes! dit Sally.

Un lièvre jaillit de derrière un taillis; Leo et Dale sursautèrent quand il détala.

– Un lièvre, dit Leo, un lièvre.

– Ce lièvre vous a flanqué la trouille, les gars, hein?

– Ben, après c'qui s'est passé, on est un peu nerveux.

– Comme ça, *vous* êtes un peu nerveux? *Et moi alors?* Tenez, on va s'asseoir une minute. Je suis fatiguée.

Il y avait de l'ombre et Sally s'assit entre eux.

– Vous savez, bien sûr... dit-elle.

– Quoi?

– C'était pas si terrible. D'un point de vue strictement

sexuel, j'veux dire. Il m'a vraiment fait jouir. D'un point de vue strictement sexuel, ç'a vraiment été quelque chose.

– Quoi? a dit Dale.

– Bien sûr, d'un point de vue moral, je le déteste. Ce fils de pute devrait être condamné à mort. C'est un salaud. Une ordure. Mais d'un point de vue strictement sexuel, ç'a été quelque chose...

Ils restèrent assis un moment sans rien dire. Puis ils sortirent leurs deux cigarettes et les fumèrent en se les repassant.

– Dommage qu'on n'ait pas de défonce, dit Leo.

– Bon Dieu, ça faisait longtemps, dit Sally. Vous êtes vraiment des loques, les gars.

– Tu te sentirais peut-être mieux si on te violait? demanda Leo.

– Ne sois pas idiot.

– Tu crois que je peux pas te violer?

– J'aurais dû me tirer avec lui. Vous êtes moins que rien, les gars.

– Alors maintenant, tu le trouves sympa? demanda Dale.

– Laisse tomber! dit Sally. Descendons jusqu'à l'autoroute et essayons de faire du stop.

– Je pourrais te la foutre au cul, dit Leo, et te faire chialer de plaisir.

– J'pourrais regarder? demanda Dale en riant.

– Il n'y aura rien à regarder, dit Sally. Allez, debout, allons-y.

Ils se levèrent et marchèrent vers l'autoroute. Celle-ci se trouvait à dix minutes de là. Dès qu'ils furent arrivés, Sally se posta bien en vue au bord de l'autoroute, pendant que Leo et Dale se planquaient en retrait. Ils avaient oublié le drapeau vietcong. Ils l'avaient laissé dans le dépôt des chemins de fer. Il était là, dans la poussière, près des voies. La guerre continuait. Sept fourmis rouges, grand modèle, se baladaient sur le drapeau.

TU SAIS PAS ÉCRIRE UNE HISTOIRE D'AMOUR

Margie devait sortir avec ce type mais en chemin ce type a rencontré un autre type qui portait un manteau de cuir et le type au manteau de cuir a ouvert son manteau de cuir pour montrer ses seins à l'autre type et l'autre type est allé voir Margie et lui a dit qu'il ne pouvait plus sortir avec elle parce que le type au manteau de cuir lui avait montré ses seins et qu'il allait baiser avec ce type. Si bien que Margie alla voir Carl. Carl était chez lui; elle s'assit et dit à Carl :

– Ce type devait m'emmener à la terrasse d'un café et nous devions boire du vin en parlant de choses et d'autres, un point c'est tout, rien de plus, mais en chemin ce type a rencontré un autre type en manteau de cuir et le type au manteau de cuir a montré ses seins à l'autre type et maintenant ce type va baiser le type au manteau de cuir, moyennant quoi j'peux dire adieu à ma terrasse, à mon vin et à ma discussion.

– J'peux plus écrire, dit Carl. J'ai plus d'inspiration.

Puis il se leva, alla aux toilettes, ferma la porte, et chia. Carl chiait quatre ou cinq fois par jour. Il n'y avait rien d'autre à faire. Il prenait cinq ou six bains par jour. Il n'y avait rien d'autre à faire. Il se saoulait pour la même raison.

Margie entendit le bruit de la chasse d'eau. Puis Carl revint dans la pièce.

– C'est ridicule d'imaginer qu'on puisse écrire huit heures par jour. Ou même tous les jours, ou toutes les semaines. Foutu métier. Y a rien d'autre à faire qu'à attendre.

Carl alla chercher un pack de bières Michelob dans le réfrigérateur. Il ouvrit une bouteille.

– Je suis le meilleur écrivain du monde, dit-il. Tu te rends compte à quel point c'est difficile?

Margie ne répondit pas.

– Je sens la douleur pénétrer par tous les pores de mon corps. C'est comme une seconde peau. J'aimerais pouvoir muer comme un serpent, me débarrasser de cette peau.

– Eh bien, pourquoi ne pas t'allonger sur le tapis, histoire d'essayer?

– Dis-moi, demanda-t-il, où donc t'ai-je rencontrée?

– Dans un restau, chez Barney.

– Ah bon! maintenant je comprends mieux. Prends donc une bière.

Carl ouvrit une bouteille et la lui tendit.

– Ouais, dit Margie, je sais. Tu as besoin de ta solitude. Tu as besoin d'être seul. Sauf quand t'as besoin de quelque chose, ou quand on se fâche, alors là t'es pendu au téléphone. Tu dis que tu as besoin de moi. Tu dis que tu as la gueule de bois, que t'es à l'agonie. Finalement, t'es un fragile.

– Effectivement, je suis fragile.

– Et puis t'es tellement *lugubre,* tu restes là, comme une chiffe molle. Les écrivains sont tellement... *précieux...* vous pouvez pas saquer les gens. L'humanité pue, c'est bien ça?

– Exactement.

– Pourtant, chaque fois qu'on se sépare, tu organises des fêtes monstrueuses qui durent quatre jours. Alors, soudain, tu deviens *spirituel,* tu te mets à PARLER! Soudain, tu débordes de vie, tu discutes, tu danses, tu chantes. Tu danses sur les tables, tu balances des bouteilles par la fenêtre, tu joues des scènes de Shakespeare. Soudain, tu es vivant – quand je suis partie. Oh! tout le monde ne parle que de ça!

– Je n'aime pas les fêtes. Pendant les fêtes, les gens me sortent par les yeux.

– Pour un type qui n'aime pas les fêtes, je trouve que t'en donnes pas mal.

– Écoute, Margie, tu ne comprends pas. Je ne peux plus écrire. Je suis fini. J'ai dû me gourer de chemin quelque part. J'ai dû me tuer quelque part.

– La seule chose qui te tuera, c'est une de tes gigantesques gueules de bois.

– Jeffers a dit que même les hommes les plus forts se faisaient piéger.

– Qui est Jeffers?

– Le mec qui a transformé Big Sur en piège à cons pour touristes.
– Tu comptais faire quelque chose ce soir?
– J'avais l'intention d'écouter les chants de Rachmaninov.
– Qui c'est?
– Un Russe, mort.
– Regarde-toi. T'es complètement avachi.
– J'attends. Certains ont attendu deux ans. Parfois, ça ne revient jamais.
– Et si ça ne revenait jamais?
– J'enfilerais mes godasses et j'irai me balader dans la Grande Rue.
– Pourquoi ne prends-tu pas un boulot décent?
– Il n'y a pas de boulot décent. Si un écrivain ne réussit pas à créer, il est mort.
– Oh! allez, Carl! Il y a des millions de gens dans le monde qui bossent sans créer quoi que ce soit. Est-ce que tu veux dire par là qu'ils sont morts?
– Oui.
– Et toi tu as une âme? Tu es l'un des rares qui aient une âme?
– Je le crois assez.
– Je le crois *assez*! Toi et ta petite machine à écrire! Toi et tes chèques dérisoires! Ma grand-mère gagne plus de blé que toi!
Carl ouvrit une autre bouteille de bière.
– De la bière! De la bière! Toi et ta foutue bière! Elle dégouline jusque dans tes nouvelles. « Marty saisit son demi. Alors qu'il levait les yeux, une grosse blonde est entrée dans le bar et s'est assise à côté de lui... » T'as raison. T'es fini. Tes thèmes sont limités, très limités. Tu sais pas écrire une histoire d'amour, tu sais même pas écrire une histoire d'amour décente.
– T'as raison, Margie.
– Si on ne sait pas écrire une histoire d'amour, on est totalement inutile.
– Combien en as-tu écrit?
– Je ne prétends pas être écrivain, moi.
– En tout cas, dit Carl, comme critique littéraire, tu te poses là.
Margie partit peu après. Carl s'assit et descendit les bières

restantes. C'était vrai, l'écriture l'avait lâché. Ça ferait plaisir à ses quelques ennemis de l'*underground*. Ils pourraient se vanter d'en avoir coulé un autre. La mort leur plaisait, dans l'*underground* comme ailleurs. Il se rappela Endicott, Endicott assis là et disant : « Eh bien, Hemingway est mort, Dos Passos est mort, Patchen est mort, Pound est mort, Berryman a sauté d'un pont... la situation s'améliore, on y voit plus clair. »

Le téléphone a sonné. Carl a décroché.

– Monsieur Gantling?

– Oui, il a répondu.

– Accepteriez-vous de faire une lecture à l'Université de Fairmount?

– Euh, oui, quand?

– Le 30 du mois prochain.

– Je ne pense pas être pris.

– Notre paiement habituel est de cent dollars.

– D'ordinaire, j'ai cent cinquante dollars. Ginsberg prend mille dollars.

– Mais c'est Ginsberg. Nous ne pouvons vous offrir que cent dollars.

– Très bien.

– Parfait, monsieur Gantling. Nous vous ferons parvenir tous les renseignements indispensables.

– Et le voyage? Ça n'est pas tout près.

– D'accord, vingt-cinq dollars pour le voyage.

– O.K.

– Accepterez-vous de parler aux étudiants dans le cadre de leurs cours?

– Non.

– Il y a un déjeuner gratuit.

– Tant mieux.

– Très bien, monsieur Gantling, nous comptons donc sur vous pour la fin du mois prochain sur le campus.

– Au revoir.

Carl se mit à arpenter la pièce. Il regarda la machine à écrire. Il y glissa une feuille de papier, puis regarda une fille en minijupe super courte passer devant sa fenêtre. Après quoi il se mit à taper :

« Margie devait sortir avec ce type mais en chemin ce type rencontra un autre type qui portait un manteau de cuir et le type au manteau de cuir ouvrit son manteau de cuir pour montrer ses seins à l'autre type et l'autre type est allé voir Margie et lui a dit qu'il ne pouvait plus sortir avec elle parce que le type au manteau de cuir lui avait montré ses seins... »

Carl saisit sa bière. Ça faisait du bien de recommencer à écrire.

GUERRE ET TAULE

Deux fois par jour, en milieu de matinée et d'après-midi, on allait prendre de l'exercice dans la cour. Il n'y avait pas grand-chose à faire. La plupart des mecs se liaient d'amitié à cause de ce qui les avait collés en prison. Comme disait Taylor, mon compagnon de cellule, les exhibitionnistes et les obsédés sexuels constituaient le bas de l'échelle sociale, les truands de haut vol et autres gros bonnets du racket étaient au sommet.

Taylor refusait de me parler dans la cour, pendant l'exercice. Il marchait de long en large avec un truand de haut vol. Je restais assis tout seul. Quelques types roulaient une chemise en boule et jouaient à la balle. Apparemment, ça les amusait. Les prisonniers n'avaient pas énormément de distractions.

Je restais posé sur mes fesses. Bientôt, j'ai repéré un attroupement. Les mecs jouaient au 421. Je me suis levé et approché. J'avais un peu moins d'un dollar sur moi, en petite monnaie. J'ai observé quelques coups. Le type qui lançait les dés a réussi trois bons coups d'affilée. J'ai senti sa chance tourner et j'ai misé contre lui. Il s'est planté et j'ai gagné vingt-cinq *cents*.

Chaque fois qu'un type avait du bol, je retirais mes billes; quand je sentais la chance le lâcher, je misais un peu de fric contre lui. J'ai remarqué que les autres gars pariaient à chaque coup. Sur les six fois où j'ai misé, j'ai gagné cinq fois. Après quoi on nous a raccompagnés dans nos cellules. J'avais un dollar d'avance.

Le lendemain matin, j'me suis pointé plus tôt. J'me suis fait deux dollars cinquante dans la matinée, et un dollar soixante-quinze l'après-midi. Comme le jeu se terminait, un gamin est venu me trouver. « Ça a l'air de gazer pour vous, m'sieur. »

J'ai filé quinze *cents* au gamin. Puis il est parti. Un autre type s'est approché de moi.

– T'as donné quelque chose à ce fils de pute?

– Ouais. Quinze *cents.*

– Il pique sur la cagnotte à chaque fois. Faut rien lui filer.

– J'avais pas remarqué.

– Si. Il se sert à chaque coup de dés.

– Demain, je le surveillerai.

– Et puis c'est une saloperie d'exhibitionniste. Il montre son zizi à toutes les petites filles.

– Ah bon, j'ai fait, je déteste ces sales connards.

La bouffe était exécrable. Un soir, après dîner, j'ai dit à Taylor que je gagnais au 421.

– Tu sais, il a dit, tu peux acheter de la bouffe ici, de la bouffe extra.

– Comment?

– Le cuisinier vient nous voir après l'extinction des feux. Il te refile la bouffe du dirlo, des plats super, du dessert, tout le tremblement. Le cuistot est très bon. C'est pour ça que le dirlo l'a mis à son service.

– Combien coûtent deux repas?

– Donne-lui dix *cents.* En tout cas, pas plus de quinze.

– C'est tout?

– Si tu lui donnes plus, il va te prendre pour un crétin.

– Adjugé, quinze *cents.*

Taylor arrangea la chose. Le lendemain soir, après l'extinction des feux, nous attendions en tuant les punaises, une par une.

– Ce cuistot a bousillé deux types. C'est un sacré fils de pute, une vraie ordure. Il a buté un mec, fait dix ans de taule, et il était pas sorti depuis deux jours qu'il a trucidé un autre type. Ici, il y a une majorité de mecs en détention provisoire, mais le directeur tient à le garder jusqu'à sa mort, car c'est un cuisinier hors pair.

On a entendu quelqu'un s'approcher. C'était le cuistot. Je me suis levé et il a passé la nourriture à l'intérieur. J'ai marché jusqu'à la table, puis je suis retourné à la porte de la cellule. Un sacré salopard, l'assassin de deux hommes. Je lui ai donné quinze *cents*.

– Merci, mon pote, tu veux que je revienne demain soir ?

– Tous les soirs.

Taylor et moi, on s'est mis à table. Les plateaux débordaient de bouffe. Le café était bon et chaud, la viande – du rosbif – tendre. Purée, petits pois, biscuits, sauce, beurre et tarte aux pommes. Je n'avais pas mangé aussi bien depuis cinq ans.

– L'autre jour, ce cuistot a violé un marin. Il l'a mis dans un tel état que le marin pouvait plus marcher. Il a fallu l'hospitaliser.

J'ai enfourné une bonne bouchée de purée imbibée de sauce.

– Mais toi, t'as pas à t'inquiéter, a dit Taylor. T'es tellement moche que personne n'aurait jamais l'idée de te violer.

– L'inverse m'intéresserait davantage.

– Bon, alors j'vais t'expliquer comment ça se passe avec les marlous de la prison. Certains sont disponibles, d'autres quasiment maqués.

– La bouffe est super.

– Tu l'as dit, bouffi. Bon, y a deux sortes de marlous dans le secteur. Les marlous qui le sont déjà en arrivant ici, et les marlous de fabrication maison. Mais y a jamais assez de michetons pour tout le monde, de sorte qu'ils doivent faire des extras pour satisfaire la clientèle.

– Jusqu'ici, je suis.

– Les marlous de fabrication maison sont souvent un peu réticents, à cause de toutes les beignes qu'ils reçoivent. Au début, ils résistent toujours.

– Ah oui ?

– Comme je te le dis. Mais ils comprennent vite qu'il vaut mieux être un marlou vivant qu'un puceau mort.

On a fini de dîner, on est retourné sur nos bat-flancs, on s'est battu contre les punaises et on a essayé de dormir.

Tous les jours, je gagnais au 421. J'ai misé des sommes plus fortes et j'ai continué à gagner. La vie en prison s'améliorait de jour en jour. Un matin, on m'a dit de rester dans ma cellule au lieu d'aller prendre de l'exercice dans la cour. Deux agents du F.B.I. sont venus me rendre visite. Ils m'ont posé quelques questions, puis l'un d'eux m'a dit :

– Nous avons fait une enquête sur toi. C'est pas la peine de te passer en jugement. On va t'emmener au centre d'entraînement. Si l'armée t'accepte, tu y resteras. Si elle te refuse, tu retrouves la vie civile.

– J'suis pas trop mal en taule, j'ai dit.

– En effet, t'as l'air en forme.

– Ici, y a pas de problème, j'ai dit, pas de loyer, pas de note de gaz ni d'électricité, pas d'engueulades avec les petites amies, pas d'impôts, pas d'assurances, pas d'ardoises chez l'épicier, pas de gueule de bois...

– Continue à faire le malin, on va s'occuper de toi.

– Oh! merde, j'ai fait, on peut plus plaisanter? Se prendre pour Bob Hope?

– Bob Hope est un bon Américain.

– Moi aussi, j'serais un bon Américain si j'avais son pognon.

– Boucle-la ou on va t'en faire voir de toutes les couleurs.

J'ai rien répondu. L'un des deux olibrius portait un attaché-case. Il s'est levé en premier. L'autre l'a suivi dans le couloir.

A chacun, on a donné un panier-repas avant de nous entasser dans un camion. Nous étions vingt ou vingt-cinq. Les gars avaient pris leur petit déjeuner une heure ou une heure et demie auparavant, mais ils farfouillaient tous dans leurs paniers-repas. Correct : sandwich au jambon, sandwich au beurre de cacahuète, plus une banane pourrie. J'ai filé mon déjeuner à mes voisins. Tous se tenaient à carreau. Personne ne plaisantait. Ils regardaient droit devant eux. La plupart étaient noirs ou café au lait. Et tous avaient des carrures impressionnantes.

J'ai passé un examen médical avant d'aller voir le psychiatre.

– Henry Chinaski?

– Oui.

– Asseyez-vous.

Je me suis assis.

– Croyez-vous à la guerre?

– Non.

– Voulez-vous partir vous battre?

– Oui.

Il m'a regardé. Je fixais le bout de mes chaussures. Il paraissait absorbé dans une liasse de paperasses posée devant lui. Ça a pris plusieurs minutes. Quatre, cinq, six, sept minutes. Puis il a parlé.

– Écoutez, j'organise une petite sauterie mercredi prochain, chez moi. Il y aura des médecins, des avocats, des artistes, des écrivains, des acteurs, et *tutti quanti*. Je vois que vous êtes intelligent. Je veux que vous veniez à ma soirée. Acceptez-vous?

– Non.

Il s'est mis à griffonner. Il a griffonné sans discontinuer. Je me demandais comment il pouvait en savoir autant sur mon compte. Moi-même en savais beaucoup moins que lui.

Je l'ai laissé gribouiller. J'étais indifférent. Maintenant que j'étais exclu de la guerre, j'avais presque envie d'y participer. Pourtant, en même temps, j'étais heureux d'éviter le casse-pipe. Le médecin a fini d'écrire. J'ai eu l'impression de l'avoir roulé. Je ne reproche aucunement à la guerre que je doive tuer quelqu'un ou que je puisse être tué sans raison, tout cela n'a que peu d'importance. Ce que je lui reproche, c'est de m'empêcher de rester assis dans une petite chambre pour crever la dalle, picoler du vin dégueulasse et délirer à ma façon, quand j'en ai envie.

Je ne voulais pas me réveiller au son de la trompette. Je ne voulais pas dormir dans une caserne avec une bande de jeunes Américains pleins de santé obsédés frustrés amateurs de football suralimentés masturbateurs aimant les vannes lourdingues adorables trouillards roses accrochés à leur maman modestes jouant au basket, avec qui je devrais faire ami-ami, avec qui je devrais m'enivrer pendant les permissions, que je devrais me farcir à longueur de journée, et dont je devrais écouter les innombrables plaisanteries salaces, grossières et chiantes. Leurs couvertures, leurs uniformes et leur humanité me donnaient de l'urticaire. Je ne voulais pas chier au même endroit qu'eux, pisser au même endroit qu'eux ni partager les mêmes putains qu'eux. Je ne voulais pas voir leurs ongles de pied ni lire les lettres de leurs parents. Je ne voulais pas voir leurs culs tressauter devant moi en formation serrée, je ne voulais pas copiner avec eux, je ne voulais pas m'en faire des ennemis, je ne voulais tout bonnement pas d'eux, ni de ça ni de rien de tel. Tuer ou être tué, c'était accessoire.

Après deux heures d'attente sur un banc dur dans un tunnel style cloaque couleur caca d'oie, balayé par un courant d'air glacé, ils m'ont laissé partir et je suis sorti à pied, vers le nord. J'ai fait une halte pour acheter un paquet de cigarettes et j'me suis arrêté dans le premier bar, j'me suis assis, j'ai commandé un scotch à l'eau, enlevé la cellophane du paquet, sorti un clope, l'ai allumé, puis j'ai regardé mon visage harmonieux dans le miroir. Ça me faisait bizarre d'être dehors. Ça me faisait bizarre de pouvoir me balader où j'en avais envie.

Juste pour le pied, je me suis levé et je suis allé aux chiottes. J'ai pissé. Encore un de ces infects chiottes de bar; la puanteur a bien failli me faire vomir. Je suis ressorti, j'ai mis une pièce dans le juke-box, j'me suis assis et j'ai écouté le dernier tube. Une fois encore, le dernier tube valait pas un clou. Le rythme était bon, mais la musique nulle. Mozart, Bach et le Bee les enfonçaient toujours. Le 421 et la bouffe extra allaient me manquer. J'ai commandé la même chose, puis jeté un coup d'œil dans le bar. Il y avait cinq hommes dans le bar, pas de femme. J'étais de retour dans les rues de l'Amérique.

PITTSBURGH PHIL & CO.

Ce type, Summerfield, vivait de l'assistance publique et buvait comme un trou. Vu qu'il était plutôt sinistre, j'essayais de l'éviter, mais il se pointait régulièrement à demi pété devant chez moi. Dès qu'il me voyait sortir, il me disait toujours la même chose : « Hé, Hank, quand est-ce que tu m'emmènes aux courses? » et je lui répondais toujours : « Un de ces quatre, Joe, mais pas aujourd'hui ». Il a continué à se pointer tous les jours devant chez moi, si bien qu'une fois je lui ai dit : « D'accord, je craque, on y va... » et on y est allé.

On est allé à Santa Anita, en janvier; si tu connais ce champ de courses, tu sais qu'il y fait un froid de canard quand tu perds. Le vent descend des montagnes enneigées, tes poches sont vides, et tu trembles en pensant à la mort, aux périodes sombres, au loyer impayé et au reste. Vraiment pas un endroit sympa pour perdre. Au moins, à Hollywod Park, tu peux revenir avec un coup de soleil.

On est donc parti. Il a parlé tout le long du chemin. Il n'avait jamais été à un champ de courses. J'ai dû lui expliquer la différence entre gagnant, placé et tiercé. Il ne savait même pas ce qu'était un portillon de départ ou la *Gazette des courses*. Quand on est arrivé, il m'a emprunté ma *Gazette*. J'ai dû lui apprendre à la lire correctement. J'ai payé son billet et lui ai acheté un programme. Il n'avait que deux dollars en poche. Assez pour un seul pari.

Avant la première course, on a traîné un peu, histoire de lorgner les femmes. Joe me dit qu'il n'avait pas eu une femme depuis cinq ans. C'était un type à l'allure minable, un vrai perdant. On s'est refilé la *Gazette*, on a reluqué les femmes et puis Joe a dit : « Comment se fait-il que le cheval numéro 6 soit coté à quatorze contre un? Pour moi, c'est le meilleur. » J'ai essayé d'expliquer à Joe que cette cote de quatorze contre un était en rapport avec les autres chevaux, mais il ne m'a pas écouté. « Y a pas à chier, pour moi c'est le meilleur. Je comprends pas. J'vais parier sur lui. – Ces deux dollars t'appartiennent, Joe, j'ai dit, mais ne compte pas sur moi pour te prêter du fric quand tu auras perdu tes deux billets. »

Ce bourrin s'appelait Red Charley, il avait vraiment une sale tronche. Il s'est pointé au pesage avec quatre bandages. Sa cote a baissé à dix-huit contre un quand les turfistes ont vu à quoi il ressemblait. J'ai misé dix dollars sur le favori logique, Bold Latrine, légèrement en perte de vitesse, mais avec de bonnes références, un jockey connu et l'un des meilleurs entraîneurs. J'ai pensé que sept contre deux était une cote correcte.

C'était une course d'un kilomètre huit cents. Red Charley était à vingt contre un quand ils ont jailli du portillon, et il a bondi en premier, on pouvait pas le louper avec tous ses bandages; il avait quatre longueurs d'avance dans le premier virage, le jockey devait se croire dans une course de mille mètres. Ce type n'avait que deux victoires à son palmarès sur quarante courses – on comprenait pourquoi. Il avait six longueurs d'avance dans la ligne droite. L'écume dégoulinait sur le cou de Red Charley; on aurait vraiment dit de la crème à raser.

Dans le virage du fond, les six longueurs s'étaient réduites à trois et le peloton remontait à vue d'œil. Au bout de la ligne droite, Red Charley n'avait plus qu'une longueur et demie d'avance et mon cheval Bold Latrine l'attaquait à l'extérieur. Normalement, je devais gagner. A mi-chemin de la ligne droite, j'avais une encolure de retard. Encore un bond et j'avais gagné. Mais les chevaux conservèrent leurs positions jusqu'au poteau. Red Charley avait toujours une encolure d'avance. Il rapportait quarante-deux dollars quatre-vingts.

– J'savais bien que c'était le meilleur, dit Joe avant d'aller ramasser son fric.

A son retour, il me réclama la *Gazette*. Il étudia les chevaux.

– Comment se fait-il que Big H soit à six contre un? me demanda-t-il. Pour moi, c'est le meilleur.

– Il te *paraît* peut-être le meilleur, *à toi*, dis-je, mais pour les turfistes expérimentés, pour les gens du métier, les vrais pros, il cote à six contre un.

– Te vexe pas, Hank. Je sais bien que j'y connais rien, aux bourrins. J'veux seulement dire que j'ai l'impression qu'il devrait être favori. De toute façon, j'vais miser sur lui. Autant parier carrément dix sacs.

– C'est ton argent, Joe. Tu as tout simplement eu de la chance dans la première course, ne crois pas que ce soit toujours aussi facile.

Eh bien, Big H a gagné et rapporté quatorze dollars quarante. Joe a commencé à plastronner. On a lu la *Gazette* au bar, il m'a payé un verre, puis a filé un pourboire d'un dollar au barman. Quand on est sorti du bar, il a fait un clin d'œil au barman et dit : « Barney's Mole va faire cavalier seul dans la prochaine. » Comme Barney's Mole était favori à six contre cinq, j'ai pensé que Joe ne se mouillait pas trop pour une fois. Quand le portillon s'est ouvert, la cote de Barney's Mole avait encore monté. Il rapportait quatre dollars vingt, Joe avait placé vingt dollars sur lui.

– Cette fois, il m'a dit, ils ont choisi le bon cheval comme favori.

Sur les neuf courses, Joe a trouvé huit fois le gagnant. Sur le chemin du retour, il s'est demandé sans arrêt comment il avait bien pu se gourer dans la septième.

– Blue Truck semblait de loin le meilleur. Je comprends pas pourquoi il n'est arrivé que troisième.

– Joe, tu as gagné huit fois sur neuf. Telle est la chance des débutants. Tu ne sais pas à quel point ce jeu est complexe.

– Moi, ça me paraît facile. Suffit de choisir le gagnant et puis de ramasser ton fric.

Je n'ai pas desserré les dents jusqu'à chez moi. Ce soir-là, il a frappé à ma porte, il avait une pinte de *Grandad* et la *Gazette des courses*. Je l'ai débarrassé de la bouteille pendant qu'il parcourait la *Gazette* et me donnait les noms des neuf gagnants du lendemain en m'expliquant pourquoi. Nous possédions maintenant un véritable expert. Je sais comment ce genre de truc peut monter à la tête. Une fois, j'ai eu dix-sept gagnants d'affilée, je comptais acheter des villas au bord de la mer et me lancer dans la traite des Blanches pour mettre mes gains à l'abri du percepteur. On devient vraiment dingue à ce jeu-là.

Le lendemain, je me frottais les mains d'avance en emmenant Joe au champ de courses. Je voulais voir son visage quand il aurait constaté que tous ses pronostics étaient foireux. Les chevaux n'étaient que des animaux de chair et de sang. Ils étaient faillibles. Comme disent les vieux turfistes : « Il y a mille façons de perdre un pari, mais il n'y en a qu'une de le gagner. »

D'accord, ça ne s'est pas passé comme ça. Joe a gagné sept fois sur neuf – des favoris, des outsiders, des cotes moyennes. Et tout le chemin du retour, il a râlé à cause de ses deux erreurs. Il n'arrivait pas à piger. Je ne lui ai pas adressé la parole. Cet enfant de putain ne se plantait jamais, ou presque. Mais il allait se faire baiser par les pourcentages. Il a commencé à m'expliquer pourquoi je pariais comme un pied, l'art de parier pour gagner. Deux jours au champ de courses, et il était devenu un expert. Moi, je jouais depuis vingt ans, et il me racontait que j'étais un demeuré.

On y est allé toute la semaine, Joe a gagné sans arrêt. Il devint si puant que je l'évitai. Il acheta un costume et un chapeau, une chemise et des chaussures, il se mit à fumer des cigares à cinquante *cents*. Il annonça aux employés de l'assistance publique qu'il était désormais son propre patron et qu'il n'avait plus besoin de leur pognon. Joe était devenu fou. Il se laissa pousser la moustache, acheta une montre-bracelet et une bague de luxe. Le mardi suivant, je le vis arriver au champ de courses dans sa voiture personnelle, une Cadillac noire de 69. Il m'adressa un signe de la main, puis fit tomber la cendre de son cigare. Ce jour-là, sur le champ de courses, je ne lui ai pas dit un mot. Il était au club. Quand il a frappé à ma porte, le soir, il amenait la rituelle pinte de *Grandad*, plus une grande blonde. Une jeune blonde, bien sapée, bichonnée, beau châssis et joli minois. Ils sont entrés ensemble.

– Qui est cette vieille loque? elle a demandé à Joe.

– C'est mon pote, Hank, il lui a dit. Je le voyais souvent quand j'étais dans la débine. Un jour, il m'a emmené au champ de courses.

– Il n'a pas de régulière?

– Ce vieux Hank n'a pas eu de femme depuis 1965. Écoute, si on essayait de le coller avec la Grosse Gertie?

– Oh! arrête ton char, Joe, la Grosse Gertie n'en voudrait pas pour un empire! Regarde un peu les guenilles qu'il a sur le dos.

– Un peu de compassion, chérie, c'est mon pote. J'sais bien qu'il est pas très reluisant, mais c'est grâce à lui que j'ai commencé. J'suis sentimental.

– Eh bien, la Grosse Gertie n'est pas sentimentale. Elle aime la classe.

– Dis donc, Joe, j'ai fait, laisse tomber les femmes. Installe-toi avec la *Gazette*, buvons quelques verres et donne-moi quelques gagnants pour demain.

Joe s'exécuta. On a picolé et il a déniché les gagnants. Il a écrit neuf noms de chevaux sur un bout de papier. Sa gonzesse, la Grosse Thelma – eh bien, Grosse Thelma me lançait des regards assassins, comme si j'étais une grosse merde de chien sur la pelouse d'un particulier.

Le lendemain, il y avait huit gagnants sur la liste des neuf chevaux. Un cheval rapportait soixante-deux dollars soixante. J'arrivais pas à comprendre. Ce soir-là, Joe s'est pointé avec une autre femme. Encore mieux roulée. Il s'est assis avec sa bouteille et sa *Gazette*, puis m'a refilé neuf autres chevaux.

Puis il m'a dit : « Écoute, Hank, j'crois que j'vais déménager. J'me suis trouvé un chouette appart de luxe, pile en face du champ de courses. J'en avais ras le bol des aller-retour pour me rendre au champ de courses. On y va, baby. A la revoyure, p'tit gars. »

Je savais que c'était râpé. Mon pote me faisait ses adieux. Le lendemain, j'ai balancé tout mon blé sur ces neuf bourrins. Il y avait sept gagnants. De retour à la maison, je me suis plongé dans la *Gazette* pour essayer de piger pourquoi il avait choisi ces neuf chevaux, mais je n'ai pas trouvé la moindre raison valable. Certains de ses choix étaient parfaitement déconcertants.

Je n'ai pas revu Joe jusqu'à la fin de la réunion, sauf une fois; je l'ai aperçu qui entrait dans le club-house avec deux femmes. Joe était replet, il rigolait. Il portait un costume à deux cents dollars, et un diamant au doigt. Ce jour-là, j'ai perdu les neuf courses.

Deux ans plus tard, je me trouvais à Hollywood Park par une journée particulièrement chaude, un jeudi, et dans la sixième course j'avais le gagnant, qui rapportait vingt-six dollars quatre-vingts. Comme je m'éloignais du guichet où je venais de toucher mon fric, j'ai entendu sa voix derrière moi :

– Hé, Hank! *Hank!*

C'était Joe.

– Nom d'un p'tit bonhomme, il a dit, ça fait plaisir de te revoir!

– Salut, Joe...

Il portait toujours son costume à deux cents dollars, malgré la canicule. Nous étions tous en manches de chemise. Il avait besoin de se raser, ses chaussures étaient crottées, son costume fripé et sale. Son diamant s'était fait la malle, sa montre s'était fait la malle.

– File-moi un clope, Hank.

Je lui ai donné une cigarette. Quand il l'a allumée, j'ai remarqué que ses mains tremblaient.

– J'ai sacrément besoin d'un verre, vieux, il m'a dit.

Je l'ai emmené au bar et on a bu deux whiskies. Joe a étudié la *Gazette.*

– Écoute, vieux, je t'ai refilé plein de tuyaux valables, pas vrai?

– Absolument, Joe.

On restait au bar, à éplucher la *Gazette.*

– Dis, regarde un peu cette course, a dit Joe. Vise un peu Black Monkey. Il va faire un tabac, Hank. C'est couru d'avance. Et à huit contre un, encore.

– Il te plaît, Joe?

– Réglé comme du papier à musique, vieux. Il va faire un malheur.

On a misé tous les deux sur Black Monkey, avant de rejoindre les tribunes pour regarder la course. Il a fini bon septième.

– Je comprends pas, a dit Joe. Écoute, donne-moi deux autres dollars, Hank. Siren Call est dans la prochaine, elle peut pas perdre. C'est pas possible.

Siren Call est arrivée cinquième, ça nous a fait une belle jambe. Joe m'a encore tapé de deux dollars dans la neuvième, et son cheval a fait chou blanc une fois de plus. Joe m'a avoué qu'il n'avait pas de voiture, puis demandé si je pouvais le ramener chez lui.

– Tu ne vas pas me croire, qu'il m'a dit, mais j'suis de nouveau à l'assistance publique.

– Je te crois, Joe.

– Mais je vais me refaire. Tu sais, Pittsburgh Phil s'est retrouvé à la rue une demi-douzaine de fois. A chaque fois, il a remonté la pente. Ses amis avaient foi en lui. Ils lui ont prêté de l'argent.

Quand je l'ai déposé, j'ai découvert qu'il habitait un vieux meublé, à quatre rues de l'endroit où je vivais. J'avais jamais déménagé. Au moment de nous quitter, Joe m'a dit :

– Y a une putain de bonne course demain. Tu viens?

– Je ne suis pas sûr, Joe.

– Fais-moi signe si t'y vas.

– D'accord, Joe.

Ce soir-là, j'ai entendu des coups à ma porte. J'ai reconnu la façon de frapper de Joe. J'ai pas répondu. La télé était allumée, mais j'ai pas répondu. Je suis resté allongé pénard sur le lit. Il a continué à frapper.

– Hank! Hank! Tu es là? HÉ HANK!

Puis il s'est mis à cogner sérieux sur la porte, ce fils de pute. Il semblait hors de lui. Il cognait comme un sourd. Finalement, il s'est arrêté. Je l'ai entendu s'en aller dans le couloir. Puis j'ai entendu la porte de la pension se fermer. Je me suis levé, j'ai éteint la télé, j'suis allé au frigo, j'ai préparé un sandwich au jambon et au fromage, et ouvert une bière. Après quoi je me suis assis avec mon sandwich, j'ai ouvert la *Gazette* du lendemain et j'me suis mis à éplucher la première course, un prix de cinq mille dollars pour pouliches et hongres de trois ans. Le cheval numéro 8 me plaisait bien. La *Gazette* le cotait à cinq contre un. C'était dans la poche.

DOCTEUR NAZI

D'accord, je suis un type à problèmes. D'ailleurs, je me considère comme responsable de la plupart de mes problèmes. Je veux dire avec les femmes, le jeu, mon hostilité envers des groupes d'individus – plus important est le groupe, plus dévastatrice mon hostilité. On me dit peu constructif, lugubre, morose.

Quotidiennement, je me rappelle la femme qui m'a hurlé au visage : « Tu es tellement négatif, bordel! La vie peut être belle! »

Certes, certes, surtout avec un peu moins de hurlements. Mais je veux vous parler de mon médecin. Je ne consulte pas les psys. Les psys sont inutiles, trop imbus de leur personne. Par contre, un bon médecin est souvent désespéré et/ou frappé, et par conséquent beaucoup plus réjouissant.

Je suis allé voir le docteur Kiepenheuer parce que son cabinet était le plus proche de mon domicile. Mes mains étaient couvertes de petites ampoules blanches; j'y voyais un symptôme, soit de mes angoisses présentes, soit d'un éventuel cancer. Je portais des gants d'ouvrier pour que les gens ne louchent pas sur mes mains. Et je brûlais mes gants, car je fumais deux paquets de cigarettes par jour.

Je suis entré chez le docteur. J'avais le premier rendez-vous de la journée. Étant d'un naturel angoissé, je suis arrivé avec une demi-heure d'avance en gambergeant sur le cancer. J'ai traversé la salle d'attente pour jeter un coup d'œil dans le cabinet du médecin. L'infirmière réceptionniste était à quatre pattes dans un uniforme blanc moulant, la robe relevée quasiment jusqu'aux hanches, exposant deux superbes cuisses charnues gainées de bas nylon. J'ai oublié de penser au cancer. Elle ne m'avait pas entendu; à loisir, j'ai lorgné ses jambes et ses cuisses, évalué la rondeur de ses hanches. Elle essuyait de l'eau par terre, les toilettes avaient débordé et la fille jurait et pestait, elle était passionnée, elle était rose et brune et vivante et dévoilée. Je matais.

Elle a levé les yeux.

– Oui?

– Continuez, j'ai dit, je ne veux surtout pas vous déranger.

– Ce sont les toilettes, elle a fait. Elles débordent tout le temps.

Elle a continué d'essuyer et j'ai continué à la mater par-dessus un numéro de *Life*. Elle a fini par se relever. J'ai marché jusqu'au sofa et je me suis assis. Elle a feuilleté le carnet de rendez-vous.

– Êtes-vous M. Chinaski?

– Oui.

– Pourquoi n'enlevez-vous pas vos gants? Il fait chaud ici.

– Je préfère les garder, si vous n'y voyez pas d'inconvénient.

– Le docteur Kiepenheuer sera là bientôt.

– Tout va bien, je peux attendre.

– Quel est votre problème?

– Le cancer.

– Le cancer?

– Oui.

L'infirmière s'est éclipsé, j'ai lu mon numéro de *Life*, puis j'ai lu un autre numéro de *Life*, puis j'ai lu *Les Sports illustrés*, puis j'ai regardé les tableaux représentant des paysages marins et terrestres; de la musique en sourdine arrivait de quelque part. Et puis, brusquement, toutes les lumières se sont éteintes, avant de se rallumer; je me demandais s'il n'y avait pas moyen de violer l'infirmière sans risque, quand le médecin a fait son entrée. Je l'ai ignoré et il m'a ignoré : quinze partout.

Il m'a appelé dans son cabinet. Assis sur un tabouret, il m'a examiné. Il avait un visage jaune, des cheveux jaunes, ses yeux étaient sans éclat. Il n'allait pas tarder à claquer. Il devait avoir dans les quarante-deux ans. Je l'ai bien regardé et je lui ai donné six mois.

– Pourquoi ces gants? il a demandé.

– Je suis un homme sensible, docteur.

– Sensible?

– Oui.

– Dans ce cas, je dois vous dire que j'ai autrefois été un nazi.

– Y a pas de mal.

– Cela ne vous ennuie pas que j'aie été nazi?

– Non, ça ne m'ennuie pas.

– J'ai été fait prisonnier. On nous a baladés à travers la France dans un fourgon à bestiaux, portes ouvertes, et tous les gens nous lançaient des boules puantes, des pierres et toutes sortes d'ordures – arêtes de poissons, plantes mortes, excréments, toutes les saloperies imaginables.

Ensuite, le docteur s'est assis et m'a parlé de sa femme. Elle essayait de lui faire la peau. Une vraie harpie. Elle essayait de lui piquer tout son fric. Sa maison. Son jardin. Probablement le jardinier aussi, si ce n'était pas déjà fait. Sa voiture. Et la pension alimentaire. Plus un gros paquet de blé. Une femme horrible. Lui qui avait travaillé tellement dur. Cinquante patients par jour, à dix dollars par tête. La croix et la bannière pour joindre les deux bouts. Et cette femme. Les femmes. Oui, les femmes. Pour ma gouverne, il a décomposé le mot. Je ne sais plus si c'était femme ou femelle, toujours est-il qu'il m'a sorti l'étymologie latine du mot pour me montrer quel était le sens premier du mot – en latin : les femmes sont fondamentalement givrées.

Comme il me parlait de la folie des femmes, j'ai commencé à me sentir à l'aise avec ce médecin. Convaincu, j'acquiesçais.

Soudain, il m'ordonna de monter sur la balance, me pesa, puis écouta mon cœur et m'ausculta. Il enleva brutalement mes gants, lava mes mains dans une sorte de produit merdique, puis incisa les ampoules avec un rasoir, tout en stigmatisant la rancœur et l'esprit de vengeance que toute femme porte au fond de son âme. C'est pourquoi seuls les hommes souffrent.

Il me dit de me nettoyer les mains à intervalles réguliers et de me débarrasser de ces gants à la con. Il a encore sorti quelques vacheries sur les femmes en général et la sienne en particulier, puis je suis parti.

Mon problème suivant, ç'a été des accès de vertige. Ça me prenait seulement quand je faisais la queue. J'ai commencé à avoir la trouille de faire la queue. Insupportable.

J'ai réalisé qu'en Amérique, et probablement partout ailleurs, il fallait sans arrêt faire la queue. Nous faisions ça pour tout. Permis de conduire : trois ou quatre queues. Courses de chevaux : la queue. Au cinéma : la queue. Au supermarché : la queue. Je haïssais les queues. Je me suis dit qu'il existait sûrement un moyen de les éviter. Et puis j'ai trouvé la réponse : embaucher davantage d'*employés*. Oui, telle était la solution. Deux employés pour chaque individu. Non, *trois* employés. Que les employés fassent la queue.

Je savais que les queues me tuaient. Je ne pouvais pas m'y faire, pourtant tout le monde s'y faisait. Tout le monde était normal, sauf moi. La vie était belle, pour eux. Ils pouvaient faire la queue sans souffrir. Ils pouvaient faire la queue jusqu'à leur mort. En fait, ils *aimaient* faire la queue. Ils papotaient, se marraient, souriaient, flirtaient. Ils n'avaient rien d'autre à faire. Ils n'imaginaient pas autre chose. Dire que je devais contempler leurs oreilles, leurs bouches, leurs cous, leurs jambes, leurs culs, leurs narines, tout le tintouin. Je sentais des vapeurs méphitiques et mortelles sourdre de leurs corps; quand j'écoutais leurs conversations, j'avais envie de hurler : *« Jésus Marie Joseph, au secours! Dois-je vraiment souffrir à ce point pour acheter deux cents grammes de bidoche et une baguette? »*.

Le vertige s'emparait de moi, je devais écarter les jambes pour ne pas tomber; le supermarché se mettait à tournoyer, ainsi que les visages des employés du supermarché, leurs moustaches dorées et châtain, leurs yeux intelligents et heureux, tous de futurs directeurs de supermarché, avec leurs visages blancs satisfaits et aseptisés, achetant leur résidence secondaire en Arcadie et montant nuitamment leurs pâles et blondes épouses éperdues de reconnaissance.

J'ai pris un autre rendez-vous avec mon médecin. J'ai décroché le premier rendez-vous de la journée. Je suis arrivé avec une demi-heure d'avance, mais les toilettes étaient réparées. L'infirmière époussetait le cabinet de consultation. Elle se penchait, se redressait, puis se penchait à moitié, se penchait à droite et se penchait à gauche, tournait son cul vers moi et se penchait à angle droit. Son uniforme blanc se froissait, remontait un peu, beaucoup, passionnément; je découvrais un genou potelé, puis une cuisse, puis une hanche, puis le corps tout entier. Je me suis assis et j'ai pris un numéro de *Life*.

Elle a cessé d'astiquer, a passé la tête par la porte et m'a gratifié d'un sourire.

– Vous vous êtes débarrassé de vos gants, monsieur Chinaski?

– Oui.

Le toubib s'est pointé; cette fois, il avait carrément un pied dans la tombe. Il m'a fait signe de la tête, je me suis levé et je l'ai suivi dans le cabinet de consultation.

Il s'est posé sur son tabouret.

– Chinaski : comment allez-vous?

– Eh bien, docteur...

– Des problèmes avec les femmes?

– Ben, évidemment, mais...

Il voulait pas me laisser finir. Il avait encore perdu des cheveux. Il sucrait les fraises. Il semblait hors d'haleine. Plus maigre que la dernière fois. Un homme désespéré.

Sa femme lui en faisait voir de toutes les couleurs. Ils étaient allés au tribunal. Elle l'avait giflé devant les juges. Ça lui avait plu, c'était un bon argument pour lui. Ils avaient enfin compris qui était cette salope. Bref, il ne s'en était pas trop mal tiré. Elle lui avait laissé quelques miettes. Bien sûr, vous connaissez les honoraires des avocats. Enculés. Vous avez déjà bien regardé un avocat? Y sont presque tous adipeux. Surtout le visage.

– Enfin, merde, elle m'a baisé. Mais il me reste quand même quelques petites choses. Vous voulez savoir combien coûte une paire de ciseaux comme celle-ci? Regardez ça. Du fer blanc avec un écrou. Dix-huit dollars cinquante. Bon Dieu, dire qu'ils détestaient les nazis. Qu'est-ce qu'un nazi, comparé à cela?

– Je ne sais pas, docteur. Je vous ai déjà dit que je suis un peu paumé.

– Z'avez déjà essayé un psy?

– C'est inutile. Ils sont lugubres, sans imagination aucune. Je n'ai pas besoin d'un psy. Paraît qu'ils finissent toujours par abuser sexuellement de leurs patientes. J'aimerais bien être psy si je pouvais baiser toutes mes clientes; en dehors de ça, je ne vois pas l'utilité de cette profession.

Mon toubib s'est redressé sur son tabouret. Son visage a encore jauni et viré au gris. Une énorme contraction a convulsé son corps. Il était quasiment au bout du rouleau. Chic type, dommage.

– Voilà, je me suis débarrassé de ma femme, il a dit, c'est terminé.

– Tant mieux, j'ai dit, parlez-moi de l'époque où vous étiez nazi.

– Bof, on n'avait pas vraiment le choix. On s'est fait embrigader. J'étais jeune. Enfin, merde, nous n'y étions pour rien. On ne peut pas vivre dans plusieurs pays à la fois. Quand vous partez à la guerre, soit vous finissez dans un cercueil, soit vous finissez dans un fourgon à bestiaux avec les badauds qui vous balancent des étrons...

Je lui ai demandé s'il avait baisé sa belle infirmière. Il m'a souri finement. Son sourire disait oui. Puis il m'a raconté que depuis son divorce, eh bien il avait rencardé l'une de ses malades, il était parfaitement conscient que cela enfreignait la déontologie de la profession, mais...

– Non, je trouve ça très bien, docteur.

– C'est une femme très intelligente. Je l'ai épousée.

– Bravo.

– Maintenant, je suis heureux, ... mais...

Il étendit alors les bras et tourna ses paumes vers le plafond...

Je lui ai parlé de ma phobie des queues. Il m'a donné une ordonnance de Librium.

Ensuite, j'ai eu une éruption de furoncles sur le cul. Je souffrais le martyre. Ils m'ont immobilisé avec des courroies en cuir, ces types peuvent vous faire subir tous les traitements qui leur chantent, ils m'ont collé une anesthésie locale et m'ont ficelé le cul. J'ai tourné la tête pour regarder mon médecin et j'ai dit : « M'autorisez-vous à changer d'avis? »

Trois visages m'ont fait face. Le sien, plus deux autres. Lui charcutait. Elle s'occupait des compresses. La troisième enfonçait les aiguilles.

– Pas question de changer d'avis, a dit le toubib. Il s'est frotté les mains, a souri, puis a commencé...

Quand je l'ai vu pour la dernière fois, c'était à cause d'une sorte de cire qui me bouchait les oreilles. Je voyais bien ses lèvres bouger, j'essayais de comprendre ce qu'il disait, mais je n'entendais rien. A ses yeux et à son visage, je sentais qu'il s'était de nouveau collé dans la mouise, si bien que j'opinais du chef.

Il faisait chaud. La tête me tournait un peu et je pensais : d'accord, c'est un chic type, mais pourquoi ne me laisse-t-il jamais lui parler de mes problèmes, c'est pas juste, moi aussi j'ai des problèmes, et en plus je dois le payer.

Mon toubib a fini par comprendre que j'étais sourd. Il a sorti un truc évoquant un extincteur d'incendie et me l'a fourré dans l'oreille. Après quoi il m'a montré de gros morceaux de cire... c'était à cause de la cire, il m'a expliqué. Il a tendu le doigt vers un vase. On aurait vraiment dit des haricots frits.

Je me suis levé de la table, je l'ai payé et je suis parti. J'étais toujours sourd comme un pot. Je ne me sentais pas particulièrement mal, ni bien, je me demandais quelle maladie je lui soumettrais la prochaine fois, comment il s'y prendrait pour la soigner, comment il s'y prendrait avec sa fille de dix-sept ans qui était amoureuse d'une autre femme et qui allait épouser cette femme, et puis j'ai réalisé que *tout le monde* souffrait en permanence, y compris ceux qui faisaient semblant de ne pas souffrir. J'ai jugé ma découverte importante. J'ai regardé le vendeur de journaux et j'ai pensé, hmmmm, hmmmm, ensuite j'ai regardé un passant et j'ai pensé, hmmmm, hmmmm, hmmmmmm, et au croisement près de l'hôpital une voiture noire neuve a tourné au feu et renversé une ravissante jeune fille en minijupe bleue, elle était blonde, avec des rubans bleus dans les cheveux, elle s'est assise dans la rue au soleil, un liquide écarlate coulait de son nez.

LE CHRIST À PATINS À ROULETTES

C'était un petit bureau au troisième étage d'un vieil immeuble, pas très loin de la zone. Joe Mason, président du *Monde des patineurs, Inc.*, était assis derrière le bureau pourri qu'il louait en même temps que le local. Il y avait des graffitis gravés sur le dessus et les côtés : « Né pour mourir. » « Y a pas de justice. » « Sac à merde. » « Je hais l'amour plus que je n'aime la haine. »

Le vice-président, Clifford Underwood, était assis dans le seul autre fauteuil du bureau. Il y avait un téléphone. Le bureau sentait l'urine, alors que les toilettes étaient au bout du couloir, à quinze mètres de là. Il y avait une fenêtre donnant sur une ruelle, une épaisse fenêtre jaune qui laissait passer peu de lumière. Les deux hommes fumaient des cigarettes et attendaient.

– Quand est-ce que tu lui as dit? demanda Underwood.

– A 9 h 30, répondit Mason.

– Peu importe.

Ils attendaient. Huit minutes s'écoulèrent. Tous deux allumèrent une autre cigarette. On frappa à la porte.

– Entre, dit Mason.

C'était Chonjacki le Monstre, barbu, un mètre quatre-vingt-quinze et cent quatre-vingt-seize kilos. Chonjacki puait. Il s'est mis à pleuvoir. Un camion de marchandises est passé sous la fenêtre. Puis ils ont entendu vingt-trois autres camions de marchandises qui partaient vers le nord. Chonjacki puait toujours. C'était la vedette des Chemises jaunes, l'un des meilleurs groupes de patineurs à roulettes des deux rives du Mississipi, dans un couloir de vingt-cinq mètres de part et d'autre du fleuve.

– Assieds-toi, a dit Mason.
– Pas de fauteuil, a dit Chonjacki.
– File-lui ton fauteuil, Cliff.
Le vice-président s'est levé lentement, a mimé tous les mouvements d'un homme sur le point de péter, s'est abstenu, puis est allé s'appuyer contre la pluie qui cognait sur l'épaisse fenêtre jaune. Chonjacki a posé ses fesses, tendu le bras, puis allumé une Pall Mall. Sans filtre. Mason s'est penché sur le bureau :
– T'es un sale con de fils de pute.
– Une seconde, vieux!
– T'as envie d'être un héros, pas vrai, fiston? Ça t'excite que des gamines qu'ont pas un poil sur la chatte crient ton nom? Ça te fait bander, le bleu-blanc-rouge? T'aimes la glace à la vanille? Tu continues à te polir le chinois, hein, trou du cul?
– Écoute voir, Mason...
– Ta gueule! Trois cents dollars par semaine! Dire que je t'ai donné trois cents dollars par semaine! Quand je t'ai pêché dans ce bar, t'avais plus assez de fric pour payer ton verre... tu bouffais des jambons-beurre et t'avais le delirium tremens! T'étais incapable de lacer un patin! Je t'ai fabriqué, trou du cul, t'étais qu'une lavette, et je peux refaire de toi une lavette! En ce qui te concerne, je suis Dieu. Et je suis un Dieu qu'est pas prêt à pardonner tes péchés de débile profond!
Mason ferma les yeux et se renfonça dans son fauteuil tournant. Il inhala une bouffée de cigarette; une cendre brûlante tomba sur sa lèvre inférieure, mais il était trop furieux pour s'en inquiéter. Il laissa simplement la cendre le brûler. Quand la cendre fut éteinte, il garda les yeux clos et écouta la pluie. D'habitude, il aimait écouter la pluie. Surtout quand il était dans une pièce, que le loyer était payé et que les femmes ne le faisaient pas trop chier. Mais aujourd'hui la pluie restait sans effet. Non seulement il sentait l'odeur de Chonjacki, mais il était conscient de sa présence. Chonjacki était pire que la diarrhée. Chonjacki était pire que les morbaques. Mason ouvrit les yeux, se redressa et regarda le Monstre. Seigneur, ce qu'il fallait pas faire pour rester en vie.
– Mon poussin, dit-il doucement, tu as cassé deux côtes à Sonny Welborn hier soir. Tu m'entends?
– Écoutez..., commença Chonjacki.

– Pas *une* côte. Non, tu t'es pas contenté d'une côte. Deux. Deux côtes. Tu m'entends?

– Mais...

– Écoute-moi, trou du cul! Deux côtes! Tu m'entends? Est-ce que tu m'entends?

– J'vous entends.

Mason éteignit sa cigarette, se leva de son fauteuil tournant, puis contourna le bureau en direction du fauteuil de Chonjacki. A la rigueur, on pouvait trouver Chonjacki mignon. On pouvait le trouver beau gosse. Mais personne n'aurait jamais dit cela de Mason. Mason était vieux. Quarante-neuf ans. Presque chauve. Les épaules rentrées. Divorcé. Quatre garçons. Dont deux en taule. Il pleuvait toujours. Il devait pleuvoir pendant presque deux jours et trois nuits. La Rivière de Los Angeles allait s'exciter et se prendre pour une vraie rivière.

– Debout! dit Mason.

Chonjacki se leva. Aussitôt, Mason lui balança une gauche dans le buffet, et quand la tête de Chonjacki s'affaissa, il la redressa illico presto d'une droite bien ajustée. Alors il se sentit un peu mieux. Comme après un bol d'Ovomaltine par une matinée glaciale de janvier. Il contourna le bureau dans l'autre sens et alla se rasseoir. Cette fois-ci, il n'alluma pas une cigarette. Il alluma son cigare à quinze *cents*. Il alluma son cigare d'après déjeuner avant le déjeuner. Car il se sentait vraiment mieux. La tension. Fallait surtout pas laisser cette merde s'accumuler. Son ancien beau-frère était mort d'un ulcère à l'estomac. Uniquement parce qu'il n'avait pas su la faire sortir.

Chonjacki se rassit. Mason le regarda.

– Mon poussin, il s'agit de *business*, pas de sport. Nous ne voyons pas l'intérêt de *blesser* les gens, suis-je clair?

Chonjacki restait assis là, il écoutait la pluie. Il se demandait si sa voiture allait démarrer. Chaque fois qu'il pleuvait, il avait du mal à faire démarrer sa voiture. Sinon, c'était une bonne voiture.

– J't'ai posé une question, poussin : suis-je clair?

– Oh! ouais, ouais...

– Deux côtes défoncées. T'as défoncé deux côtes à Sonny Welborn. A notre meilleur joueur.

– Une seconde! Il joue pour les Vautours. Welborn joue pour les Vautours. Il peut pas être *votre* meilleur joueur?

– Trou du cul! Nous sommes les patrons des Vautours!

– Les patrons des Vautours?

– Exact, pauvre crétin. Des Anges aussi, et des Coyotes, et des Cannibales, et de toutes les putains d'équipes de la ligue, toutes nous appartiennent, tous ces gars...

– Jésus, Marie...

– Non, pas Jésus ni Marie. Jésus n'a rien à foutre dans tout ça! Mais, une minute, tu me donnes une idée, trou du cul.

Mason pivota vers Underwood, qui était toujours appuyé contre la pluie.

– Faudrait p't-êt' y réfléchir, dit-il.

– Mouais, fit Underwood.

– Arrête un peu de contempler ton nombril, Cliff. Sers-toi de tes méninges.

– C'est à quel sujet?

– Le Christ à patins à roulettes. Des possibilités infinies.

Ouais, ouais. On pourrait aussi exploiter le personnage du diable.

– Pas mal. Oui, le diable.

– On pourrait peut-être aussi faire figurer la croix.

– La croix? Non, c'est trop vieux jeu.

Mason pivota de nouveau vers Chonjacki. Chonjacki était toujours là. Ça n'a pas étonné Mason. S'il avait découvert un singe à la place du Monstre, il n'en aurait pas été autrement surpris. Mason avait beaucoup tourné. Mais ce n'était pas un singe, c'était Chonjacki. Il devait parler à Chonjacki. Le boulot, le boulot... tout ça pour le loyer, une partie de jambes en l'air de temps à autre, et un enterrement à la campagne. Les chiens ont des puces, les hommes des emmerdes.

– Chonjacki, dit-il, s'il te plaît, laisse-moi t'expliquer quelque chose. Tu m'écoutes? Es-tu capable de m'écouter?

– J'écoute.

– Nous sommes une entreprise comme les autres. Nous travaillons cinq jours par semaine. Nous passons à la télévision. Nous faisons vivre des familles. Nous payons des impôts. Nous votons. Les flics nous collent des contraventions comme à n'importe quel autre contribuable. Nous souffrons de mal de dents, d'insomnie, de maladies vénériennes. Nous devons tenir le coup jusqu'à ces sacrées fêtes de fin d'année, exactement comme tout le monde, tu comprends?

– Oui.

– Parfois, certains d'entre nous sont même déprimés. Nous sommes humains. Parfois, je me sens déprimé. Parfois, la nuit, j'ai envie de pleurer. En tout cas, j'te garantis qu'hier soir j'ai vraiment eu envie de pleurer quand j'ai appris que tu avais cassé deux côtes à Welborn...

– Il me cherchait, monsieur Mason!

– Chonjacki, Welborn n'oserait jamais arracher un seul poil à l'aisselle gauche de ta grand-mère. Il lit Socrate, Robert Duncan et W.H. Auden. Depuis cinq ans qu'il joue dans la ligue, ses plus graves brutalités n'auraient pas effarouché la bigote du...

– Il s'est pointé sur moi en hurlant, il brandissait...

– Oh! Seigneur, dit Mason à voix basse.

Il posa son cigare dans le cendrier.

– Fiston, je t'ai expliqué. Nous sommes une famille, une grande famille. Pas question de tabasser un membre de la famille. Nous avons capté l'attention de la crème des crétins amateurs de sports. La plus grande bande d'imbéciles qu'on ait jamais vue a les yeux rivés sur nous, et grâce à eux on se remplit les poches, tu piges? Nous avons détourné de la lutte professionnelle, de *Nous deux* et des films à l'eau de rose la crème des crétins patentés. Nous sommes dans le coup, et nous ne croyons ni aux embrouilles ni à la violence. Exact, Cliff?

– Absolument, dit Underwood.

– Montrons-lui comment on s'y prend, dit Mason.

– D'ac, fit Underwood.

Mason se leva de son bureau et se dirigea vers Underwood.

– Espèce de sale fils de pute, dit-il. J'vais te tuer. Que ta salope de mère syphilitique avale ses pertes blanches.

– Je ferai bouffer de la merde de chat à ta mère à toi, dit Underwood.

Il se décolla de la fenêtre et s'avança vers Mason. Mason attaqua le premier. Sous le choc, Underwood heurta le bureau.

Le bras gauche de Mason enserra la gorge de l'autre et l'étrangla; son poing et son avant-bras droits martelaient la tête d'Underwood.

– Les nénés de ta sœur pendouillent de son cul et barbotent dans l'eau quand elle chie, dit Mason à Underwood.

Underwood balança un bras derrière lui et fit passer Mason par-dessus sa tête. Mason s'écroula bruyamment contre le mur. Puis il se releva, marcha vers son bureau, s'assit dans le fauteuil tournant, prit son cigare et inhala une bouffée. Il continuait de pleuvoir. Underwood retourna s'adosser contre la fenêtre.

– Quand un type travaille cinq soirs par semaine, il ne peut pas se payer le luxe d'être blessé, tu piges, Chonjacki?

– Oui, m'sieur.

– Maintenant, écoute-moi, p'tit gars, il existe une règle valable pour tous, et c'est la suivante... Tu m'écoutes?

– Oui.

– ... voici : quand n'importe quel membre de la ligue blesse un autre joueur, c'est terminé pour lui, il est viré de la ligue, et tout le monde se donne le mot – il se retrouve sur la liste noire de tous les derbies d'Amérique. Peut-être aussi en Russie, en Chine et en Pologne. C'est bien entré dans ta p'tite tête?

– Oui.

– Bon. Pour une fois, on va passer l'éponge, car nous avons investi beaucoup de temps et d'argent sur toi. Tu es le Mark Spitz de notre ligue, mais nous pouvons te couler tout comme ses patrons à lui peuvent le couler, si tu t'écartes d'un poil de nos consignes.

– Oui, m'sieur.

– Mais attention, ça veut pas dire qu'il faut que tu deviennes doux comme un agneau. Faut que t'aies l'air violent sans vraiment être violent, vu? Le coup de la glace sans tain, le lapin qui sort du chapeau, la malle indienne. Ils adorent qu'on les trompe. Ils ne connaissent pas la vérité, bon Dieu, ils ne veulent surtout pas entendre parler de la vérité, ça leur donne des boutons. Nous les rendons heureux. Nous conduisons des voitures neuves et payons l'Université à nos gamins, compris?

– Compris.

– O.K. Fous le camp d'ici.

Chonjacki se leva pour partir.

– Au fait, fiston...

– Oui?

– Prends un bain de temps en temps.

– Quoi?

– Ah bon! Alors c'est peut-être pas ça. Est-ce que tu serais pas un peu avare de papier hygiénique quand tu t'essuies le cul?

– Je sais pas. Il en faut beaucoup?

– Ta maman t'a pas appris ça?

– Quoi?

– Essuie-toi jusqu'à ce que tu ne voies plus de trace.

Chonjacki restait planté là, à le regarder.

– Très bien, tu peux partir maintenant. Et je te prie de te souvenir de tout ce que je t'ai dit.

Chonjacki sortit. Underwood alla s'asseoir dans le fauteuil vacant. Il prit son cigare à quinze *cents* d'après déjeuner, sans dire un mot. Puis le téléphone a sonné. Mason a décroché. Il a écouté, puis dit :

– Ah, le régiment de scouts numéro 763? Combien? Naturellement, ils auront des billets à demi-tarif. Dimanche soir. Nous réservons les places. Bien sûr, bien sûr. Oh! d'accord, pas de problème...

Il a raccroché.

– Trous du cul, il a dit.

Underwood n'a rien répondu. Ils restaient assis, écoutant la pluie. La fumée montant de leurs cigares traçait d'intéressantes volutes dans l'air de la pièce. Ils restaient assis, fumaient, écoutaient la pluie et regardaient les dessins de la fumée. Le téléphone sonna de nouveau, Mason fit une grimace. Underwood se leva de son fauteuil, marcha vers le bureau et répondit. C'était son tour.

L'EXPÉDITIONNAIRE AU NEZ ROUGE

Quand je rencontrai Randall Harris pour la première fois, il avait quarante-deux ans et vivait avec une femme aux cheveux gris, une certaine Margie Thompson. A quarante-cinq ans, Margie n'était pas vraiment reluisante. A l'époque rédacteur d'une petite revue, *Mad Fly,* j'étais allé voir Randall pour essayer de lui soutirer quelques textes.

Randall était célèbre en tant qu'isolationniste, pochard, homme grossier et amer, mais ses poèmes étaient saignants, saignants et honnêtes, simples et sauvages. A l'époque, son écriture était totalement originale. Il travaillait comme expéditionnaire dans un dépôt de pièces automobiles.

J'étais assis en face de Randall et de Margie. Il était 7 h 15 du soir, Harris était déjà saoul à la bière. Il posa une bouteille devant moi. Je connaissais Margie Thompson de nom. C'était une vieille routière du communisme, une altruiste, une bienfaitrice. On se demandait ce qu'elle faisait avec Randall, qui se foutait de tout et le reconnaissait volontiers. « J'aime photographier de la merde, me dit-il, c'est ça, mon art. »

Randall avait commencé à écrire à trente-huit ans. A quarante-deux ans, après trois petits livres vendus au porte à porte (*La mort est un chien plus sale que ma patrie, Ma mère a baisé un ange,* et *Les Chevaux pisseux de la folie*), il jouissait de ce qu'on pouvait appeler une notoriété confidentielle. Pourtant, il ne gagnait pas un sou avec ses bouquins, et il disait : « Je ne suis qu'un expéditionnaire affligé de profondes crises de désespoir. » Il vivait avec Margie dans un vieil appartement de plain-pied de Hollywood, et il était bizarre, vraiment bizarre. « Je n'aime tout bonnement pas les gens, disait-il. Tu sais, Will Rogers a déclaré un jour : " Je n'ai jamais rencontré un homme que je n'ai pas aimé. " Eh bien moi, je n'ai jamais rencontré un homme que j'ai aimé. »

Malgré tout, Randall avait de l'humour, il savait rire de la souffrance et de lui-même. On ne pouvait s'empêcher de l'aimer. Il était laid, avec une grosse tête et un visage difforme – seul le nez semblait avoir échappé au massacre. « J'ai pas assez de cartilage dans le nez, c'est comme du caoutchouc », expliquait-il. Son nez était long et très rouge.

J'avais entendu toutes sortes d'histoires à propos de Randall. Il adorait casser les vitres des fenêtres, fracasser des bouteilles contre les murs. Il devenait insupportable quand il avait bu. Il traversait aussi des périodes où il ne répondait ni à la porte ni au téléphone. Il n'avait pas la télé, seulement une petite radio, et il n'écoutait que de la musique classique, surtout des symphonies – bizarre pour un type aussi violent.

De temps à autre, Randall dévissait le dessous de son téléphone et enveloppait la sonnette avec du papier hygiénique pour qu'on ne l'entende pas. Le téléphone restait dans cet état pendant des mois. On se demandait pourquoi il avait le téléphone. Sa culture était maigre, mais il avait manifestement lu la plupart des bons auteurs.

– Alors, enculé, me dit-il, je parie que tu te demandes ce que je fous avec elle?

Du doigt, il montra Margie.

J'ai rien répondu.

– C'est un bon coup, dit-il, elle baise mieux que n'importe quelle greluche à l'ouest de St. Louis.

C'était le même type qui avait pondu quatre ou cinq grands poèmes d'amour dédiés à une certaine Annie. Pas facile de piger comment ce type fonctionnait.

Assise en face de moi, Margie se contentait de sourire. Elle aussi écrivait de la poésie, mais ce n'était pas très bon. Elle avait beau participer à deux ateliers par semaine, ça ne semblait pas l'avancer à grand-chose.

– Alors comme ça, tu veux des poèmes? il m'a demandé.

– Oui, j'aimerais en regarder quelques-uns.

Harris a marché jusqu'au cagibi, a ouvert la porte, puis ramassé des bouts de papier déchirés et chiffonnés qui traînaient par terre. Il me les a donnés. « J'ai écrit ça hier soir. » Puis il est allé dans la cuisine, d'où il est revenu avec deux autres bières. Margie ne buvait pas.

J'ai commencé à lire les poèmes. Tous étaient puissants. Il avait la main lourde sur la machine à écrire, les mots semblaient ciselés dans le papier. La force qui se dégageait de son écriture me surprenait à chaque fois. Il paraissait dire tous les trucs que nous aurions dû dire, mais que nous n'avions jamais songé à dire.

– Je prends ces poèmes, j'ai fait.

– O.K., il a dit, finis ta bouteille.

Quand on rendait visite à Harris, fallait s'attendre à picoler. Il fumait cigarette sur cigarette. Il portait des pantalons kaki beaucoup trop grands pour lui, et des vieilles chemises toujours élimées. Il mesurait un mètre quatre-vingts environ et devait peser cent dix kilos avec sa grosse bedaine de buveur de bière. Il avait les épaules bien enveloppées et vous dévisageait en plissant les yeux. Nous avons bu pendant deux bonnes heures et demie, l'air de la pièce était bleu de fumée. Soudain, Harris s'est levé et a dit :

– Fous le camp d'ici, enculé, tu m'écœures!

– Doucement, Harris...

– J'ai dit : FOUS LE CAMP! Enculé!

Je me suis levé et je suis parti en emportant les poèmes.

Deux mois plus tard, j'suis retourné dans l'appartement de plain-pied pour donner à Harris deux exemplaires de *Mad Fly*. J'avais publié les dix poèmes qu'il m'avait proposés. Margie m'a fait entrer. Randall n'était pas là.

– Il est à la Nouvelle-Orléans, m'a dit Margie. Je crois qu'il tient le bon bout. Jack Teller désire publier son prochain livre, mais il veut d'abord connaître Randall. Teller prétend qu'il ne peut pas publier un auteur dont il n'aime pas la personnalité. Il a payé à Randall l'aller et retour en avion.

– Randall n'est pas spécialement affectueux, dis-je.

– On verra bien, dit Margie. Teller est un alcoolo doublé d'un ancien taulard. Ils vont peut-être s'entendre comme larrons en foire.

Teller publiait la revue *Rifraff* et possédait sa propre imprimerie. Il faisait un excellent boulot. Sur la couverture du dernier numéro de *Rifraff*, on voyait la sale gueule de

Harris en train de descendre une bouteille de bière, et à l'intérieur il y avait un certain nombre de ses poèmes.

La plupart des spécialistes considéraient *Rifraff* comme la meilleure revue littéraire du moment. La cote de Harris ne cessait de monter. Il tenait effectivement le bon bout, s'il ne foutait pas tout en l'air avec son caractère de cochon et ses beuveries. Avant mon départ, Margie me dit qu'elle était enceinte – de Harris. Comme je l'ai déjà signalé, elle avait quarante-cinq ans.

– Comment a-t-il réagi quand tu le lui as dit?

– Il a paru indifférent.

Je suis parti.

Le livre fut publié avec un tirage de deux mille exemplaires, superbement imprimés. La couverture était en liège importé d'Irlande. Les pages, de plusieurs couleurs, étaient en papier de qualité supérieure, la typographie exceptionnelle, et le tout contenait plusieurs dessins à l'encre de Harris. Le livre fut couvert d'éloges par la critique, pour lui-même et pour son contenu. Mais Teller ne pouvait pas payer de droits d'auteur. Lui et sa femme vivaient en permanence sur la corde raide. En dix ans, ce livre devait atteindre le prix de soixante-quinze dollars au marché des livres rares. Entre-temps, Harris retourna à son boulot d'expéditionnaire au dépôt de pièces automobiles.

Quand j'ai téléphoné, quatre ou cinq mois après, Margie était partie.

– Ça fait longtemps qu'elle ne vit plus ici, dit Harris. Viens boire une bière.

– Keski s'est passé?

– Et bien, après mon retour de la Nouvelle-Orléans, j'ai pondu quelques nouvelles. Pendant que je bossais, elle s'est mise à farfouiller dans mes tiroirs. Elle a déniché deux de mes nouvelles et a été choquée.

– De quoi parlaient ces nouvelles?

– Oh! elle a lu une nouvelle où je couchais avec quelques femmes à La Nouvelle-Orléans.

– Ça s'est réellement passé comme ça? j'ai demandé.

– Comment va *Mad Fly*? il a demandé.

Le bébé est né, une fille, Naomi Louise Harris. Le bébé et sa mère habitaient Santa Monica; Harris prenait sa voiture une fois par semaine pour leur rendre visite. Il payait une pension alimentaire et continuait à boire sa bière. J'appris bientôt qu'il rédigait une rubrique hebdomadaire dans le canard *underground* *L.A. Lifeline.* Il avait baptisé sa rubrique *Notes du dingo de service.* Sa prose ressemblait à sa poésie – brouillonne, antisociale et désinvolte.

Harris se laissa pousser un bouc et décida de porter les cheveux longs. Quand je le revis, il vivait avec une fille de trente-cinq ans, une jolie rousse répondant au nom de Susan. Susan travaillait dans un magasin de fournitures d'art, elle peignait et jouait assez bien de la guitare. De temps en temps, elle s'envoyait une bière avec Randall, contrairement à Margie qui ne buvait rien. Devant l'appart de Harris, la cour semblait plus propre. Quand Harris eut terminé sa bouteille, il la jeta dans un sac en papier, et non par terre. Néanmoins, c'était toujours un sale poivrot.

– En ce moment, me dit-il, j'écris un roman, et je décroche quelques lectures de poésie dans les universités du coin. J'en ai une en vue dans le Michigan et une autre à New Mexico. Les honoraires sont corrects. Bien que je n'aime pas lire, je lis bien. Je leur offre un vrai spectacle, ainsi que des poèmes dignes de ce nom.

Et puis Harris s'était mis à la peinture. Il ne peignait pas très bien. Il peignait comme un mec pété depuis cinq ans à la vodka; pourtant, il réussissait à vendre une ou deux toiles pour quarante ou cinquante dollars. Il me dit qu'il songeait à plaquer son boulot. Trois semaines plus tard, il le plaquait pour de bon, afin de pouvoir faire sa lecture dans le Michigan. Il avait déjà épuisé tous ses jours de congé lors de son voyage à la Nouvelle-Orléans.

Je me rappelle qu'un jour il m'avait juré : « Je ne lirai jamais rien devant ces vampires, Chinaski. On m'enterrera sans que j'aie jamais fait la moindre lecture de poésie. C'est de la vanité, de la fumisterie. » Je ne lui ai pas rappelé ses promesses d'antan.

Son roman, *Mort dans la vie de tous les yeux du monde,* fut publié par une petite mais prestigieuse maison d'édition qui payait ses auteurs rubis sur l'ongle. Les critiques furent bonnes, y compris celle du supplément littéraire du *New York Times.* Mais il était toujours un sale pochard et se disputait fréquemment avec Susan à cause de ses cuites.

Finalement, après une horrible nuit de beuverie passée en

hurlements, imprécations et jurons, Susan le quitta. Je vis Randall plusieurs jours après son départ. Harris était étrangement calme, presque affable.

– Je l'aimais, Chinaski, me dit-il. Je crois pas que je vais y arriver, vieux.

– Mais si, tu vas t'en sortir, Randall. Tu verras. Tu vas y arriver. L'être humain est beaucoup plus costaud que tu ne le penses.

– Merde, dit-il. J'espère que tu as raison. J'ai ce foutu trou dans l'estomac. Maints braves hommes se sont retrouvés sous les ponts à cause d'une femme. Les femmes ne sentent pas les choses de la même façon que nous.

– Peut-être, mais je crois qu'elle ne supportait pas tes beuveries.

– Bordel de merde, j'écris presque tous mes trucs quand je suis saoul.

– C'est ton secret?

– Oui. Sobre, je ne suis qu'un expéditionnaire, et pas un bon encore...

Quand je suis parti, il contemplait sa bière.

Je lui rendis une nouvelle visite trois mois plus tard. Harris habitait toujours son appart de plain-pied. Il me présenta Sandra, une jolie blonde de vingt-sept ans. Son père était juge de grande instance, elle était licenciée de l'Université de Californie du Sud. Non seulement elle était bien roulée, mais elle possédait un charme et une sophistication qui avaient fait défaut aux autres femmes de Randall. Ils buvaient une bouteille de bon vin italien.

Le bouc de Randall s'était transformé en barbe, ses cheveux étaient beaucoup plus longs. Ses vêtements étaient neufs et dernier cri. Il portait des chaussures à quarante dollars, une montre-bracelet neuve, son visage semblait plus mince, ses ongles étaient propres... mais son nez rougissait toujours au fur et à mesure que Randall picolait.

– Ce week-end, Randall et moi allons nous installer à West L.A., me dit-elle. Cet endroit est dégueulasse.

– J'ai écrit pas mal de bonnes choses ici, dit-il.

– Randall, mon chéri, dit-elle, ce n'est pas cet appartement qui écrit, c'est *toi*. Je crois que nous pourrons trouver pour Randall un boulot de professeur trois jours par semaine.

– Je sais pas enseigner.

– Mon amour, tu es capable de leur enseigner *n'importe quoi.*

– Merde, dit-il.

– Les gens du cinéma veulent tirer un film du livre de Randall. Nous avons lu le scénario. C'est un très bon scénario.

– Un film? j'ai demandé.

– Il y a une chance sur mille, a dit Harris.

– Chéri, laisse le temps faire son œuvre. Aie un peu confiance.

J'ai bu un autre verre de vin avec eux, puis je suis parti. Sandra était une fille superbe.

On ne me communiqua pas l'adresse de Randall à West L.A. et je ne fis aucun effort pour la découvrir. Plus d'un an après ma dernière visite, je lus la critique d'un film intitulé *Une fleur au bout de l'enfer.* Le film était une adaptation du roman de Harris. La critique était élogieuse, Harris jouait même un petit rôle dans le film.

Je suis allé voir le film. Ils avaient fait du bon boulot à partir du livre. Harris semblait un peu plus austère que lors de ma dernière visite. Je décidai de retrouver sa trace. Après une petite enquête, je frappai à la porte de son bungalow de Malibu, un soir vers neuf heures. Randall m'ouvrit.

– Chinaski, vieille peau, dit-il. Entre donc.

Une fille superbe était assise sur le divan. Je lui ai donné dix-neuf ans, elle rayonnait littéralement de beauté. « Je te présente Karilla », dit-il. Ils buvaient une bouteille de vin français de luxe. Je me suis assis avec eux et j'ai bu un verre. J'ai bu plusieurs verres. Une autre bouteille est arrivée, nous devisions tranquillement. Harris n'a pas joué le numéro du sale pochard, il semblait fumer moins.

– Je prépare une pièce pour Broadway, me dit-il. Il paraît que le théâtre est à l'agonie, mais je leur prépare quelque chose de gratiné. L'un des principaux producteurs est très intéressé, Je suis en train de mettre au point le dernier acte. J'adore le théâtre. D'ailleurs, j'ai toujours eu une conversation éblouissante, tu le sais bien.

– Oui, dis-je.

Ce soir-là, je suis parti vers onze heures et demie. La conversation avait été agréable... Les tempes grisonnantes de Harris lui donnaient un air distingué, et il ne dit pas « merde » plus de quatre ou cinq fois.

La pièce, *Tue ton père, tue ton Dieu, tue le dénouement*, fut un succès. Elle faillit battre tous les records de longévité dans l'histoire de Broadway. Tout le monde y trouvait son compte : elle avait un sens pour les révolutionnaires, un sens pour les réactionnaires, un sens pour les amoureux de la comédie, un sens pour les amoureux du drame, même un sens pour les intellectuels, et par-dessus le marché elle tenait debout. Randall Harris quitta Malibu pour s'installer dans une grande maison des collines de Hollywood. On trouve désormais son nom dans les potins mondains des grands journaux.

Je me suis mis au boulot et j'ai fini par trouver sa baraque de Hollywood, une villa de trois étages surplombant les lumières de Los Angeles et de Hollywood.

Je me suis garé, je suis descendu de voiture, et j'ai pris l'allée jusqu'à la porte d'entrée. Il était huit heures et demie du soir, il faisait frais, presque froid; la lune était pleine et l'air piquait.

J'ai sonné. Il m'a semblé attendre très longtemps. Finalement, la porte s'est ouverte. C'était un majordome.

– Oui, monsieur? m'a t-il demandé.

– Henry Chinaski. J'aimerais voir Randall Harris, j'ai dit.

– Un instant, monsieur.

Il a refermé doucement la porte et j'ai attendu. Aussi longtemps que la première fois. Puis le majordome est revenu.

– Je suis navré, monsieur, mais M. Harris ne veut pas être dérangé à cette heure.

– Ah bon! très bien.

– Voulez-vous laisser un message, monsieur?

– Un message?

– Oui, un message.

– Dites-lui : « félicitations ».

– « Félicitations »? C'est tout?

– Oui, c'est tout.

– Bonsoir, monsieur.

– Bonsoir.

Je suis retourné à ma voiture et je suis monté. Elle a démarré et j'ai entamé la longue descente à travers les collines. J'avais emmené avec moi le vieux numéro de *Mad Fly* pour qu'il me le dédicace. Le numéro qui contenait dix poèmes de Randall Harris. Il était probablement occupé. J'ai pensé que, si je lui envoyais le numéro de la revue avec une enveloppe timbrée pour le retour, il le dédicacerait peut-être.

Il n'était que neuf heures. J'avais tout le temps d'aller ailleurs.

LE DIABLE ÉTAIT EN CHALEUR

Voilà, je venais de m'engueuler avec Flo, mais je n'avais pas envie de me saouler ni d'aller dans un salon de massages. Je suis donc monté dans ma voiture et j'ai mis le cap vers l'ouest, direction la plage. Le soir tombait, je conduisais lentement. Je suis arrivé à la jetée, je me suis garé et je suis monté sur la jetée. J'ai fait une halte à la salle de jeux, ai fait quelques parties, mais l'endroit puait la pisse, si bien que je suis sorti. Comme j'étais trop vieux pour monter sur le manège, je suis passé devant sans m'arrêter. Les gens habituels arpentaient la jetée – une foule somnolente, indifférente.

Ce fut alors que je remarquai un rugissement sortant d'une baraque proche. Sans doute une bande enregistrée ou un disque. Il y avait un aboyeur devant le stand : « Allons, mesdames et messieurs, *entrez, entrez donc*... nous avons réellement capturé le *diable*! Venez l'admirer en chair et en os! Rendez-vous compte, pour vingt-cinq *cents* seulement, vous allez pouvoir contempler le diable... le plus grand perdant de tous les temps! Le grand vaincu de l'unique révolution jamais fomentée au ciel! »

Eh bien, j'étais partant pour une petite supercherie qui me permettrait peut-être d'oublier mes engueulades avec Flo. J'ai filé vingt-cinq *cents* et je suis entré avec six ou sept autres branleurs. Il y avait un type dans une cage. On l'avait aspergé de peinture rouge et il avait un truc dans la bouche qui le faisait exhaler des petits tourbillons de fumée et cracher des flammes. Son numéro n'était pas fantastique. Il se contentait de tourner en rond, répétant inlassablement : « Bon Dieu de merde, faut que j'arrive à sortir d'ici! Comment j'ai fait pour me retrouver dans cette taule pourrie? » Pourtant, je vous garantis qu'il avait l'air *vraiment* dangereux. Brusquement, il exécuta six sauts périlleux arrière. Au bout du sixième, il atterrit sur ses pieds, regarda autour de lui et dit : « Ah! merde, quelle guigne! »

Puis il me vit. Il s'avança immédiatement vers moi et se colla au grillage. Ce type chauffait comme un radiateur. Je sais pas comment ils s'y prenaient pour obtenir cet effet.

– Mon fils, dit-il, tu es enfin là! Je t'attends depuis si longtemps. Trente-deux jours que je marine dans cette putain de cage!

– Je ne vois pas ce que vous voulez dire.

– Mon fils, dit-il, ne fais pas le malin avec moi. Reviens ce soir, tard, avec une pince coupante, et fais-moi sortir de cette cage.

– Arrête de te payer ma tronche, mec, dis-je.

– Trente-deux jours que je pourris là-dedans, mon fils! Enfin je vais retrouver la liberté!

– Vous voulez dire que vous prétendez être vraiment le diable?

– Que je me gèle les couilles au paradis si je ne le suis pas, répondit-il.

– Si vous êtes le diable, alors pourquoi n'utilisez-vous pas vos pouvoirs surnaturels pour sortir d'ici?

– Mes pouvoirs ont temporairement disparu. Ce mec, l'aboyeur, il s'est retrouvé dans la cellule des poivrots avec moi. Quand je lui ai dit que j'étais le diable, il a payé ma caution. J'avais déjà perdu mes pouvoirs en prison, sinon j'aurais pas eu besoin de lui. Il m'a refait picoler, et quand je me suis réveillé, j'étais dans cette cage. Ce salopard ne me file que de la nourriture pour chien et des sandwiches au beurre de cacahuète. Mon fils, aide-moi, je t'en supplie!

– Vous êtes cinglé, j'ai dit, vous êtes complètement frappé.

– Reviens ce soir, mon fils, avec la pince coupante.

L'aboyeur est entré pour annoncer que notre séance avec le diable était terminée, mais que si nous voulions continuer à le contempler, il faudrait de nouveau payer vingt-cinq *cents*. Ça me suffisait. Je suis sorti avec les six ou sept autres branleurs.

– Hé, il vous a *parlé*, me dit le petit vieux qui marchait à côté de moi. Je viens le voir tous les soirs, et vous êtes la première personne à qui il adresse la parole.

– Du vent, j'ai dit.

L'aboyeur m'a arrêté.

– Keskil vous a dit? J'ai vu qu'il vous parlait. Keskil vous a dit?

– Il m'a tout raconté, j'ai répondu.

– Hé là, bas les pattes, paulo, *il est à moi*! J'ai jamais ramassé autant de fric depuis que j'avais la femme à barbe et aux trois jambes.

– Que lui est-il arrivé?

– Elle s'est cassée avec l'homme-pieuvre. Ils s'occupent d'une ferme dans le Kansas.

– Je crois que vous êtes tous complètement marteau.

– En tout cas, c'est *moi* qui ai trouvé ce type. *Alors marche pas sur mes plates-bandes!*

J'ai marché jusqu'à ma voiture, je suis monté et retourné voir Flo. Quand je suis arrivé, elle était assise dans la cuisine à picoler du whisky. Elle est restée posée sur ses fesses et m'a répété plusieurs centaines de fois que j'étais un pauvre crétin superflu. Un moment, j'ai bu avec elle sans dire grand-chose. Puis je me suis levé, je suis allé au garage, j'ai pris la pince coupante, je l'ai mise dans ma poche, je suis allé à la voiture et cap sur la jetée.

Je suis entré par-derrière, le loquet rouillé a pété sans problème. Il était endormi sur le sol de sa cage. J'ai essayé de couper le grillage, mais je n'y suis pas arrivé. Les fils de fer étaient très épais. C'est alors qu'il s'est réveillé.

– Mon fils, il a dit, tu es revenu! Je savais que tu reviendrais!

– Écoute, mec, j'arrive pas à couper le fil de fer avec ma pince coupante. Le grillage est trop épais.

Il s'est levé.

– Donne-moi ça.

– Dieu, j'ai fait, tes mains sont brûlantes! Tu as sûrement la fièvre.

– M'appelle pas Dieu, il a dit.

Il a découpé le fil de fer avec la pince coupante comme si c'était de la guimauve, puis il est sorti.

– Et maintenant, mon fils, on file chez toi. Faut que j'me refasse une santé. Quelques bons steaks et ça ira mieux. J'ai mangé tellement de bouffe pour chien que j'ai peur de me mettre à aboyer.

On est retourné à ma voiture et je l'ai emmené chez moi. Quand on est entré, Flo était toujours assise dans la cuisine à boire du whisky. Histoire de le mettre en appétit, je lui ai préparé un sandwich aux œufs et au bacon, puis nous nous sommes assis avec Flo.

– Ton diable a plutôt une belle gueule, elle m'a dit.

– Il prétend qu'il *est* le diable, j'ai dit.

– Ça fait un sacré bail, il a dit, que j'ai pas tringlé une femme.

Il s'est penché pour gratifier Flo d'un long baiser. Quand il l'a lâchée, elle a paru sous le choc.

– C'est bien le baiser le plus *brûlant* qu'on m'ait jamais donné, dit-elle, et pourtant, on m'en a donné un paquet.

– Vraiment? il a demandé.

– Si tu fais l'amour comme tu embrasses, eh bien ça sera tout simplement trop, tout simplement *trop*!

– Où est la chambre à coucher? il m'a demandé.

– T'as qu'à suivre la dame, j'ai fait.

Il a suivi Flo dans la chambre à coucher et je me suis versé une bonne rasade de whisky.

Jamais je n'ai entendu cris ni gémissements pareils, ça a duré quarante-cinq bonnes minutes. Puis il s'est pointé tout seul, s'est assis et servi un verre.

– Mon fils, il a dit, tu as trouvé une femme formidable.

Il a marché jusqu'au divan de la pièce de devant, s'est allongé, puis endormi. Je suis allé dans la chambre, je me suis déshabillé et j'ai rejoint Flo au lit.

– Mon Dieu, elle a dit, mon Dieu, j'arrive pas à y croire. Il m'a fait monter au septième ciel.

– Pourvu qu'il ne foute pas le feu au divan, j'ai fait.

– Tu veux dire qu'il risque de s'endormir avec une cigarette allumée?

– Laisse tomber, j'ai dit.

Eh bien, il a commencé à reprendre des forces. J'ai dû, moi, aller dormir sur le divan. J'ai dû entendre les hurlements et autres roucoulements de Flo tous les soirs. Un jour, alors que Flo était au marché et que nous buvions une bière dans la cuisine, j'ai essayé de corriger le tir.

– Écoute, j'ai dit, je demande pas mieux que d'aider un

type à s'en sortir, mais maintenant j'ai déjà perdu mon lit et ma femme. J'vais être obligé de te demander de partir.

– Je crois que je vais rester encore un peu, mon fils, ta femme est un des meilleurs coups que j'aie jamais tirés.

– Écoute, mec, j'ai dit, j'voudrais pas être obligé de prendre des mesures radicales pour que tu te barres.

– On joue à superman, hein? Alors, écoute-moi bien, superman, j'ai quelques petites nouvelles à t'annoncer. Mes pouvoirs surnaturels sont revenus. Si tu me cherches des crosses, gare à tes fesses. Regarde!

On avait un chien : Vieux Os. Il valait pas tripette, mais au moins il aboyait la nuit, c'était un bon chien de garde. Eh bien, ce type a pointé son doigt sur Vieux Os, son doigt a émis une sorte d'éternuement, puis il a grésillé, puis une mince ligne incandescente s'en est échappée pour frapper Vieux Os. Vieux Os a grillé et s'est évaporé. Il n'était tout bonnement plus là. Pas le moindre os, pas de poils, même pas une odeur de chair rôtie. Rien de rien.

– D'accord, mec, je lui ai dit. Tu peux rester deux jours, mais après faudra que tu partes.

– Prépare-moi un châteaubriant, il a dit, j'ai faim et j'ai comme l'impression que mon taux de sperme baisse dangereusement.

Je me suis levé et j'ai balancé un steak dans la poêle.

– Et n'oublie pas les frites pour la garniture, il a dit. Plus quelques tranches de tomates. Je ne prendrai pas de café. J'ai mal dormi ces derniers temps. Je me contenterai de deux autres bières.

Au moment où je le servais, Flo est rentrée.

– Bonjour, mon amour, elle a dit, comment va?

– Au poil, il a dit. Y a pas de ketchup?

Je suis sorti, j'ai pris ma voiture et mis le cap sur la plage.

L'aboyeur avait trouvé un autre diable. J'ai payé mes vingt-cinq *cents* et je suis entré. Le nouveau diable était sacrément mal fagoté. La peinture rouge dont on l'avait recouvert tuait ce pauvre diable à petit feu, et il picolait pour essayer de ne pas perdre la boule. C'était un malabar, mais dénué de la moindre qualité. J'étais l'un des rares clients. Dans la salle, il y avait davantage de mouches que de gens.

L'aboyeur s'est avancé vers moi.

– Je crève la dalle depuis que tu m'as piqué le vrai. Je suppose que tu as monté un spectacle à toi?

– Écoute, j'ai répondu, je donnerais n'importe quoi pour te le restituer. Bêtement, j'avais pensé faire une bonne action.

– Tu connais le sort réservé aux braves types dans ton genre, non?

– Si, ils se retrouvent à l'angle de la 7e Rue et de Broadway, à vendre les journaux du soir.

– J'm'appelle Ernie Jamestown, il a dit. Raconte-moi tout. Allons dans la pièce du fond.

J'ai accompagné Ernie dans la pièce du fond. Assise à une table, sa femme buvait du whisky. Elle a levé les yeux.

– Écoute, Ernie, si tu veux faire de ce gringalet notre nouveau diable, laisse tomber. On ferait mieux de mettre en scène un triple suicide.

– Calme-toi, dit Ernie, et passe la bouteille.

J'ai mis Ernie au courant des événements. Il m'a écouté attentivement, puis il a dit :

– Je peux t'en débarrasser. Il a deux points faibles – l'alcool et les femmes. Et il y a autre chose. Je sais pas pourquoi, mais chaque fois qu'il est coincé dans une pièce, comme dans la cellule des poivrots ou dans la cage là-bas, il perd ses pouvoirs surnaturels. Bon, alors maintenant, faut trouver quelque chose.

Ernie est allé ouvrir un placard, d'où il a tiré une masse de chaînes et de cadenas. Puis il a pris le téléphone et demandé une certaine Edna Hemlock. Edna Hemlock devait nous retrouver dans vingt minutes, devant un bar, Chez Woody. Ernie et moi sommes montés dans ma voiture, on s'est arrêté pour acheter deux pintes au magasin de spiritueux, on a retrouvé Edna, elle est montée, puis on a filé chez moi.

Ils étaient encore dans la cuisine. Ils se pelotaient comme des malades. Mais dès qu'il vit Edna, le diable oublia complètement ma régulière. Il la laissa tomber comme une vieille chaussette sale. Edna l'avait tout à elle. On avait mis dans le mille en l'amenant ici.

– Pourquoi ne prenez-vous pas un verre ensemble, histoire de faire connaissance? proposa Ernie.

Ernie posa un grand verre de whisky devant chacun.

Le diable regarda Ernie.

– Hé, bon Dieu de merde, tu es le type qui m'a foutu dans cette cage, pas vrai?

– Oublie ça, dit Ernie, c'est du passé.

– Par toutes les flammes de l'enfer, non!

Il pointa son doigt sur Ernie, la ligne enflammée consuma le malheureux des pieds à la tête et il ne resta plus rien de lui.

Edna sourit et leva son whisky. Le diable ricana, leva le sien et le descendit d'un trait.

– Sacrée camelote! dit-il. Qui l'a achetée?

– Le type qui vient de quitter la pièce, j'ai dit.

– Ah!

Lui et Edna burent un autre verre et commencèrent à se faire de l'œil. Ma régulière est intervenue :

– Arrête de zyeuter cette salope!

– Quelle salope?

– Elle!

– Bois ton whisky et boucle-la!

Il pointa son doigt sur ma régulière, il y eut comme un crépitement, et elle disparut. Puis il me regarda :

– Quesse que t'as à dire?

– Oh! j'suis le type qui t'a amené la pince coupante, tu te souviens? J'suis ici pour faire les courses, changer les serviettes, et ainsi de suite...

– Ça fait sacrément plaisir d'avoir retrouvé mes pouvoirs surnaturels.

– Ils arrivent vraiment à point nommé, j'ai dit, la Terre connaît un tel problème de surpopulation.

Il faisait de l'œil à Edna. En fait, leurs yeux étaient tellement rivés les uns aux autres, que j'ai pu piquer l'une des pintes de whisky. Je l'ai glissée dans ma poche, je suis monté dans ma voiture et direction la plage.

La femme d'Ernie était toujours assise dans la pièce du fond. La pinte lui a fait plaisir et j'ai servi deux verres.

– Qui est le gamin que vous avez enfermé dans la cage? j'ai demandé.

– Oh! c'est un trois quarts aile de deuxième zone, un étudiant. Il essaie de se faire un peu d'argent de poche.

– Tu as des seins magnifiques, j'ai dit.

– Tu trouves? Ernie ne me parle jamais de mes seins.

– Bois un coup. C'est de la bonne camelote.

Je me suis glissé à côté d'elle. Elle avait de belles cuisses charnues. Quand je l'ai embrassée, elle a pas résisté.

– J'en ai tellement marre de cette vie, elle a dit. Ernie est le spécialiste des arnaques minables. Et toi, tu as un bon job?

– Pour ça, oui. J'suis expéditionnaire en chef à la Dombro-Western.

– Embrasse-moi encore, elle a dit.

J'ai roulé sur le côté et je me suis essuyé avec le drap.

– Si Ernie apprend ça, il nous tuera tous les deux, elle a dit.

– Ernie n'apprendra jamais ça. T'inquiète pas pour lui.

– Tu fais l'amour comme un dieu, elle a dit. Mais pourquoi *moi*?

– Je ne comprends pas.

– J'veux dire, keski t'a poussé vers moi?

– Ah, j'ai fait, c'est le diable qui m'a poussé vers toi.

Puis j'ai allumé une cigarette, me suis rallongé, ai aspiré la fumée, et réussi un rond parfait. Elle s'est levée pour aller aux toilettes. Une minute après, j'ai entendu la chasse d'eau.

TRIPES

Comme n'importe qui vous le dira, je ne suis pas un homme très affable. Les gens affables me donnent envie de dormir. J'ai toujours admiré les méchants, les hors-la-loi, les fils de pute. Je n'aime pas les petits gars rasés de près, portant cravate et nantis d'un bon boulot. J'aime les hommes désespérés, les hommes aux dents brisées, aux vies brisées et aux manières brusques. Ils m'intéressent. Ils ménagent plein de surprises et d'explosions. J'aime également les femmes de mauvaise vie, les pochardes vicieuses et fortes en gueule aux bas avachis et au visage ravagé dégoulinant de mascara. Les pervers m'intéressent davantage que les saints. Quand je suis avec des ratés, je me sens bien, étant moi-même un raté. Je n'aime pas la loi, la morale, la religion, les règlements. Je refuse d'être modelé par la société.

Un soir, dans ma piaule, je picolais avec Marty, l'ancien taulard. Je n'avais pas de boulot. Je ne voulais pas trouver de boulot. Je voulais simplement rester assis, les doigts de pied en éventail, boire du vin, discuter, et rire si possible. Marty était un chouia lugubre, mais il avait des mains de travailleur, le nez cassé, des yeux de taupe; il était pas génial, mais la vie ne l'avait pas raté.

– Je t'aime bien, Hank, me dit Marty. Tu es réel, tu es l'un des rares hommes réels que j'aie jamais connus.

– Ouais, dis-je.

– Tu as des tripes.

– Ouais.

– Dans le temps, j'ai été mineur de fond...

– Ouais?

– Je me suis bagarré avec un type. On avait chacun un manche de hache. Son premier moulinet m'a cassé le bras gauche. J'ai continué à me battre avec lui. Je lui ai enfoncé son foutu crâne. Quand on a eu fini de se dérouiller, il avait perdu la boule. Je lui avais écrasé le cerveau. On a dû l'enfermer dans un asile de fous.

– Bravo, j'ai dit.

– Écoute, a dit Marty, j'ai envie de me battre avec toi.

– Attaque en premier. Vas-y, frappe-moi.

Marty était assis sur une chaise verte à dossier droit. Je me dirigeais vers l'évier pour me servir un autre verre de vin. J'ai fait volte-face et lui ai collé une droite en pleine tronche. Il a fait un bond sur sa chaise, s'est levé et s'est pointé sur moi. J'ai pas fait gaffe à sa gauche. Elle m'a chopé en haut du front et m'a mis au tapis. J'ai plongé la main dans un sac en papier plein de vomi et d'emballages vides, j'ai saisi une bouteille, me suis mis à genoux et je l'ai balancée. Marty a esquivé et je me suis relevé en tenant la chaise derrière moi. Je la brandissais au-dessus de ma tête quand la porte s'est ouverte. C'était notre proprio, une jeune blonde vaporeuse, dans les vingt-cinq ans. Je n'ai jamais compris ce qu'elle foutait à diriger une taule pareille. J'ai posé la chaise.

– Retournez dans votre chambre, Marty.

Marty a eu l'air honteux, comme un petit garçon. Il a filé dans le couloir jusqu'à sa chambre, est entré, puis a fermé la porte.

– Monsieur Chinaski, elle a dit, je tiens à ce que vous sachiez...

– Je tiens à ce que vous sachiez, j'ai dit, que c'est inutile.

– Keski est inutile?

– Vous n'êtes pas mon genre. J'ai pas envie de vous baiser.

– Écoutez, elle a dit, je tiens à vous dire quelque chose. Hier soir, je vous ai vu pisser dans le parking d'à côté; si vous recommencez, je vous fous à la porte. Il y a aussi quelqu'un qui a pissé dans l'ascenseur. Ne serait-ce pas vous, par hasard?

– Je ne pisse jamais dans les ascenseurs.

– En tout cas, je vous ai vu dans le parking, hier soir. J'ai bien vu. C'était vous.

– C'est pas possible.

– Vous étiez trop ivre pour vous en souvenir. Ne recommencez pas.
Elle a fermé la porte avant de partir.

Quelques minutes plus tard, j'étais assis tranquillement à savourer mon vin en essayant de me rappeler si, oui ou non, j'avais pissé dans ce parking, quand on a frappé à la porte.
– Entrez, j'ai dit.
C'était Marty.
– Faut absolument que j't'dise kek chose.
– Bien sûr. Assieds-toi.
J'ai servi un verre de porto à Marty et il s'est assis.
– J'suis amoureux, il a dit.
J'ai rien répondu. Je roulais une cigarette.
– Tu crois à l'amour? il a demandé.
– Faut bien. Ça m'est arrivé une fois.
– Où est-elle ?
– Partie. Morte.
– Morte? Comment?
– L'alcool.
– Celle-ci picole aussi. Ça m'inquiète. Elle est toujours pétée. Elle peut pas s'arrêter.
– Aucun de nous ne peut s'arrêter.
– Je l'accompagne aux réunions des Alcooliques anonymes. Elle se saoule avant d'y aller. La moitié des gens qui fréquentent les réunions des Alcooliques anonymes sont fin saouls. Ça se sent à leur haleine.
J'ai rien répondu.
– Bon Dieu, elle est jeune. Et quel corps! Je l'aime, vieux, je l'aime vraiment!
– Arrête ton char, Marty, c'est juste du sexe.
– Non, j'suis amoureux d'elle, Hank, j'en suis sûr.
– Après tout, pourquoi pas?
– Seigneur, dire qu'ils l'ont installée dans une cave! Tout ça parce qu'elle ne pouvait plus payer son loyer.
– Une cave?
– Oui, y a une pièce tout en bas, avec les chaudières et tout le bordel.
– Difficile à croire.
– Si, j'te jure, elle habite là. Je l'aime, vieux, mais j'ai pas un rond pour l'aider.

– C'est triste. J'ai vécu la meme chose. Ça fait mal.

– Si je me requinque un peu, si je peux bosser pendant dix jours et me refaire une santé, si je peux trouver du boulot, alors je l'aiderai.

– Dis donc, j'ai fait, t'es justement en train de picoler. Si tu l'aimes, arrête de boire. Tout de suite.

– Dieu tout-puissant, il a dit, je vais arrêter de boire ! J'vais verser le contenu de ce verre dans l'évier!

– Sois pas trop mélodramatique. Passe-moi donc ton verre.

J'ai pris l'ascenseur jusqu'au premier étage, avec la pinte de whisky bon marché que j'avais volée au magasin de spiritueux de Sam, une semaine auparavant. Puis j'ai pris l'escalier qui descendait à la cave. En bas, il y avait une petite veilleuse. J'ai déambulé, à la recherche d'une porte. J'ai fini par en trouver une. Il devait être une heure ou deux du matin. J'ai frappé. La porte s'est entrebâillée, laissant apparaître une superbe femme en déshabillé. Je ne m'étais pas attendu à ça. Une jeune blonde, belle à croquer. J'ai coincé mon pied dans la porte, et puis j'ai poussé. J'ai refermé la porte derrière moi et examiné la pièce. Pas mal du tout.

– Qui êtes-vous? elle a demandé. Foutez le camp!

– C'est assez coquet chez vous. Vous ne voudriez pas échanger avec ma piaule?

– Foutez le camp! Tirez-vous! Dehors!

J'ai sorti la pinte de whisky du sac en papier. Elle l'a regardée.

– Comment t'appelles-tu? J'ai demandé.

– Jeanie.

– Dis-moi, Jeanie, où ranges-tu tes verres?

Elle m'a montré une étagère, où j'ai été prendre deux grands verres. Il y avait un évier. J'ai mis un peu d'eau dans chaque verre, puis j'suis allé les poser, j'ai ouvert le whisky et j'ai mélangé.

On s'est assis au bord du lit pour boire. Elle était jeune, séduisante. J'en croyais pas mes yeux. Je m'attendais à une explosion névrotique, une crise psychotique. Mais Jeanie semblait normale, voire saine. Elle appréciait manifestement mon whisky. Elle picolait au même rythme que moi. La curiosité qui m'avait poussé à descendre dans cette cave avait disparu. Je veux dire, si elle avait couvé un petit cochon, si elle avait eu un truc indécent ou horrible (dans le genre bec-de-lièvre par exemple), j'aurais eu davantage envie de l'entreprendre. Je me suis rappelé une histoire que j'avais lue un jour dans la *Gazette des courses*, à propos d'un étalon pur sang qui refusait toutes les juments qu'on lui présentait. On essayait de le faire baiser avec les plus belles juments du coin, mais à chaque fois l'étalon se barrait. Jusqu'au moment où un malin qui n'était pas né de la dernière pluie eut une idée. Il couvrit de boue une belle jument, et l'étalon la monta immédiatement. Explication de ce prodige : l'étalon se sentait inférieur à toute cette beauté, mais quand la jument fut enduite de boue, avilie, il se sentit enfin son égal, voire supérieur. L'esprit des chevaux et celui des hommes se ressemblent parfois étrangement.

Bref, Jeanie remplit les verres, me demanda mon nom et où je créchais. Je lui dis que j'habitais quelque part en haut et que j'avais simplement eu envie de boire en compagnie de quelqu'un.

- Un soir, il y a une semaine environ, je t'ai vu au Clamber-In, me dit-elle. Tu étais désopilant, tu faisais rire tout le monde, tu offrais des tournées à tous les clients.

– Je me souviens pas.

– Moi, je me souviens. Tu aimes mon déshabillé?

– Oui.

– Tu devrais enlever ton pantalon, tu serais plus à l'aise.

Je l'ai enlevé et je me suis assis sur le lit à côté d'elle. Ça avançait très lentement. Je me rappelle l'avoir complimentée sur ses seins et puis je me suis retrouvé la bouche collée à un mamelon. On s'y est mis. J'étais sur elle. Mais ça ne marchait pas. J'ai roulé sur le côté.

– Désolé, j'ai dit.

– Ça ne fait rien, elle a dit. Je t'aime bien quand même.

On s'est assis, histoire de discuter le coup en terminant le whisky.

Soudain, elle s'est levée pour éteindre la lumière. Je me sentais très triste, je me suis couché et allongé contre son dos. Jeanie était chaude, pleine, je sentais sa respiration, je sentais ses cheveux contre mon visage. Mon pénis s'est dressé et j'ai commencé à le frotter contre elle. J'ai senti Jeanie le prendre dans sa main et le guider en elle.

– Voilà, elle disait, voilà, ça y est...

C'était bon comme ça, vraiment bon, puis on a terminé et on s'est endormi.

Quand je me suis réveillé, elle dormait encore; je me suis levé et habillé. J'allais ouvrir la porte quand elle s'est retournée et m'a regardé :

– Encore une fois avant que tu t'en ailles.

– D'accord.

Je me suis déshabillé, puis couché à côté d'elle. Elle m'a tourné le dos et on a remis ça, dans la même position. Après que j'eus joui, elle demeura allongée, le dos tourné.

– Tu reviendras? elle a demandé.

– Bien sûr.

– Tu vis au-dessus?

– Oui. 309. Je peux venir ici, mais tu peux aussi monter.

– Je préfère que tu viennes ici, elle a dit.

– Très bien, j'ai fait.

Je me suis habillé, j'ai ouvert la porte, fermé la porte, monté l'escalier, pris l'ascenseur et appuyé sur le bouton numéro 3.

C'était environ une semaine plus tard, un soir que je buvais du vin avec Marty. On parlait de choses et d'autres, rien de bien important, quand il m'a dit :

– Seigneur, je me sens vraiment mal.

– Quoi encore?

– Ben oui, ma copine, Jeanie. J't'ai parlé d'elle.

– Oui. Celle qui vit dans la cave. Ta bien-aimée.

– Ouais. Ils l'ont virée de la cave. Elle pouvait même plus payer le loyer de la cave.

– Où est-elle partie?

– Je ne sais pas. Elle est partie, voilà tout. En tout cas, ils l'ont virée. Personne ne sait ce qu'elle a fait depuis, où elle est partie. J'suis allé à la réunion des Alcooliques anonymes. Elle y était pas. J'me sens mal, Hank, vraiment mal. Je l'aimais. J'vais perdre la boule.

J'ai rien répondu.

– Quesse que je peux faire, vieux? J'suis au trente-sixième dessous...

– Trinquons à sa santé, Marty, trinquons à sa santé.

On a trinqué et retrinqué.

– Elle était super, Hank, tu peux me croire, elle était vraiment super.

– Je te crois, Marty.

Une semaine plus tard, Marty se faisait virer parce qu'il ne payait pas son loyer, et j'ai décroché un boulot dans une usine d'emballage de viande jouxtant deux bars mexicains. J'aimais bien ces bars mexicains. Après le turbin, je puais le sang, mais apparemment ça ne gênait personne. Seulement, dans le bus qui me ramenait à ma piaule, les narines commençaient à frémir, on me décochait des regards assassins, et une fois de plus je me suis trouvé minable. Ça m'a consolé.

« UN BOULOT COMME UN AUTRE »

Ronnie avait rendez-vous avec les deux hommes au bar allemand du quartier de Silverlake. Il était 7 h 15 du soir. Il était assis tout seul à une table, devant une bière brune. La serveuse était blonde, joli cul, ses seins donnaient l'impression de vouloir se faire la malle de son corsage.

Ronnie aimait les blondes. C'était comme le patin à glace et le patin à roulettes. Les blondes étaient le patin à glace, les autres le patin à roulettes. Même que les blondes avaient une odeur différente. Mais les femmes faisaient toujours des embrouilles, et pour lui les embrouilles prenaient souvent le pas sur le plaisir. En d'autres termes, le prix à payer était trop élevé.

Malgré tout, un homme avait besoin d'une femme de temps en temps, ne serait-ce que pour se prouver qu'il savait toujours draguer. Le sexe était accessoire. Le monde n'était pas fait pour les amoureux, il ne le serait jamais.

7 h 20. Il lui fit signe d'apporter une autre bière. Elle se pointa en souriant, tenant la bière devant ses seins. On pouvait pas s'empêcher de l'aimer comme ça.

– Ça vous plaît, de travailler ici? lui demanda-t-il.

– Oh oui, je rencontre plein d'hommes.

– Des types sympas?

– Des types sympas et des types pas sympas.

– Comment faites-vous la différence?

– Suffit de regarder.

– Et moi, j'fais partie de quelle catégorie?

– Oh! répondit-elle en riant, des types sympas, bien sûr.

– Vous avez bien mérité votre pourboire, dit Ronnie.

7 h 25. Ils avaient dit sept heures. Il leva les yeux. C'était Curt. Curt entrait avec l'autre gars. Ils marchèrent jusqu'à sa table et s'assirent. Curt demanda un pichet.

– Les Béliers valent pas un clou, dit Curt, j'ai paumé cinq cents dollars à cause d'eux, cette saison.

– Tu crois que Protho est fini?

– Ouais, c'est terminé pour lui, dit Curt. Ah! je te présente Bill. Bill, Ronnie.

Ils se serrèrent la main. La serveuse arriva avec le pichet.

– Messieurs, dit Ronnie, je vous présente Kathy.

– Oh! fit Bill.

– Ah oui! fit Curt.

La serveuse rit et s'en alla en ondulant des hanches.

– Ils ont de la bonne bière, dit Ronnie. Je vous attends depuis sept heures. J'aurais dû me douter que vous seriez en retard.

– J'espère que tu n'es pas ivre, dit Curt.

– On peut avoir confiance en lui? demanda Bill.

– Il a une excellente réputation, dit Curt.

– Écoute, dit Bill, je ne veux pas d'arnaque. C'est mon fric.

– Comment savoir que vous n'êtes pas un poulet? demanda Ronnie.

– Comment savoir que vous n'allez pas vous tirer avec mes deux mille cinq cents dollars?

– Trois mille.

– Curt m'a parlé de deux mille cinq cents.

– Maintenant, c'est trois mille. Votre tête ne me revient pas.

– Et réciproquement. Je crois que je vais tout annuler.

– Certainement pas. Ça m'étonnerait de votre part.

– Vous faites ça à plein temps?

– Oui. Et vous?

– Ça suffit, messieurs, dit Curt. Vos discussions ne m'intéressent pas. Moi, je touche mille dollars pour le contrat.

– Tu as du bol, Curt, dit Bill.

– Ouais, dit Ronnie.

– A chacun sa spécialité, dit Curt en allumant une cigarette.

– Curt, comment être sûr que ce type ne va pas se casser avec trois mille dollars?

– Il ne fera pas ça, sinon plus personne ne lui filera de boulot. Il sait pas faire autre chose.

– C'est horrible, dit Bill.

– Qu'y a-t-il de si horrible? Tu as besoin de lui, non?

– Ben oui.

– D'autres gens aussi ont besoin de ses services. A chacun de trouver le travail qui lui convient. Lui fait ça très bien. C'est un boulot comme un autre.

Quelqu'un mit de l'argent dans le juke-box et ils écoutèrent la musique en buvant leur bière.

– J'aimerais vraiment tringler cette blonde, dit Ronnie. J'aimerais me payer six bonnes heures de frotti frotta avec elle.

– Moi aussi, dit Curt, si je pouvais.

– Prenons un autre pichet, dit Bill. Je me sens nerveux.

– Y a pas à s'inquiéter, dit Curt.

Il commanda un autre pichet de bière.

– Ces cinq cents dollars que j'ai foutus en l'air avec les Béliers, j'vais les récupérer à Santa Anita. Ils ouvrent le 26 décembre. J'y serai.

– L'Etrier doit-il monter pendant la réunion? demanda Bill.

– J'ai pas lu les journaux, mais normalement oui. Il peut pas laisser tomber, il a ça dans le sang.

– Longden a plaqué, dit Ronnie.

– Encore heureux; il fallait attacher cette vieille peau sur sa selle.

– Il a gagné sa dernière course.

– Campus a retenu l'autre bourrin.

– Je ne crois pas qu'on puisse tricher avec les chevaux, dit Bill.

– Un type malin peut toujours tricher; suffit de se concentrer sur le problème, dit Curt. J'ai jamais travaillé de ma vie.

– Ouais, fit Ronnie, moi, faut que je travaille ce soir.

– Je compte sur toi pour bosser proprement, baby, dit Curt.

– Je bosse toujours proprement.

Silencieux, ils burent leur bière. Puis Ronnie dit :

– Bon, alors où est ce foutu fric?

– Tu vas l'avoir, tu vas l'avoir, dit Bill. Heureusement que j'ai apporté cinq cents dollars au cas où.

– Je le veux maintenant. Tout.

– Donne-lui le pognon, Bill. Et pendant que tu y es, donne-moi aussi le mien.

Les deux sommes étaient en coupures de cent. Bill compta les liasses sous la table. Ronnie fut servi le premier, puis Curt reçut son salaire. Ils vérifièrent. Tout était O.K.

– Où est-ce? demanda Ronnie.

– Tiens, dit Bill en lui tendant une enveloppe. L'adresse et la clef sont dedans.

– C'est loin d'ici?

– Une demi-heure en voiture. Tu prends la route de Ventura.

– Je peux te poser une question?

– Vas-y.

– Pourquoi?

– Pourquoi?

– Oui, pourquoi?

– Ça t'intéresse?

– Non.

– Alors pourquoi me demander ça?

– C'est la bière, j'imagine.

– Tu ferais mieux d'y aller, dit Curt.

– Encore un pichet de bière, dit Ronnie.

– Non, dit Curt, vas-y.

– D'accord, merde, d'accord.

Ronnie contourna la table, puis se dirigea vers la sortie. Curt et Bill restèrent assis à le regarder. Il sortit. Nuit. Étoiles. Lune. Circulation. Sa voiture. Il ouvrit la porte, monta, démarra.

Ronnie vérifia soigneusement la rue, et encore plus soigneusement l'adresse. Il se gara à un bloc et demi de là, puis retourna sur ses pas. La clef était bien celle de la porte. Il ouvrit et entra. Il y avait un poste de télé allumé dans la pièce de devant. Il s'avança sur le tapis.

– Bill? demanda quelqu'un.

Il écouta la voix. La fille était dans la salle de bains.

Bill? répéta-t-elle. Il poussa la porte et la vit, assise dans la baignoire, très blonde, très blanche, jeune. Elle hurla.

Il mit ses mains autour de la gorge de la fille et l'enfonça sous l'eau. Les manches de Ronnie étaient trempées. Elle donnait des coups de pied, se débattait violemment. Elle résista tellement qu'il dut la rejoindre dans la baignoire, tout habillé. Il fallait la maintenir sous l'eau. Enfin, elle ne bougea plus et il la lâcha.

Les vêtements de Bill ne lui allaient pas parfaitement, mais au moins ils étaient secs. Son portefeuille était trempé, il le garda néanmoins. Puis il sortit de la maison, marcha jusqu'à sa voiture et démarra.

VOILÀ CE QUI A TUÉ DYLAN THOMAS

Voilà ce qui a tué Dylan Thomas.

Je monte dans l'avion avec ma copine, le preneur de son, le cameraman et le réalisateur. La caméra tourne. Le preneur de son a fixé des petits micros sur ma copine et moi. Je vais à San Francisco donner une lecture de poésie. Je m'appelle Henry Chinaski, poète. Je suis profond, je suis magnifique. Des couilles. En plus, c'est vrai, j'ai vraiment des couilles magnifiques.

Channel 15 envisage de tourner un documentaire sur moi. Je porte une chemise neuve impeccable, ma copine est radieuse, magnifique, elle a dans les trente-deux ans. Elle sculpte, écrit, fait superbement l'amour. La caméra se pointe sous ma tronche. Je fais comme si elle n'était pas là. Les passagers regardent, les hôtesses rayonnent, la terre est volée aux Indiens, Tom Mix est mort, j'ai absorbé un petit déjeuner pantagruélique.

Mais je ne peux m'empêcher de songer aux années passées dans des piaules solitaires, quand les seules personnes qui frappaient à la porte étaient les proprios réclamant l'arriéré du loyer, ou le F.B.I. Je vivais en compagnie de rats, de souris, de cadavres de bouteilles; je grimpais aux murs dans un monde que je ne comprenais pas et ne comprends toujours pas. Je préférais crever la dalle plutôt que de vivre leur vie; je filais me cacher au fin fond de mon propre esprit. Je fermais tous les volets et contemplais le plafond. Quand je sortais, j'allais dans un bar où je mendiais un verre ou deux, je faisais des courses, j'étais passé à tabac dans des ruelles par des hommes bien nourris vivant dans l'aisance, des hommes sans passion mais nantis d'un compte en banque. D'accord, j'avais parfois le dessus, mais seulement parce que j'étais cinglé. J'ai passé des années sans femme, à bouffer du beurre de cacahuète, du pain rassis et des patates bouillies. J'étais le crétin de service, le dindon de la farce, imbécile malheureux. Je voulais écrire, mais ma machine était invariablement au mont-de-piété. Je baissais les bras et me mettais à picoler...

L'avion a décollé et la caméra continué. Ma copine et moi, on parlait. Les boissons sont arrivées. J'avais la poésie et une chouette femme en prime. La vie me souriait. Mais attention aux pièges, Chinaski, fais gaffe aux pièges. Tu as mené un dur combat pour avoir la vie que tu voulais. Ne laisse pas une vague adulation et une caméra de cinéma tout foutre par terre. Souviens-toi des paroles de Jeffers – les hommes les plus costauds peuvent se faire piéger, comme Dieu quand il posa le pied sur terre.

Enfin, tu n'es pas Dieu, Chinaski, détends-toi, prends un autre verre. Tu devrais peut-être dire un truc profond pour le preneur de son? Non, qu'il se démerde. Qu'ils se démerdent tous. C'est leur film, après tout. Jette un coup d'œil aux nuages. Tu voyages avec les cadres sups d'I.B.M., de Texaco, de...

Tu voyages avec l'ennemi.

A la sortie de l'aéroport, dans l'escalier roulant, un type me demande :

– Pourquoi toutes ces caméras? Keski se passe?

– Je suis un poète, je lui dis.

– Un poète? il demande, comment vous appelez-vous?

– Garcia Lorca, je fais...

Eh bien, North Beach est différent. Ils sont tous jeunes, portent des jeans et traînent, oisifs. Je suis vieux. Où sont donc les jeunes d'il y a vingt ans? Où est Joltin' Joe? Et les autres? Voici trente ans, j'étais à San Francisco, mais j'évitais North Beach. Maintenant, je m'y balade. Je vois partout mon visage sur des posters. Fais gaffe, mon vieux, les vampires attaquent. Ils en ont après ton sang.

Ma copine et moi déambulons avec Marionetti. Oui, nous sommes en train de nous balader avec Marionetti. Ça fait plaisir d'être avec Marionetti, il a des yeux très doux, les jeunes filles l'arrêtent dans la rue pour lui parler. Maintenant, je crois, je pourrais vivre à San Francisco... mais j'ai mieux ; je préfère L.A. et la mitrailleuse que j'ai installée dans la pièce de devant pour tirer par la fenêtre. Ils ont peut-etre réussi à coincer Dieu, mais le diable en personne conseille Chinaski.

Marionetti prend congé et voici un café beatnik. Je ne suis jamais entré dans un café beatnik. Je suis maintenant dans un café beatnik. Ma copine et moi ne lésinons pas – soixante *cents* la tasse. Au diable l'avarice. Mais c'est du vol. Assis, les gamins sirotent leur café en attendant qu'il se passe quelque chose. Il ne se passera rien.

Nous émigrons en face, dans un café italien. Marionetti revient avec le gars du *S.F. Chronicle* qui a écrit dans son article que j'étais le meilleur écrivain de nouvelles depuis Hemingway. Je lui dis qu'il se goure : je ne sais pas qui est le meilleur depuis Hemingway, mais en tout cas c'est pas H.C. J'suis trop bordélique. Je fais pas assez d'efforts. J'suis fatigué.

Le vin arrive. Du gros qui tache. La patronne apporte de la soupe, de la salade, un plat de raviolis. Une autre bouteille de gros qui tache. On est trop gavés pour ingurgiter le plat principal. La discussion est décousue. Personne ne fait d'effort pour être brillant. Peut-être que nous ne pouvons pas. Nous partons.

Je gravis la colline derrière eux. Je marche à côté de ma belle copine. Je commence à vomir. Saloperie de vin rouge. La salade. La soupe. Les raviolis. Je vomis toujours avant une lecture. C'est bon signe. L'épreuve approche. Un couteau me laboure les tripes tandis que je gravis cette colline.

On nous colle dans une pièce, on nous laisse en compagnie de quelques bouteilles de bière. Je regarde vaguement mes poèmes. Je suis terrifié. Je gerbe dans l'évier, je gerbe dans les chiottes, je gerbe par terre. Je suis prêt.

Le public le plus nombreux jamais réuni depuis Evtouchenko... J'entre en scène. A chier. Chinaski à chier. Il y a un réfrigérateur plein de bière derrière moi. Je vais en prendre une. Je m'assieds et commence à lire. Ils ont payé deux dollars par tête. Au poil, ces gens-là. D'entrée de jeu, certains sont carrément hostiles. Un tiers du public me déteste, un tiers m'aime, et le dernier tiers n'en a rien à cirer. J'ai certains poèmes qui, je le sais, vont faire monter la haine. Ça fait du bien d'affronter de l'hostilité; ça aide à garder la tête froide.

– Laura Day aurait-elle l'amabilité de se lever? Mon amour, s'il te plaît, lève-toi.

Elle se lève en agitant les bras.

Je commence à m'intéresser davantage à la bière qu'à la poésie. Je parle entre les poèmes, bavardage sec et banal, terne. Je suis H. Bogart. Je suis Hemingway. Je suis H. Chier.

– Lis tes poèmes, Chinaski! ils gueulent.

Ils ont raison, savez-vous. J'essaie de me limiter aux poèmes. Mais je suis trop souvent devant la porte du réfrigérateur. Ça facilite le boulot, et puis ils ont déjà payé. Il paraît qu'un jour, John Cage est arrivé en scène, il a mangé une pomme et puis il s'est barré, le tout pour mille dollars. Il me semblait que j'avais encore quelques bières devant moi.

Voilà, c'était fini. Ils m'ont entouré. Les autographes. Ils venaient de l'Oregon, de L.A., de Washington. Plein de jolies poupées, aussi. Voilà ce qui a tué Dylan Thomas.

De retour à l'appart, pour boire de la bière, discuter avec Laura et Joe Krysiak. Ils tambourinent à la porte en bas. « Chinaski! Chinaski! » Joe descend les calmer. Je suis une rock star. Je finis par descendre pour en laisser entrer quelques-uns. J'en connais quelques-uns. Des poètes affamés. Des directeurs de petites revues. Certains entrent, que je ne connais pas. D'accord, d'accord – verrouille la porte!

Ça picole. Ça picole. Ça picole. Al Masantic se casse la figure dans la salle de bains et s'ouvre le sommet du crâne. Un poète de première, cet Al.

Bon, tout le monde discute. Encore une ignoble beuverie à la bière. Brusquement, le directeur d'une petite revue se met à taper sur un pédé. J'aime pas ça. Je tente de les séparer. On casse une fenêtre. Je les pousse au bas des marches. Je pousse tout le monde en bas, sauf Laura. La fête est terminée. Enfin, pas tout à fait. Laura et moi nous engueulons. Mon amour et moi nous engueulons. Elle a un caractère de cochon. Pas facile de lui tenir tête. Tout ça à cause d'une broutille, comme d'habitude. Je lui dis de prendre ses cliques et ses claques. Elle s'exécute.

Je me réveille des heures plus tard et elle est là, debout au centre de la pièce. Je bondis du lit en la couvrant d'injures. Elle me saute à la gorge.

– J'vais te tuer, fils de pute!

Je suis saoul. Elle m'immobilise sur le sol de la cuisine. Mon visage saigne. Elle mord mon bras jusqu'au sang. Je ne veux pas mourir. Je ne veux pas mourir! Au diable la passion! Je cours dans la cuisine et me verse une demi-bouteille d'iodine sur le bras. Elle vire de sa valise mes caleçons et mes chemises, prend son billet d'avion. La voilà repartie. Une fois de plus, nous nous séparons définitivement. Je retourne au lit, écoute ses hauts talons descendre la colline.

Dans l'avion du retour, la caméra tourne. Ces mecs de Channel 15 vont en apprendre un bout sur la vie. La caméra zoome avant sur la blessure de mon bras. J'ai un double whisky à la main.

– Messieurs, dis-je, il est impossible de s'entendre avec les femmes. C'est absolument impossible.

Tous opinent vigoureusement du chef. Le preneur de son opine du chef, le cameraman opine du chef, le réalisateur opine du chef. Certains passagers opinent du chef. Pendant tout le vol, je bois comme un trou, remâchant mon chagrin, comme on dit. Que peut faire un poète sans la souffrance? Il a autant besoin d'elle que d'une machine à écrire.

Comme de juste, je fais une halte au bar de l'aéroport. De toute façon, je m'y serais arrêté. La caméra me suit dans le bar. Les clients du bar lèvent les yeux, puis leurs verres, discutent de l'impossibilité de s'entendre avec les femmes.

Mes honoraires pour la lecture s'élèvent à quatre cents dollars.

– Pourquoi y a une caméra? demande mon voisin.

– Je suis poète, je lui dis.

– Poète? il demande. Comment vous appelez-vous?

– Dylan Thomas, je dis.

Je lève mon verre, le vide d'un trait en regardant droit devant moi. Me voilà reparti.

PAS DE COU ET MAUVAIS COMME UNE TEIGNE

J'avais des grenouilles dans l'estomac; elle prenait des photos de moi en train de suer toutes les larmes de mon corps et de mater une fille potelée en minijupe pourpre, qui descendait une rangée de canards en plastique avec un fusil. J'ai dit à Vicki que je revenais; dans la salle d'attente j'ai demandé à la barmaid une tasse en carton avec de l'eau, et j'ai balancé mes Alka Seltzer dedans. Je suis retourné m'asseoir; d'autres larmes voulaient sortir de mon corps.

Vicki était heureuse. Nous quittions la ville. J'aimais voir Vicki heureuse. Elle méritait son bonheur. Je me suis levé, j'ai été aux toilettes et j'ai chié. Quand je suis ressorti, on appelait les passagers. C'était pas un très grand hydravion. Un bimoteur. On est monté en dernier. Il ne contenait que six ou sept passagers.

Vicki s'est installée dans le siège du copilote et ils m'ont dit de m'asseoir sur le truc qui se repliait contre la porte. On a décollé! La LIBERTÉ. Ma ceinture de sécurité ne fonctionnait pas.

Il y avait un Japonais qui me regardait. « Ma ceinture est cassée », je lui ai dit. Il m'a gratifié d'un sourire béat. « Va t'faire foutre, bébé », je lui ai dit. Vicki se retournait sans arrêt, ravie. Elle était heureuse comme un gamin à qui on a payé une sucette – un hydravion vieux de trente-cinq ans.

Douze minutes après, on touchait l'eau de nouveau. J'avais pas gerbé. Je suis descendu. Vicki m'a mis au parfum.

– Cet hydravion a été construit en 1940. Il y avait des trous dans le plancher. Le commandant manœuvrait les ailerons en tirant sur une poignée fixée au plafond. « J'ai peur », je lui ai dit, il m'a répondu : « Moi aussi. »

Vicki était ma seule source d'informations. J'étais pas vraiment bon pour parler aux gens. Après, on s'est entassé dans un bus, gloussant, échangeant des regards. Deux rues séparaient le terminus de l'hôtel; Vicki me renseignait sur le paysage :

– Voilà un endroit où l'on peut manger, voilà un magasin de spiritueux pour toi, là un bar, là un autre restaurant, et là il y a un autre magasin de spiritueux...

La chambre était correcte, avec vue sur la mer, juste au-dessus de la flotte. La télé marchait cahin-caha, je me suis écroulé sur le lit et je l'ai regardée pendant que Vicki déballait les affaires.

– Ah, j'me sens vraiment bien ici, dit-elle, pas toi?

– Si, si.

Je me suis levé, j'ai descendu l'escalier, traversé la rue, acheté de la bière et de la glace. J'ai mis la glace dans le lavabo, puis collé la bière dedans. J'ai descendu douze bouteilles de bière, me suis un peu disputé avec Vicki après la dixième bière, j'ai bu les deux autres et je me suis endormi.

Quand je me suis réveillé, Vicki avait acheté une glacière et dessinait sur le couvercle. Vicki était une enfant, une romantique, je l'aimais justement pour ça. J'abritais en moi tant de démons sinistres que son innocence me plaisait.

« Juillet 1972. Avalon Catalena », écrivait-elle sur la glacière. Elle ne connaissait pas l'orthographe exacte. Moi non plus.

Ensuite, elle m'a dessiné, puis écrit en dessous : « Pas de cou et mauvais comme une teigne. »

Ensuite, elle a dessiné une femme, et en dessous : « Henry saute sur tout ce qui bouge. »

Et, dans une bulle : « Dieu seul sait ce qu'il fait avec son nez. »

Puis : « Chinaski a des jambes extra. »

Elle dessina également toute une ribambelle d'oiseaux, de soleils, d'étoiles, de palmiers, et l'océan.

– Tu te sens en forme pour un petit déjeuner? elle m'a demandé. Aucune de mes copines ne m'avait jamais chouchouté comme ça. J'adorais me faire chouchouter; il me semblait que je méritais de me faire chouchouter. On est sorti et on a trouvé un établissement pas trop cher où l'on pouvait manger en terrasse. Pendant le petit déj, elle m'a demandé :

– Tu as vraiment remporté le prix Pulitzer?

– Quel prix Pulitzer?

– Hier soir, tu m'as dit que tu avais remporté le prix Pulitzer. Cinq cent mille dollars. Tu disais que tu avais reçu un télégramme pourpre à ce sujet.

– Un télégramme pourpre?

– Oui, tu disais que tu avais battu Norman Mailer, Kenneth Koch, Diane Wakoski et Robert Creeley.

Après le petit déjeuner, on a fait une balade. Le patelin se résumait à cinq ou six pâtés de maisons. Tout le monde avait dix-sept ans. Ils restaient assis, apathiques, attendant quelque chose. Pas tous. Il y avait quelques touristes, des vieux, bien décidés à se payer du bon temps. Ils scrutaient les vitrines des magasins d'un air féroce et marchaient, badauds sur les trottoirs envoyant leur message : j'ai de l'argent, nous avons de l'argent, nous avons davantage d'argent que vous, nous sommes mieux que vous, rien ne peut nous déranger; tout est de la merde, mais nous ne sommes pas de la merde et nous savons tout, regardez-nous.

En chemises roses, en chemises vertes, en chemises bleues, avec leurs gros corps blancs putrescents, leurs maillots de bains rayés, leurs yeux sans regard, leurs bouches sans expression, ils se baladaient, horde multicolore, comme si la couleur pouvait réveiller les morts, les ressusciter. Un vrai carnaval de la pourriture américaine en goguette, et ils n'avaient pas la moindre idée des atrocités qu'ils s'étaient infligées à eux-mêmes.

J'ai quitté Vicki pour remonter à la chambre, m'accroupir devant la machine à écrire et regarder par la fenêtre. C'était foutu. Toute ma vie, j'avais désiré devenir écrivain, mais maintenant que je tenais le bon bout, rien ne venait. Il n'y avait ni corridas, ni matches de boxe, ni jeunes señoritas. Il n'y avait même pas d'inspiration. J'étais refait. Je n'arrivais pas à écrire un mot et ils m'avaient acculé dans un coin. Voilà, il n'y avait plus qu'à attendre la mort. Pourtant, j'avais toujours vu les choses différemment. L'écriture, je veux dire. Peut-être à cause du film de Leslie Howard. Ou des biographies de Hemingway, ou de D.H. Lawrence. Ou de Jeffers. On peut se mettre à écrire pour toutes sortes de raisons. Après, on écrit un peu. On rencontre quelques écrivains. Des bons et des mauvais. Tous ont la cervelle en compote. Suffit de discuter cinq minutes avec eux pour s'en apercevoir. Il n'y a qu'un grand écrivain tous les cinq cents ans, tu n'étais pas celui-là, et je suis prêt à parier gros qu'eux non plus. Moi refait, tous refaits.

J'ai allumé la télé et j'ai regardé un ramassis de médecins et d'infirmières se vautrer dans leurs peines de cœur. Ils ne communiquaient jamais ensemble. Pas étonnant qu'ils soient dans la mouise. Ils ne faisaient que causer, s'engueuler, pinailler, se faire mousser. Je me suis endormi.

Vicki m'a réveillé.

– Ah, elle a fait, qu'est-ce que je me suis amusée!

– Ah bon?

– J'ai repéré un type dans un bateau, je lui ai demandé où il allait et il m'a répondu : « Je fais le taxi, j'emmène les gens à leurs bateaux et je les ramène. – Ça me va », j'ai dit. C'était juste cinquante *cents* et je me suis baladée avec lui pendant des heures, tandis qu'il faisait la navette entre le ponton et les bateaux. C'était fantastique.

– Moi, j'ai regardé des médecins et des infirmières, j'ai dit, ça m'a déprimé.

– Je suis restée des heures sur son bateau, a dit Vicki, je lui ai donné mon chapeau, et il m'a attendue pendant que je mangeais un sandwich aux fruits de mer. Hier soir, il s'est blessé à la jambe en tombant de sa moto.

– Ici, la cloche sonne tous les quarts d'heure. C'est insupportable.

– J'ai pu regarder dans les bateaux. Tous les vieux alcoolos étaient à bord. Certains en compagnie de jeunes femmes portant des bottes. D'autres étaient avec des jeunes types. Des vrais obsédés pourris jusqu'à la moelle.

Si seulement j'avais le talent de Vicki pour rassembler des informations, j'ai pensé, je pourrais vraiment écrire quelque chose. Mais moi, il faut que je reste le cul sur une chaise à attendre que ça vienne. Je peux manipuler, infléchir mon matériau une fois qu'il est là, mais je ne sais pas où aller le pêcher. Les seuls sujets qui me branchent sont la bière, les courses et la musique symphonique. C'est mieux que rien, mais la vie ne se réduit tout de même pas à ça. Comment ai-je fait pour me limiter à ce point? J'avais des tripes dans le temps. Où sont passées mes tripes? Les hommes vieillissent-ils vraiment?

– Quand je suis descendue du bateau, j'ai vu un oiseau. Je lui ai parlé. Ça t'embêterait que j'achète cet oiseau?

- Non, pas du tout. Où est-ce?

– Tout près d'ici. On pourrait aller le voir?

– Pourquoi pas?

Je me suis habillé et on a descendu l'escalier. C'était tout vert, avec des minuscules mouchetures rouges. Ça cassait pas des briques, même pour un oiseau. Mais au moins, à l'inverse des autres volatiles, il ne chiait pas toutes les trois minutes; ça, c'était appréciable.

– Il n'a pas de cou. Exactement comme toi. C'est pour ça que j'ai envie de l'acheter. C'est un oiseau d'amour à face de pêche.

On est revenu avec l'oiseau d'amour à face de pêche dans une cage. On l'a posé sur la table et Vicki l'a baptisé Avalon. Elle s'est assise pour lui parler.

– Avalon, bonjour Avalon... Avalon, Avalon, bonjour Avalon... Avalon, hou hou, Avalon...

J'ai allumé la télé.

Le bar était correct. Je me suis assis à côté de Vicki et je lui ai annoncé que j'allais tout casser dans le bar. J'ai démoli pas mal de bars dans ma jeunesse. Maintenant, je me contentais d'annoncer que j'allais tout casser.

Il y avait un orchestre. Je me suis levé et j'ai dansé. Y a pas plus facile que la danse moderne. Suffit de balancer les bras et les jambes en tous sens, de garder la tête droite ou de la faire tourner comme un malade, et tout le monde vous trouve formidable. Ce que les gens peuvent être cons. Je dansais tout en me faisant du mouron pour ma machine à écrire.

Je suis retourné m'asseoir à côté de Vicki et j'ai commandé la même chose. J'ai saisi la tête de Vicki et je l'ai montrée au barman.

– Vise un peu, elle est belle, non? Hein qu'elle est belle?

A ce moment-là, Ernie Hemingway s'est pointé avec sa barbe blanche de rat.

– Tiens, Ernie, j'ai fait, j'croyais que tu t'étais pas raté avec ton fusil?

Hemingway a ri.

– Quesse tu bois? j'ai demandé.

– C'est ma tournée, il a dit.

Ernie a payé nos boissons avant de s'asseoir. Il semblait plus mince qu'autrefois.

– J'ai écrit un article sur ton dernier bouquin, je lui ai dit. Je l'ai éreinté. Désolé.

– Ça fait rien, a dit Ernie. Tu te plais sur cette île?

– Elle est à eux, j'ai dit.

– Ça veut dire?

– Ces gens ont du fric. Tout leur plaît : les cônes de glace, les concerts de rock, la chanson, le jazz, l'amour, la haine, la masturbation, les hotdogs, le bal musette, Jésus-Christ, le patin à roulettes, le spiritualisme, le capitalisme, le communisme, la circoncision, les B.D., Bob Hope, le ski, la pêche les meurtres le bowling les débats, n'importe quoi. Ils n'attendent pas grand-chose de la vie et ils n'obtiennent pas grand-chose. Sacré ramassis.

– Sacré discours.

– Sacrée faune.

– Tu parles comme un personnage de Huxley première manière.

– Je crois que tu te goures. Je suis un homme désespéré.

– Les hommes, dit Hemingway, deviennent des intellectuels pour échapper au désespoir.

– Les hommes deviennent des intellectuels pour échapper à la peur, non au désespoir.

– La différence entre la peur et le désespoir est...

– Bingo! j'ai fait, un intellectuel!... A boire...

Un peu plus tard, j'ai parlé à Hemingway de mon télégramme pourpre; puis Vicki et moi sommes partis retrouver notre oiseau et notre lit.

– Inutile d'insister, j'ai dit, mon estomac est à vif; il contient les neuf dixièmes de mon âme.

– Essaie ça, a dit Vicki en me tendant un verre d'eau avec de l'Alka Seltzer.

– Va faire un tour, j'ai dit, j'y arriverai pas aujourd'hui.

Vicki est sortie faire un tour, elle est revenue deux ou trois fois prendre de mes nouvelles. Ça pouvait aller. Je suis sorti manger un morceau, je suis remonté avec deux packs de bière, j'ai trouvé un vieux film avec Henry Fonda, Tyrone Power et Randolph Scott. 1939. Ils étaient tous tellement jeunes. Incroyable. J'avais dix-sept ans à l'époque. Mais, naturellement, je m'en étais mieux tiré qu'eux. Moi, au moins, j'étais encore vivant.

Jesse James. L'intrigue était mauvaise, nulle pour être franc. A son retour, Vicki m'a raconté un tas de trucs incroyables, puis elle s'est allongée sur le lit à côté de moi pour regarder *Jesse James.* Quand Bob Ford s'est préparé à descendre Jesse (Ty Power) dans le dos, Vicki a poussé un gémissement, puis a filé se cacher dans la salle de bains. Ford a trucidé Jesse.

– C'est fini, j'ai dit, tu peux revenir maintenant.

Tels furent les grands moments de notre voyage à Catalina. Il ne se passa pas grand-chose d'autre. Avant de partir, Vicki alla à la chambre de commerce pour les remercier de son séjour inoubliable. Elle remercia également la femme du Bric-à-brac, acheta des cadeaux pour ses amis Lita, Walter et Ava, et pour son fils Mike, plus quelque chose pour moi, quelque chose pour Annie, et quelque chose pour les Croty, inconnus au bataillon. Il y avait encore d'autres trucs que j'ai oubliés.

On a embarqué sur le bateau avec notre cage à oiseau, notre oiseau, notre glacière, notre valise et notre machine à écrire électrique. J'ai trouvé un coin tranquille à l'arrière du bateau, on s'est assis là, et Vicki était triste parce que c'était terminé. J'avais rencontré Hemingway dans la rue, il m'avait serré la main comme les hippies et m'avait demandé si j'étais juif et si je revenais, je lui ai dit non je ne suis pas juif et je ne sais pas encore si je reviens, cela dépend de ma compagne, et il a dit, je ne veux pas me mêler de ce qui ne me regarde pas, et j'ai dit, Hemingway c'est vraiment drôle ce que tu dis là, et tout le bateau s'est penché à gauche, a roulé bord sur bord en bondissant, et un jeune homme qui semblait frais émoulu d'une bonne série d'électrochocs s'est baladé en distribuant des sacs en papier des fois qu'on aurait eu envie de vomir. J'ai pensé, l'hydravion est peut-être mieux, le voyage ne dure que douze minutes et il y a beaucoup moins de monde, et puis San Pedro s'est lentement approché de nous, la civilisation, le smog et le meurtre, tellement plus chouette tellement plus chouette, les cinglés et les poivrots sont les derniers saints de la terre. Je suis jamais monté à cheval, j'ai jamais joué au bowling, j'ai pas davantage contemplé les Alpes suisses, Vicki m'a regardé avec son sourire enfantin, et j'ai pensé, c'est vraiment une femme étonnante, eh bien je méritais sacrément d'avoir un peu de chance, et j'ai allongé les jambes en regardant droit devant moi. Une fois de plus, j'ai eu envie de chier et j'ai décidé de freiner ma consommation d'alcool.

LES MORTS AIMENT AINSI

1

L'hôtel se trouvait près du sommet de la colline; il y avait juste assez de pente pour vous aider à dégringoler jusqu'au magasin de spiritueux, juste assez pour vous récompenser de votre effort quand vous remontiez avec la bouteille. Autrefois, l'hôtel avait été peint en vert pomme, une couleur qui crachait, mais maintenant après les averses, les averses typiques de Los Angeles qui nettoient et affadissent tout, le vert criard était complètement lessivé – exactement comme les pensionnaires de l'hôtel.

Comment je me suis retrouvé là-dedans et pourquoi j'avais quitté mon logement précédent, je ne m'en souviens pas. Probablement à cause de mes saouleries, de mon manque de goût pour le travail, et des violentes altercations avec ces dames de la rue en milieu de matinée. Quand je parle d'altercations en milieu de matinée, cela ne signifie pas 10 h 30 du matin, cela signifie trois heures et demie du matin. D'habitude, quand la police ne se radinait pas, ça se terminait par un petit billet glissé sous la porte, un mot écrit au crayon sur une feuille de papier déchirée : *« Cher Monsieur, nous allons être dans l'obligation de vous demander de déménager aussi vite que possible. »* Une fois, c'est arrivé en milieu d'après-midi. La prise de bec était terminée. Nous avons balayé les éclats de verre, empilé toutes les bouteilles dans des sacs en papier, vidé les cendriers, on a dormi, on s'est réveillé, et on faisait la bête à deux dos quand j'ai entendu une clef tourner dans la serrure. Ça m'a tellement étonné que j'ai continué à pomper. Mais c'était bien lui, le petit proprio, quarante-cinq balais environ, chauve et sans poils, sauf peut-être dans les oreilles et sur les couilles, il a regardé ma copine sous moi, s'est avancé, a pointé un index vengeur et dit : « Vous... vous êtes VIRÉE! » J'ai arrêté d'aller et venir, je me suis allongé en lui jetant un regard torve. L'index vengeur m'a visé. « Vous aussi, Z'ÊTES VIRÉ! » Puis il a pivoté sur ses talons, s'est dirigé vers la porte, l'a refermée derrière lui et a descendu le couloir. J'ai remis la machine en branle et on a célébré dignement notre expulsion.

Enfin, bref, j'y étais pour de bon dans le fameux hôtel vert, l'hôtel vert pisseux, j'suis arrivé avec ma valoche pleine de guenilles, j'étais tout seul à l'époque, mais j'avais le fric du loyer, je ne picolais pas, et j'ai eu une chambre sur le devant, donnant sur la rue, au troisième étage, téléphone dans le couloir, réchaud sur le bord de la fenêtre, grand lavabo, petit réfrigérateur mural, deux chaises, une table, un lit, et les chiottes au bout du couloir. Malgré la vétusté du bâtiment, il y avait un ascenseur – dans le temps, ç'avait été un hôtel rupin. Bon, j'étais arrivé. J'ai commencé par me procurer une bouteille; après un verre et l'assassinat de deux cafards, je me suis senti chez moi. Puis je suis allé au téléphone pour essayer de joindre une dame qui aurait pu m'aider, mais apparemment elle était occupée à aider quelqu'un d'autre.

2

Vers trois heures du matin, on a frappé. J'ai enfilé mon peignoir déchiré et ouvert la porte. J'ai découvert une femme en peignoir.

– Ouais? j'ai fait. Ouais?

– Je suis votre voisine. J'm'appelle Mitzi. J'habite au bout du couloir. Je vous ai vu téléphoner aujourd'hui.

– Ah ouais? j'ai fait.

Elle m'a montré ce qu'elle tenait caché derrière son dos. C'était une pinte de bon whisky.

– Entrez, j'ai dit.

J'ai lavé deux verres, ouvert la pinte.

– Sec ou avec de l'eau?

– Un tiers de whisky, deux tiers d'eau.

Il y avait une petite glace au-dessus du lavabo; Mitzi s'est plantée devant pour se mettre des bigoudis. Je lui ai passé son verre de gnôle et me suis assis sur le lit.

– Je vous ai vu dans le couloir. Z'êtes un type sympa, j'm'en suis aperçue tout de suite. C'est pas difficile à deviner. Ici, il y a des types qui sont pas vraiment sympas.

– Il paraît que je suis un salaud.

– Je ne crois pas.

– Moi non plus.

J'ai fini mon verre. Comme elle sirotait lentement le sien, je m'en suis servi un autre. On parlait de choses et d'autres. J'ai pris un troisième whisky. Puis je me suis levé et me suis collé derrière elle.

– Oooooh! Petit *coquin*!

J'ai donné un coup de reins.

– Ou-ou-ou-ouh! Petit *salopard*!

Elle tenait un bigoudi à la main. Je l'ai soulevée et j'ai embrassé ses lèvres de petite vieille fragile. Sa bouche était ouverte, humide. Elle était prête. J'ai placé son verre dans sa main, l'ai emmenée jusqu'au lit, l'ai assise sur le lit. « Bois. » Elle a descendu son whisky. Je suis allé lui en servir un autre. Je ne portais rien sous mon peignoir. Mon peignoir s'est ouvert et mon truc a jailli. Seigneur, j'suis dégueulasse, j'ai pensé. J'suis un porc. J'suis un acteur de cinéma. Le futur cinéma des familles. 2490 après J.-C. J'avais du mal à ne pas me moquer de moi, qui me baladais derrière ce rostre stupide. En fait, ce que je désirais, c'était du whisky. Un manoir dans les collines. Un bain de vapeur. Tout sauf ça. Nous étions tous les deux assis, verre en main. Je l'ai encore embrassée, fourrant ma langue pleine de nicotine jusqu'au fond de sa gorge. J'ai fait une pause pour reprendre mon souffle. J'ai ouvert son peignoir, et hop voilà ses seins. Pas de quoi se taper le cul par terre, pauvre cloche. Ma bouche est descendue et j'en ai chopé un. Il pendouillait, flasque comme un ballon à moitié gonflé. J'ai pris mon courage et l'objet à deux mains, puis j'ai suçoté le mamelon, tandis qu'elle prenait mon rostre dans sa dextre en creusant les reins. On est tombé en arrière sur le lit minable, avec nos peignoirs sur le dos, et je l'ai prise.

3

Il s'appelait Lou, cet ancien taulard qui avait travaillé à la mine. Il habitait au rez-de-chaussée de l'hôtel. Son dernier boulot avait consisté à récurer des gamelles dans une usine de confiserie. Il l'avait perdu – comme tous les autres – à cause de la gnôle. Le dernier chèque de chômage arrive et nous voilà faits comme des rats – des rats coincés de toute part, des rats qui doivent payer un loyer, nantis de ventres qui ont faim, de queues qui bandent, d'esprits qui désespèrent, sans éducation ni métier. Une merde noire, comme on dit, et vive l'Amérique! On avait beau pas vouloir grand-chose, impossible de l'obtenir. Une merde noire.

J'ai connu Lou en picolant, les gens entraient et sortaient. Ma chambre faisait office de salle des fêtes. Tout le monde se pointait. Il y avait un Indien, Dick, qui piquait des demi-pintes et les planquait dans sa commode. Paraît que ça le sécurisait. Quand on ne pouvait plus boire un verre nulle part, nous allions toujours voir l'Indien en désespoir de cause.

J'étais pas excellent pour faucher dans les magasins, mais j'ai appris une combine grâce à Alabam, un mince braqueur moustachu qui avait travaillé comme infirmier dans un hôpital. Vous mettez la viande et les produits de luxe au fond d'un grand sac, puis vous recouvrez le tout avec des patates. L'épicier pèse le sac et vous fait payer le poids des patates. Mais mon plan favori, c'était de forcer Dick à me faire crédit. Il y avait plein de Dicks dans le secteur; le marchand de vins et d'alcools aussi s'appelait Dick. Nous étions là, assis, et la dernière goutte avait disparu de la dernière bouteille. Ma première idée consistait à envoyer quelqu'un en chasse.

– J'm'appelle Hank, je disais au type. Dis à Dick que Hank t'a envoyé chercher une pinte, à mettre sur mon ardoise. S'il y a le moindre pépin, qu'il m'appelle.

– O.K., O.K., et le type y allait. Nous attendions, goûtant la gnôle par avance, fumant marchant de long en large perdant la boule. Et puis le type revenait :

– Dick a dit « non »! Dick a dit qu'il ne voulait plus te faire crédit!

– MERDE! je gueulais.

Et je me dressais, débordant d'une indignation mal rasée et à l'œil rouge. « NOM DE DIEU DE MERDE! QUEL ENCULÉ! »

Je me mettais vraiment en rogne – colère justifiée, mais je savais pas d'où elle venait. Je claquais la porte, prenais l'ascenseur jusqu'au rez-de-chaussée, dévalais la colline... fils de pute, sale fils de pute!... et je déboulais dans le magasin de spiritueux.

– On va s'expliquer, Dick.
– Salut, Hank.
– Je veux DEUX PINTES! (Je donnai alors le nom d'un whisky de qualité supérieure.) Deux paquets de clopes, deux cigares, ceux-là, et voyons voir... un sachet de cacahuètes, ouais.

Dick alignait la camelote devant moi, puis il restait planté là.

– Euh, tu vas m'payer?
– Dick, je veux que tu mettes ça sur mon ardoise.
– Tu me dois déjà vingt-trois dollars cinquante. Dans le temps, tu me payais, tu me payais toujours un peu chaque semaine, j'me souviens, c'était le vendredi soir. Ça fait maintenant trois semaines qu't'as rien payé. Mais t'es pas comme ces autres traîne-savates. T'as de la classe. J'te fais confiance. Quand même, tu pourrais pas me filer un dollar de temps en temps?
– Écoute-moi, Dick, j'ai vraiment pas envie de discuter. Tu vas fourrer toute la marchandise dans un sac, ou est-ce que tu veux que je la LAISSE LÀ?

Je poussais alors les bouteilles et le reste vers lui, et j'attendais en tirant sur ma cigarette comme si le monde m'appartenait. J'avais pas plus de classe qu'une sauterelle. Je craignais seulement qu'il fasse la seule chose sensée : remettre les bouteilles sur les étagères et me dire d'aller me faire foutre. Mais à chaque fois, son visage s'affaissait, il mettait ma commande dans un sac, et j'attendais qu'il m'annonce le nouveau montant de mon ardoise. Je hochais alors la tête et m'en allais. Après ça, l'alcool paraissait cent fois meilleur. Et quand j'entrais dans ma piaule avec ma camelote pour les gars et les filles, j'étais le roi.

Un soir, j'étais assis avec Lou dans sa chambre. Il n'avait pas payé son loyer depuis une semaine, et moi itou. Nous buvions du porto. On en était réduit à rouler nos cigarettes. Lou avait une rouleuse, dont elles sortaient impeccables. Le problème, c'était de conserver quatre murs autour de soi. Tant qu'on avait quatre murs, on avait une chance de s'en sortir. Mais dès que vous étiez à la rue, c'était foutu, ils vous tenaient, ils vous tenaient vraiment. A quoi bon voler quelque chose si vous ne pouvez pas le cuire? A quoi bon draguer une poule si vous ne pouvez pas la sauter dans un lit? Comment faire pour dormir, quand tous les pensionnaires de l'Armée du

Salut ronflent? Et vous volent vos pompes? Et puent? Et sont dingues? Vous ne pouvez même pas vous taper une queue. Vous avez besoin de quatre murs. Donnez quatre murs à un homme suffisamment longtemps, il finira peut-être par posséder le monde entier. Nous avions donc quelques soucis. Chaque bruit de pas dans le couloir nous faisait penser à la propriétaire. Une propriétaire très mystérieuse, d'ailleurs. Une jeune blonde que personne ne pouvait se taper. Je lui battais froid, pensant que ça la ferait venir vers moi. Eh bien, elle est effectivement venue, mais pour me réclamer mon loyer. Elle avait un mari quelque part, qu'elle cachait bien. Ils vivaient à l'hôtel sans y vivre. Comme nous étions sans un, nous imaginions que tous nos ennuis seraient terminés si nous pouvions nous farcir la proprio. C'était le genre de taule où l'on se tapait toutes les femmes; ça allait de soi, c'était presque une obligation. Mais le fait de ne pas pouvoir m'envoyer celle-là me causait du souci.

Nous étions donc là, à fumer, à rouler nos cigarettes, descendre la bouteille de porto; les quatre murs se dissolvaient, se liquéfiaient. Dans ces moments, mieux vaut avoir quelqu'un à qui parler. Vous parlez comme un dératé, picolez comme un trou. Nous étions des couards parce que nous voulions vivre. Nous ne voulions pas vivre comme des pachas, nous voulions simplement vivre.

– Voilà, a dit Lou, j'crois que j'ai une idée.

– Ah bon?

– Ouais.

J'ai rempli les verres.

– On travaille ensemble.

– D'ac.

– Toi, tu as la langue bien pendue, tu racontes un tas d'histoires passionnantes, peu importe qu'elles soient vraies ou non...

– Elles sont vraies.

– Peu importe, vraiment. T'as un bagout du tonnerre. Voilà ce qu'on va faire. Il y a un bar sélect au bout de la rue, tu le connais, chez Molino. Tu entres. T'as seulement besoin de fric pour payer ton premier verre. A deux, on peut trouver ce fric. Tu t'assieds, tu cajoles ton verre tout en cherchant un mec plein aux as. Il y a toujours quelques richards dans cette taule. Quand tu l'as repéré, tu vas le trouver. Tu t'assieds à côté de lui et tu le baratines. Balance toute la sauce. Ça lui plaira. Même que t'as du vocabulaire. Bon, il va te payer des verres toute la nuit, il va boire toute la nuit. Fais-le picoler. Et puis à l'heure de la fermeture, emmène-le vers l'ouest, au fond de l'allée. Dis-lui que tu vas lui trouver un bout de fesse extra, dis-lui n'importe quoi mais emmène-le vers l'ouest. Moi, je l'attendrai dans l'allée avec ça.

Lou a tendu le bras derrière la porte et pris une batte de base-ball, une très grosse batte de base-ball, qui devait bien peser trois livres.

– Nom de Dieu, Lou, tu vas le tuer!

– Mais non, mais non, c'est impossible de tuer un ivrogne, tu sais bien. S'il était à jeun, je le tuerais peut-être, mais saoul, je le mettrai juste K.O. Après, on lui fauche son portefeuille et on se barre chacun de notre côté.

– Écoute, Lou, j'suis un gentil, j'suis pas comme ça.

– T'es pas un gentil; t'es le plus ignoble fils de pute que j'aie jamais rencontré. C'est pour ça que je t'aime.

4

J'en ai repéré un. Dans le genre gros lard. Toute ma vie, j'avais été viré par des gros crétins de son espèce. Viré de boulots pénibles, chiants, sous-payés. J'allais prendre mon pied. Je me suis mis à jacter. Je ne savais pas de quoi je jactais. Il m'écoutait, se marrait, opinait du bonnet et me payait à boire. Il avait une montre-bracelet, des bagues plein les doigts, un portefeuille bourré de billets à la con. J'ai mis la gomme. Je lui ai raconté des anecdotes sur la prison, sur les bandes qui pillaient les chemins de fer, sur les bordels. Il aimait bien les histoires de bordel.

Je lui ai raconté celle du type qui allait au bordel toutes les deux semaines et payait rubis sur l'ongle. Il voulait simplement se retrouver en tête à tête avec une pute. Tous les deux se déshabillaient, jouaient aux cartes et taillaient une bavette. Rien de plus. Au bout de deux heures, il se levait, s'habillait, disait au revoir et s'en allait. Il a jamais touché une pute.

– Nom de Dieu, il a dit.

– Ouais.

J'ai décidé que je ne voyais pas d'inconvénient à ce que la grosse batte de Lou marque un coup au but sur ce crâne débile. Quel sale con. Un vrai tas de merde.

– Vous aimez les petites filles? je lui ai demandé.
– Oh! ouais ouais ouais.
– Dans les quatorze ans et demi?
– Oh! bon Dieu, oui.
– Y en a une qui arrive de Chicago par le train de 1 h 30 du mat. Elle sera chez moi vers 2 h 10. Elle est propre, chaude, intelligente. Vu que je prends un gros risque, je vais vous demander dix dollars. C'est pas trop cher?
– Non, ça va.
– Très bien. A la fermeture du bar, vous m'accompagnerez.

Deux heures du mat arrivèrent enfin; je l'ai emmené dans la rue, en direction de l'allée. Peut-être que Lou ne sera pas là. Peut-être qu'il aura trop bu ou qu'il aura la trouille au dernier moment. D'un coup de batte pareil, on peut tuer un homme. Ou le bousiller pour le restant de ses jours. Nous titubions au clair de lune. Il n'y avait personne dans le secteur, personne dans les rues. Ç'allait être du gâteau.

On s'est engagé dans l'allée. Lou était là. Mais Gros Lard l'a repéré. Il a levé le bras et esquivé le coup de Lou. La batte m'a chopé juste derrière l'oreille.

5

Lou s'est fait rembaucher à son ancien boulot, celui qu'il avait perdu à cause de la gnôle; du coup, il a juré qu'il ne boirait que pendant le week-end.

– Très bien, mon pote, je lui ai dit, dans ce cas-là, ne cherche pas à me voir, je suis un ivrogne qui picole vingt-quatre heures sur vingt-quatre.
– Je sais, Hank, mais je t'aime bien, j't'aime davantage que n'importe qui d'autre; faut seulement que je reste sobre pendant la semaine. Je ne picolerai que le vendredi et le samedi soir, et rien le dimanche. Quand je bossais, j'pouvais jamais me réveiller le lundi matin, ça m'a coûté mon boulot. Je chercherai pas à te voir, mais je tiens à ce que tu saches que je t'aime toujours autant.
– Sauf que je suis un pochard.
– Ben oui, c'est ça.
– Très bien, Lou, mais ne viens pas frapper à ma porte avant vendredi ou samedi soir. T'entendras peut-être des

chansons ou le rire de jolies filles de dix-sept ans, mais viens pas frapper à ma porte.

– La ramène pas, vieux, tu ne tronches que des cageots.

– Grâce à Bacchus, elles paraissent toutes dix-sept ans.

Il se mit à m'expliquer la nature de son boulot : s'agissait de récurer l'intérieur des machines à confiserie. Une vraie poisse, c'est le cas de le dire. Le patron n'embauchait que des anciens taulards, qu'il exploitait jusqu'au trognon. Il injuriait les anciens taulards à longueur de journée, mais ses employés ne pouvaient rien y faire. Il rabiotait sur les chèques, et ils ne pouvaient rien y faire. Il les virait pour un oui pour un non. La plupart étaient en liberté provisoire. Le patron les tenait par les couilles.

– Encore un type qui devrait se faire rectifier, j'ai dit à Lou.

– Ouais, sauf qu'il m'aime bien, il dit que j'suis le meilleur ouvrier qu'il ait jamais eu, mais qu'il faut que j'laisse tomber la gnôle, il a besoin d'un type en qui il puisse avoir confiance. Une fois, il m'a même fait venir chez lui pour des travaux de peinture, j'ai repeint sa salle de bains et j'ai pas raté mon coup. Il a une baraque dans les collines, une grande baraque, et tu devrais voir sa femme. J'savais pas qu'il existait des femmes comme ça, si belles – des yeux, des jambes, un châssis, une démarche, une voix, bon Dieu de bois.

6

Eh bien, Lou a tenu parole. Je l'ai pas vu pendant un bout de temps, même pas pendant les week-ends, et moi je traversais une sorte d'enfer privé. J'avais les nerfs en pelote – le moindre bruit me vrillait le cerveau, me flanquait une décharge électrique dans tout le corps. J'avais peur de m'endormir : cauchemar sur cauchemar, chacun plus terrifiant que le précédent. Y avait pas de problème quand je m'endormais complètement ivre, ça pouvait aller, mais quand je m'endormais à moitié saoul ou, pire, à jeun, alors la sarabande des rêves commençait, je ne savais jamais très bien si je dormais pour de bon ou si l'action se déroulait dans ma chambre, car dans mon sommeil je rêvais de ma chambre, des assiettes sales, des souris, des murs qui m'écrasaient, d'un slip merdeux abandonné sur le plancher par une putain quelconque, du robinet qui fuyait, la lune comme une balle de revolver, les voitures pleines de malabars pétant de santé, l'éclat des phares inondant ma piaule, tout le tintouin, j'étais acculé dans un coin sombre, sombre, sombre, sans le moindre espoir, perdant la raison, l'esprit battant la campagne, cul-de-sac sombre, obscurité et saleté, la puanteur de la réalité, la puanteur de toute chose : les araignées, les yeux, les proprios, les trottoirs, les bars, les immeubles, l'herbe, l'absence d'herbe, la lumière, les ténèbres, rien ne vous appartenait. Les éléphants roses ne se montraient jamais, remplacés par une kyrielle de petits gnomes vicieux et sauvages, ou un monstre brouillé qui venait vous étrangler ou enfoncer ses dents dans votre nuque, s'allonger sur votre dos et vous transpiriez, paralysé, cette chose noire poilue puante vautrée sur vous sur vous sur vous.

Ou alors vous restiez assis des jours durant, vivant des heures d'une peur indicible, une peur s'insinuant en vous comme une fleur gigantesque, impossible de l'analyser, de comprendre la raison de sa présence, ce qui ne faisait qu'aggraver votre état. Des heures passées assis sur une chaise au milieu de la piaule, effondré, vaincu. Chier ou pisser devenait un effort trop grand, absurde; se coiffer les cheveux ou se laver les dents – actes ridicules et déments. A pied, vous traversiez une mer de flammes. Ou le simple fait de verser de l'eau dans un verre – il vous semblait que vous n'aviez pas le droit de verser de l'eau dans un verre. J'ai décidé que j'étais cinglé, inadapté, et cela m'a avili. Je suis allé à la bibliothèque pour essayer de trouver des livres expliquant la raison d'états comme le mien, mais les livres n'étaient pas là, ou bien, quand ils y étaient, je ne parvenais pas à les comprendre. Entrer dans la bibliothèque n'était pas une mince affaire – tout le monde paraissait tellement à l'aise, les bibliothécaires, les lecteurs, tout le monde sauf moi. J'avais même des problèmes pour utiliser les chiottes de la bibliothèque – les clodos installés là, les pédés qui me regardaient pisser, tous semblaient plus forts que moi – insouciants, sûrs d'eux. J'ai continué à sortir, traverser la rue, mais pour monter un escalier en colimaçon dans une bâtisse en ciment où reposaient des milliers de caisses d'oranges. Sur le toit d'un autre immeuble, une enseigne annonçait JÉSUS SAUVE, mais ni Jésus ni les oranges n'occupaient mes pensées tandis que je gravissais cet escalier en colimaçon et pénétrais dans cette bâtisse en ciment. Je me disais toujours : dans cette tombe en ciment, je suis chez moi.

L'idée du suicide ne me quittait jamais, obstinée comme des fourmis courant sur la face interne de mes poignets. Le suicide était la seule chose positive. Tout le reste était négatif. Et puis il y avait Lou, ravi de récurer l'intérieur des machines à confiserie pour rester vivant. Il était plus sage que moi.

7

Vers cette époque, j'ai rencontré une femme dans un bar, un peu plus âgée que moi, avec du plomb dans la cervelle. Ses jambes étaient encore bien, elle avait un sens de l'humour assez spécial, et portait des vêtements très chics. Elle avait vécu avec un type fortuné, mais depuis n'avait cessé de dégringoler. Elle est venue s'installer chez moi. C'était un coup extra, mais elle passait le plus clair de son temps à picoler. Elle s'appelait Vicki. On baisait et buvait du vin, on buvait du vin et baisait. J'avais pris une carte à la bibliothèque, j'y allais tous les jours. Je ne lui avais jamais parlé de mes idées de suicide. Chaque fois que je revenais de la bibliothèque, elle me vannait. J'ouvrais la porte, elle me regardait et disait :

– Quoi? Pas de *livres*?

– Vicki, ils n'ont pas de livres à la bibliothèque.

J'entrais, je sortais la bouteille de vin (ou les bouteilles) de mon sac, et on s'y mettait.

Un jour, après une beuverie d'une semaine, j'ai décidé de me tuer. J'ai rien dit à Vicki. J'envisageais de le faire pendant qu'elle serait dans un bar à la recherche d'un « vivant ». L'idée qu'elle se faisait troncher par ces clowns adipeux me déplaisait, mais elle me donnait de l'argent, du whisky et des cigares. Elle me faisait le coup « chéri, tu es le seul que j'aime ». Pour une raison que je n'ai jamais devinée, elle m'appelait « Monsieur Van Bilderass ». Pétée, elle répétait sans arrêt : « Alors on se prend pour un caïd, on se prend pour M. Van Bilderass! »

L'idée du suicide et de sa réalisation ne me quittait jamais. Un jour, j'ai été sûr de le faire. C'était après une semaine passée à picoler, du porto, nous avions acheté des grandes bouteilles, que nous alignions sur le plancher, derrière les grandes bouteilles nous avions aligné les bouteilles de taille ordinaire, huit ou neuf, et derrière les bouteilles de taille ordinaire nous avions aligné quatre ou cinq petites bouteilles. Je ne distinguais plus le jour de la nuit. Nous nous contentions de baiser, de parler et de boire, de parler, de boire et de baiser. De violentes engueulades qui se terminaient par une bonne partie de jambes en l'air. Elle était magnifique, étroite et frétillante. Un coup juteux. Avec la plupart des femmes, l'amour se réduit à un acte machinal, dérisoire. En tout cas, peut-être à cause de tout ça, la gnôle et tous ces sinistres crétins qui tronchaient Vicki, je me suis senti au bout du rouleau, en pleine déprime, mais bon Dieu que pouvais-je faire? Me lancer dans la plomberie?

Quand le vin a été terminé, la déprime, la trouille, l'inutilité de continuer sont devenues trop lourdes à supporter et j'ai compris que j'allais le faire. Dès qu'elle aurait quitté la piaule, je le ferais. Comment, je ne savais pas très bien, on pouvait s'y prendre de cent manières différentes. Nous possédions un petit réchaud à gaz. Le gaz me séduisait assez. Le gaz est une sorte de baiser. Il laisse le corps intact. Le vin était éclusé. Je pouvais à peine marcher. Des vagues de peur et de sueur me ballottaient en tous sens. Soudain, tout devient simple. Le plus grand soulagement : ne plus jamais devoir croiser un quidam sur le trottoir, ne plus jamais voir leur graisse tressauter, ni leurs petits yeux de rat, leurs visages cruels et imbéciles, leur floraison animale. Quel doux rêve : ne plus jamais devoir regarder en face un être humain.

– Je sors jeter un coup d'œil à un journal, pour voir quel jour on est, d'accord?

– Vas-y, elle a fait, vas-y.

J'ai passé la porte. Personne dans le couloir. Aucun être humain. Il devait être dix heures du soir. J'ai pris l'ascenseur puant la pisse pour descendre. Fallait s'accrocher pour se laisser avaler par cet ascenseur. J'ai dévalé la colline. Quand je reviendrai, elle sera partie. Elle se remuait le cul quand il n'y avait plus rien à boire. Alors je pourrai le faire. Mais je voulais d'abord savoir quel jour on était. J'ai descendu la colline, et là, près de la pharmacie, il y avait un stand de journaux. J'ai regardé la date sur le journal. On était vendredi. Parfait, un vendredi. Un jour aussi bon qu'un autre. Ça voulait dire quelque chose. Puis j'ai lu le gros titre :

LE COUSIN DE FRANK SINATRA
BLESSÉ À LA TÊTE
PAR UNE CHUTE DE PIERRES

J'ai pas bien pigé. Je me suis approché pour relire. C'était la même chose :

LE COUSIN DE FRANK SINATRA
BLESSÉ À LA TÊTE
PAR UNE CHUTE DE PIERRES

C'était en noir, en gros caractères, à la une. De tous les événements importants qui s'étaient produits dans le monde, ils avaient choisi celui-là pour leur manchette.

LE COUSIN DE FRANK SINATRA
BLESSÉ À LA TÊTE
PAR UNE CHUTE DE PIERRES

Tout revigoré, j'ai traversé la rue pour aller au magasin de spiritueux. J'ai pris des bouteilles de porto et un paquet de cigarettes, à crédit. Quand je suis arrivé à ma piaule, Vicki était encore là.

– Quel jour on est? elle a demandé.

– Vendredi.

– Très bien, elle a fait.

J'ai versé du vin dans deux verres. Il restait un peu de glace dans le petit réfrigérateur mural. Les cubes de glace flottaient mollement dans le porto.

– Je ne veux pas te faire de peine, a dit Vicki.

– Je sais bien que tu ne veux pas.

– Commence par boire un coup.

– Avec plaisir.

– Pendant ton absence, on a glissé un mot sous la porte.

– Ah bon?

J'ai bu une gorgée, eu un haut-de-cœur, allumé une cigarette, bu une autre gorgée, et puis elle m'a donné le papier. C'était une chaude nuit de Los Angeles. Un vendredi. J'ai lu le mot :

Cher monsieur Chinaski, vous avez jusqu'à mercredi prochain pour payer votre loyer. Si vous ne payez pas, vous serez viré. Je connais les femmes que vous faites monter dans votre chambre. D'autre part, vous faites trop de bruit. Et vous avez brisé un carreau à votre fenêtre. Vous allez payer pour tout cela. Du moins je l'espère. J'ai été très aimable avec vous. Je vous répète que, si vous n'avez pas payé mercredi, vous serez mis à la porte. Les locataires sont las de tout ce bruit, des injures, des chansons braillées nuit et jour, moi aussi d'ailleurs.

Vous ne pouvez habiter ici sans payer de loyer. Ne dites pas que je ne vous ai pas prévenu.

Je me suis enfilé le restant du vin. C'était une chaude nuit de Los Angeles.

– J'en ai marre de baiser avec des crétins, elle a dit.

– J'vais trouver l'argent, je lui ai dit.

– Comment? Tu ne sais rien faire de tes dix doigts.

– C'est vrai.

– Alors, comment allons-nous nous débrouiller?

– T'inquiète.

– Le dernier gars m'a baisée trois fois de suite. Ma chatte était à vif.

– T'en fais pas, chérie, j'suis un génie. Le seul problème, c'est que personne ne le sait.

– Un génie de *quoi*?

– Je sais pas.

– Monsieur Van Bilderass!

– C'est moi. Au fait, sais-tu que le cousin de Frank Sinatra a été blessé à la tête par une chute de pierres?

– Quand?

– Hier ou aujourd'hui.

– Quel genre de pierres?

– Je ne sais pas. J'imagine d'énormes caillasses molles et jaunes.

– J'en ai rien à secouer.

– Moi non plus. Alors là... Sauf que...

– Sauf que quoi?

– Sauf que ces pierres m'ont sans doute sauvé la vie.

– Tu parles comme un trou du cul.

– Je suis un trou du cul.

J'ai souri et renversé du vin partout.

TOUS LES TROUS DU CUL DE LA TERRE ET LE MIEN

« Un homme ne souffre jamais davantage que ne l'a voulu la nature. »

Entendu pendant une partie de 421.

1

C'était la neuvième course, le cheval s'appelait Fromage Vert. Il a gagné de six longueurs, mes cinq dollars m'en ont rapporté cinquante-deux, et comme j'avais déjà ramassé un bon paquet de fric, j'ai commandé un autre verre. « File-moi une bonne rasade de fromage vert », j'ai dit au barman. Ça l'a pas démonté une seconde. Il connaissait mes habitudes. Je traînais dans le secteur depuis le début de l'après-midi. Je m'étais cuité toute la nuit précédente, et quand je suis retourné chez moi, j'ai remis ça, comme de juste. J'étais plein. J'avais bu du scotch, de la vodka, du vin et de la bière. Un croque-mort ou quelqu'un m'a appelé vers huit heures du soir pour me dire qu'il voulait me voir. « D'accord, j'ai dit, amène de quoi boire. – Ça t'embête si je viens avec des amis? – J'ai pas le moindre ami. – Mes amis, j'veux dire. – J'en ai rien à secouer », j'ai fait. Je suis allé dans la cuisine et j'ai rempli un verre aux trois quarts avec du scotch. J'ai fait cul sec, comme dans le bon vieux temps. A l'époque, je descendais une pinte en une heure et demie, deux heures maximum. « Fromage vert », j'ai dit aux murs de la cuisine. J'ai ouvert une grande bouteille de bière glacée.

2

A peine arrivé, le croque-mort a sauté sur le téléphone, et bientôt plein de gens bizarres sont entrés, tous apportant de quoi boire. Il y avait beaucoup de femmes et j'avais envie de les violer l'une après l'autre. Assis sur le tapis, je sentais la lumière électrique, je sentais l'alcool parcourir mon corps comme un défilé militaire, comme une crise de cafard, comme une crise de folie.

– Plus jamais je ne devrai travailler! j'ai claironné. Les bourrins vont m'entretenir comme aucune pute ne l'a JAMAIS fait!

– Oh! nous le savons bien, monsieur Chinaski! Nous savons que vous êtes un GRAND homme!

C'était un petit branleur aux cheveux gris, assis sur le divan; il se frottait les mains en me reluquant d'un œil humide. Il était sérieux. Il me rendait malade. J'ai terminé le verre que je tenais à la main, j'en ai trouvé un autre quelque part, que j'ai descendu aussi. J'ai commencé à baratiner les femmes. Je leur promettais toutes les prouesses de ma queue surpuissante. Elles se marraient. J'étais sérieux. Je voulais faire ça tout de suite. Ici même. Je me suis approché des femmes. Les hommes m'ont tiré en arrière. Je ressemblais davantage à un écolier qu'à un homme du monde. Si je n'avais pas été le grand M. Chinaski, quelqu'un m'aurait tué. Après, j'ai arraché ma chemise et proposé d'aller batifoler sur la pelouse avec n'importe qui. J'ai eu de la chance. Personne n'a eu envie de me faire trébucher sur mes lacets de chaussure.

J'ai repris mes esprits vers quatre heures du matin. Toutes les lumières étaient allumées, et les invités partis. J'étais toujours sur le tapis. J'ai trouvé une bière tiède, que j'ai descendue. Puis je suis allé me pieuter en éprouvant un sentiment connu de tous les ivrognes : je m'étais conduit comme un imbécile, mais j'en avais rien à secouer.

3

J'avais des problèmes d'hémorroïdes depuis quinze ou vingt ans; sans parler d'ulcères perforés, d'un foie diminué, de furoncles, d'une névrose d'anxiété, de divers types de folie, mais tout ça ne vous empêche pas d'exister; on espère seulement que la machine ne va pas se détraquer complètement.

Apparemment, cette cuite faillit être la dernière. J'avais des vertiges, je me sentais faible, la routine, quoi. Ce qui m'inquiétait, c'étaient les hémorroïdes. Rien ne les calmait – ni les bains chauds, ni les pommades, rien n'agissait. Mes intestins pendaient presque hors de mon cul, comme une queue de chien. Je suis allé voir un médecin. Dès le premier coup d'œil, il a dit :

– Opération.

– D'accord, j'ai fait, mais attention, j'suis trouillard.

– Ach, très pien, cela ne fa pas faciliter le trafail.

Espèce d'ordure nazie, j'ai pensé.

– Che feux que fous preniez ce laxatif mardi soir, puis à sept heures du matin fous fous lefez, ja? alors fous fous administrez ce lafement, fous continuez jusqu'à ce que la wasser est limpide, ja? Alors ich regarde encore en fous à dix heures. Fendredi matin.

– Jawohl, mein herring, j'ai dit.

4

La poire de lavement glissait sans arrêt, inondant toute la salle de bains. Elle était froide, j'avais mal au ventre, je me noyais dans la gadoue et la merde. Le monde ne sera pas détruit par une bombe atomique, mais englouti par un fleuve de merde. Le matériel que je m'étais procuré ne comportait aucun dispositif pour doser le flux de flotte, et comme mes doigts étaient malhabiles, l'eau entrait tel un raz de marée, puis ressortait itou. Je mettais une heure et demie à chaque fois, mes hémorroïdes s'emparaient de la salle de commande de l'univers. Plusieurs fois, j'ai pensé arrêter et me laisser mourir. Dans le cagibi, j'ai trouvé une bouteille de térébenthine. Une superbe bouteille rouge et verte. « ATTENTION! disait l'étiquette, ne pas avaler. » J'*étais* un pleutre : j'ai rangé la bouteille dans le cagibi.

5

Le médecin m'a allongé sur une table.

– Maintenant, détendez fotre dos, ja? Détendez-fous, détendez-fous...

Brusquement, il a enfoncé dans mon cul une petite boîte en forme de coin, puis a commencé à dérouler son serpent, qui est remonté dans mon intestin, à la recherche d'un blocage, à la recherche du cancer.

– Ach! Pien, pien, c'est touloureux, nein? Fous pantelant comme ein chien, c'est pien, hahahahahaaa!

– Espèce de sale enculé!

– Barton?

– Merde, merde, merde! Tortionnaire! Porc, sadique... Vous avez fait griller Jeanne d'Arc sur le bûcher, vous avez enfoncé des clous dans les mains du Christ, vous avez voté pour la guerre, vous avez voté pour Goldwater, voté pour Nixon... Peigne-cul! Qu'est-ce que vous me faites?

– Un beu de bazience! Fous prenez ça drès pien. Fous serez un pon patient.

Il a fait rentrer le serpent à la niche, et puis je l'ai vu qui regardait dans une sorte de périscope. Il a collé un bout de gaze sur mon cul sanguinolent, je me suis levé et j'ai remis mes vêtements.

– Et l'opération, c'est pour quoi?

Il a très bien compris ce que je voulais dire.

– Chuste les hémorroïdes.

J'ai reluqué les jambes de son infirmière en sortant. Elle m'a adressé un doux sourire.

6

Dans la salle d'attente de l'hôpital, une petite fille regardait nos visages gris, nos visages blancs, nos visages jaunes... « Y sont tous en train de mourir! » elle a proclamé. Personne lui a répondu. J'ai tourné la page d'un vieux numéro du *Time*.

Après la procédure classique – formulaires d'entrée... analyse d'urine... prise de sang –, on m'a emmené au huitième étage dans une salle de quatre lits. Quand on a abordé le chapitre de la religion, j'ai dit « catholique », surtout pour m'éviter les regards soupçonneux et les questions qui suivent habituellement toute déclaration d'athéisme. J'étais las des discussions et de me faire cataloguer comme rouge. C'était un hôpital catholique – j'aurais peut-être droit à un meilleur traitement ou à la bénédiction du pape.

Bref, j'étais coincé avec trois autres paumés. Moi, le moine, le solitaire, le joueur, le playboy, l'idiot. Coincé sur toute la ligne. Finis, la solitude bien-aimée, le réfrigérateur plein de bière, les cigares sur la commode, les numéros de téléphone de femmes aux grosses jambes et aux gros culs.

L'un avait la tronche toute jaune. On aurait dit un gros volatile trempé dans l'urine, puis séché au soleil. Il s'escrimait sans arrêt sur sa sonnette. Il avait une voix gémissante, pleurnicharde, piaulante.

– Infirmière, infirmière, où est le docteur Thomas? Le docteur Thomas m'a donné de la codéine hier. Où est le docteur Thomas?

– Je ne sais pas où est le docteur Thomas.

– Je peux avoir un antitussif?

– Ils sont sur votre table.

– Ceux-là sont sans effet sur ma toux; les pastilles pectorales ne valent pas mieux.

– Infirmière! gueulait un type aux cheveux blancs, du lit nord-est, pourrais-je avoir encore du café? J'aimerais encore un peu de café.

– Je vais voir, dit-elle avant de partir.

Ma fenêtre donnait sur des collines, un panorama de collines ondoyantes. Je regardais les collines. La nuit tombait. Rien que des maisons sur les collines. Des vieilles maisons. J'eus la bizarre impression qu'elles étaient inoccupées, que tout le monde était mort, que tout le monde avait renoncé. J'écoutai les trois malades se plaindre de la nourriture, du prix de l'hôpital, se plaindre des médecins et des infirmières. Quand l'un parlait, les deux autres ne semblaient pas écouter : en tout cas, ils ne répondaient rien. Puis un autre enchaînait. Ils bavassaient à tour de rôle. Il n'y avait rien d'autre à faire. Ils déblatéraient dans le vague, changeant de sujet toutes les trois phrases. J'étais avec un mec de l'Oklahoma, un cameraman de cinéma et le canari pisseux. Dans l'encadrement de ma fenêtre, une croix s'est allumée dans le ciel – d'abord bleue, puis rouge. La nuit est tombée, on a un peu tiré les rideaux autour de nos lits et je me suis senti mieux, mais bizarrement j'ai réalisé que la souffrance ou l'éventualité de la mort ne me rapprochait pas de l'humanité. Des visiteurs sont arrivés. Moi, je n'avais pas de visite. Je me sentais dans la peau d'un saint. J'ai jeté un coup d'œil par la fenêtre et découvert un panneau lumineux près de la croix bleue et rouge dans le ciel. MOTEL, annonçait l'enseigne. Là-bas, les corps vivaient une harmonie plus douce. Ils baisaient.

7

Un pauvre diable vêtu en vert est entré pour me raser le cul. Y a vraiment des boulots pas possibles! Voilà un job auquel j'avais échappé.

Ils m'ont collé un bonnet de douche sur le crâne, puis poussé sur un lit roulant. J'étais bon. La chirurgie. Le trouillard glissant dans les couloirs devant les agonisants. Il y avait un homme et une femme. Ils me poussaient en souriant, apparemment très détendus. Ils m'ont roulé sur un monte-charge. Il y avait quatre femmes dans le monte-charge.

– J'vais en chirurgie. Aucune de vous quatre n'accepterait de me remplacer, par hasard?

Elles se sont collées au mur, refusant de me répondre.

Dans la salle d'opération, on a attendu l'arrivée de Dieu. Dieu a fini par se pointer.

– Pien, pien, pien, foilà enfin mon ami!

Je ne me suis pas donné la peine de rectifier mensonge aussi éhonté.

– Mettez-fous à plat fentre, s'il fous plaît.

– Bon, j'ai dit, il est certainement trop tard pour changer d'avis.

– Ach, voui, voui voui, a dit Dieu, fous êtes maintenant en notre poufoir!

J'ai senti qu'on attachait une lanière en travers de mon dos. Ils m'ont allongé les jambes. Première anesthésie rachidienne. Il m'a semblé qu'ils plaçaient des serviettes tout autour de mon cul et sur mon dos. Deuxième anesthésie rachidienne. Une troisième. J'arrêtais pas de jacter. Le couard, le frimeur, chuchotant dans les ténèbres.

– Endormez-le, ja, dit-il.

J'ai senti une aiguille s'enfoncer à la saignée de mon coude, une piqûre. Raté. J'avais trop de cuites derrière moi.

– Personne n'aurait un cigare? j'ai demandé.

Quelqu'un a ri. Je devenais sentimental. Lamentable. J'ai décidé de me tenir tranquille.

J'ai senti un scalpel trifouiller dans mon cul. Mais je n'avais pas mal.

– Là, regardez, je l'ai entendu dire, foici l'obstacle macheur, fous foyez? et là...

La salle postopératoire était sinistre. Il y avait quelques femmes bien roulées qui traînaient dans le secteur, mais elles m'ignoraient. Je me suis dressé sur un coude pour faire un tour d'horizon. Des corps à perte de vue. Très très blancs et immobiles. Des vraies opérations. Des tubards. Des cardiaques. Tout le saint-frusquin. J'ai eu la vague impression d'être un amateur; j'ai eu vaguement honte. Quand ils m'ont sorti de là sur un chariot, j'étais aux anges. Mes trois cothurnes m'ont reluqué sérieux quand je suis entré sur mon lit à roulettes. Une vraie loque. On m'a transféré sur le lit. Je me suis aperçu que mes jambes étaient toujours engourdies, que je ne les contrôlais pas du tout. J'ai décidé de m'endormir. Le décor me foutait le bourdon. A mon réveil, mon cul me faisait un mal de chien. Jambes toujours aussi engourdies. J'ai pris ma bite dans ma main et eu l'impression qu'elle n'était pas là. Pas la moindre sensation. Par contre, j'avais envie de pisser, sans pouvoir pisser. C'était horrible, j'ai tenté d'oublier tout ça.

J'ai reçu la visite d'une ancienne copine, qui est restée assise à me regarder. Je l'avais prévenue de mon entrée à l'hosto. Pourquoi, je n'en sais rien.

– Salut! Comment va?

– Super, sauf que j'peux pas pisser.

Elle a souri.

On a discuté le bout de gras, puis elle est partie.

8

C'était comme au cinéma : tous les infirmiers paraissaient homosexuels. L'un semblait plus viril que les autres.

– Hé, toi!

Il s'est approché.

– Je peux pas pisser. J'veux pisser, mais j'peux pas.

– Je reviens tout de suite. Je vais arranger ça.

J'ai attendu un peu. Puis il est revenu, a tiré les rideaux autour de mon lit et s'est assis.

Jésus, Marie, j'ai pensé, keski va faire? Me tailler une pipe?

J'ai regardé ce qu'il manigançait. Il avait apporté une sorte de machine. Je l'ai vu prendre une aiguille creuse et l'enfiler dans le méat de ma queue. La sensibilité dont je croyais ma queue privée revint brusquement.

– Merde oh merde! j'ai sifflé.

– C'est pas vraiment agréable, hein?

– Pas vraiment, non, j'suis assez d'accord. Ou-ou-ouh! Bon Dieu de merde!

– C'est bientôt fini.

Il a pressé sur ma vessie. J'ai vu le petit bocal carré se remplir de pisse. Ce plan-là, on ne le voyait jamais au cinéma.

– Seigneur tout-puissant, pitié! C'est bientôt fini?

– Encore un peu de patience. Voilà.

Il a retiré l'aiguille. Derrière la fenêtre, ma croix bleue et rouge tournait, tournait. Le Christ était crucifié au mur, un bout de palme desséché coincé entre ses pieds. Pas étonnant que les hommes inventent des dieux. Tout ça était trop dur à avaler.

– Merci, j'ai dit à l'infirmier.

– Z'avez qu'à m'appeler si vous voulez pisser.

Il a rouvert le rideau, puis est parti avec sa machine.

Mon canari pisseux enfonçait son bouton.

– Où qu'est l'infirmière? Ô pourquoi pourquoi cette infirmière ne vient-elle pas?

Il appuyait sans arrêt.

– Ma sonnette est peut-être cassée. Ma sonnette ne fonctionne peut-être pas?

L'infirmière est entrée.

– J'ai mal au dos! Oh! j'ai *tellement* mal au dos! Personne n'est venu me voir! Vous avez certainement remarqué! Personne n'est venu me voir! Même pas ma femme! Où qu'est ma femme? Infirmière, remontez mon lit, j'ai si mal au dos! LÀ! Plus haut! Non, non, mon Dieu, c'est beaucoup trop haut! Plus bas, plus bas! Là. Stop! Où qu'est mon dîner? J'ai pas eu de dîner! Écoutez...

L'infirmière est sortie.

Cette petite machine à pisser m'intriguait. Faudrait certainement que j'en achète une, que je la trimbale avec moi toute ma vie. Faudrait que je me planque dans les ruelles, derrière les arbres, sur la banquette arrière de ma bagnole.

Dans le lit numéro 1, le mec de l'Oklahoma disait pas grand-chose.

– C'est mon pied, déclara-t-il soudain à l'intention des murs, j'arrive pas à piger. Une nuit, mon pied s'est mis à enfler, et il est resté comme ça. J'ai mal, j'ai mal au pied.

Dans son coin, le type aux cheveux blancs a appuyé sur son bouton.

– Infirmière, il a dit, infirmière, vous pourriez pas m'trouver un pot de café?

J'me suis dit que mon seul vrai problème, c'était de ne pas devenir fou.

9

Le lendemain, Cheveux blancs (le cameraman de cinéma) s'est pointé avec son café, puis s'est assis sur une chaise à côté de mon lit. « Je supporte pas ce fils de pute. » Il parlait de Canari pisseux. Voilà, il n'y avait plus qu'à tailler une bavette avec Cheveux blancs. Je lui dis que la gnôle était en grande partie responsable de mon état présent. Histoire de rigoler, je lui ai raconté certaines cuites mémorables, plus quelques anecdotes gratinées. Lui aussi avait vécu des trucs marrants.

– Y a de ça un bail, il m'a dit, des gros wagons rouges faisaient la navette entre Glendale et Long Beach, si je ne me trompe. Ils marchaient toute la journée et une bonne partie de la nuit, sauf pendant une heure et demie, entre trois heures et demie et cinq heures et demie du matin, y m'semble. Un soir que je picolais dans un bar, j'ai rencontré un pote; après la fermeture du bar, on est allé finir une bouteille chez lui. Quand je suis parti, je me suis perdu. J'ai bifurqué dans un cul-de-sac, sans savoir que c'en était un. J'ai continué à rouler, champignon au plancher. Jusqu'à ce que je me retrouve sur la voie de chemin de fer. La voiture a heurté la voie, le volant est remonté, m'a frappé au menton et mis K.O. J'étais donc pile sur les rails, dans ma voiture, sonné. Mais j'ai eu du bol, parce que ça s'est passé pendant l'heure et demie où il n'y avait pas de trains. Je sais pas combien de temps je suis resté là. Mais c'est la sirène du train qui m'a réveillé. J'ai ouvert les yeux et vu ce train foncer sur moi. J'ai juste eu le temps de faire démarrer la voiture et de reculer. Le train est passé à toute vitesse devant moi. J'ai ramené la bagnole au bercail, les roues avant étaient complètement voilées.

– Tu l'as échappé belle.

– Une autre fois, je suis assis dans un bar. De l'autre côté de la rue se trouve la cantine des cheminots. Un train s'est arrêté et les types sont descendus pour bouffer. Dans le bar, il y a un type assis à côté de moi. Il se tourne vers moi et me dit : « Dans le temps, je conduisais un engin comme ça, je saurais encore le conduire. Viens voir comment je mets en route. » Je suis sorti avec lui et on est monté dans la loco. Et puis il a fait démarrer l'engin. On a pris de la vitesse. J'ai alors pensé, quesse que je fous dans cette galère? J'ai dit au gars : « J'sais pas de quoi t'as envie, mais moi j'me *casse*! » Je connaissais assez les trains pour trouver le frein. J'ai tiré la manette à fond, et avant l'arrêt complet de la loco j'ai sauté d'un côté. Lui a sauté de l'autre, et je l'ai jamais revu. Presque tout de suite, un attroupement s'est formé autour du train, des flics, des enquêteurs des chemins de fer, des détectives, des journalistes, des curieux. Moi, je reste à distance, planqué dans la foule, à zyeuter. « Allez, viens avec moi, j'ai envie de savoir c'qui s'passe! » me dit un mec à côté de moi. « Nan, rien à foutre, je réponds, c'est juste un train. » Je redoutais que quelqu'un m'ait vu. Le lendemain, ça faisait les manchettes des journaux. A la une, on lisait, UN TRAIN PART TOUT SEUL À PACOIMA. J'ai découpé l'article et je l'ai conservé. Ça fait dix ans que je garde cette coupure. Chaque fois que ma femme la voyait, elle disait : « Bon sang, pourquoi conserves-tu cet article? UN TRAIN PART TOUT SEUL À PACOIMA. » Je lui ai jamais dit la vérité. J'avais toujours les foies. T'es le premier à qui je raconte cette histoire.

– T'en fais pas, je lui ai dit. Personne n'entendra jamais parler de ça.

Et puis mon cul a commencé à me faire chanter; Cheveux blancs a suggéré que je réclame une piquouze. Ce que j'ai fait. L'infirmière m'a piqué dans le gras de la hanche. Elle a refermé le rideau en partant, mais Cheveux blancs s'est incrusté. En fait, il avait de la visite. Une visite dotée d'une voix de stentor qui portait jusqu'au fin fond de mes intestins meurtris. Le zigoto s'époumonait vraiment.

– Je vais concentrer tous les navires à l'entrée de la baie. C'est là qu'on tournera. Nous donnons huit cent quatre-vingt-dix dollars par mois au capitaine d'un de ces bateaux; il a deux garçons sous ses ordres. Cette flotte est à notre disposition. Je me dis qu'on aurait tort de ne pas l'utiliser. D'autant que le public est prêt pour une bonne fiction maritime. On lui a pas servi une seule histoire de marins depuis Errol Flynn.

– Moui, a fait Cheveux blancs. C'est cyclique, tout ça. Le public est prêt, maintenant. Il a envie qu'on lui raconte une bonne vieille histoire de marins.

– Absolument. Y a des flopées de gosses qui n'ont jamais vu une seule histoire de marins. A propos de gosses, je ne vais utiliser qu'eux. Je vais en coller sur tous les bateaux. Les seuls vieux qui figureront dans le film seront les chefs. Suffit de balader ces bateaux dans la baie et de filmer sur le vif. Il faudra mâter deux bateaux, un point c'est tout. On leur offre des mâts, et c'est parti.

– Le public est mûr pour une histoire de marins. Sûr. C'est cyclique, le moment est venu.

– Ils s'inquiètent pour le devis. Bordel, ça va coûter que dalle. Pourquoi...

J'ai ouvert le rideau et me suis adressé à Cheveux blancs :

– Dis donc, tu vas peut-être me trouver grossier, mais vous êtes quasiment contre mon lit. Tu pourrais pas emmener ton copain près du tien?

– Mais bien sûr, bien sûr!

Le réalisateur s'est levé.

– Zut, j'suis désolé. Je ne savais pas...

Il était obèse, obscène; satisfait, heureux, écœurant.

– Ça va, j'ai dit.

Ils sont partis s'asseoir sur le lit de Cheveux blancs, puis ont continué à parler de leur histoire de marins. Tous les agonisants du huitième étage de l'hôpital Reine-des-Anges eurent droit à leur histoire de marins. Le réalisateur a fini par partir.

Cheveux blancs m'a regardé.

– C'est le réalisateur le plus célèbre du monde. Il a tourné davantage de films géniaux que n'importe qui d'autre. Il s'appelle John F.

– John F., a dit Canari pisseux, ah! ouais, il a fait des films super, des films super!

J'ai essayé de dormir. Dormir la nuit était une gageure, car ils ronflaient tous. En même temps. Cheveux blancs dominait le concert. Tous les matins, il se réveillait pour se plaindre qu'il n'avait pas dormi. Cette nuit-là, Canari pisseux a gueulé sans discontinuer. D'abord parce qu'il n'arrivait pas à chier. Pitié, mon Dieu, faut qu'je chie! Ou alors il avait mal. Où était passé son médecin? Il n'arrêtait pas de changer de médecin. Quand l'un ne supportait plus Canari pisseux, il le refilait à un collègue. Jusqu'à présent, on ne lui avait pas trouvé la moindre maladie. Son seul problème était le suivant : il voulait sa maman, mais sa maman était morte.

10

J'ai finalement réussi à me faire transférer dans une salle semi-privée. Erreur fatale. Il s'appelait Herb, et comme l'infirmier me l'apprit, « il n'est pas malade. Il n'y a strictement rien qui cloche chez lui ». Il portait une robe de chambre en soie, se rasait deux fois par jour, possédait un poste de télé qu'il n'éteignait jamais, et avait de la visite en permanence. Directeur d'une assez grosse affaire, il se faisait couper ses cheveux gris au ras du caillou pour connoter jeunesse, efficacité, intelligence, et brutalité.

La télé s'avéra bien pire que je ne l'avais imaginé. Comme je n'avais jamais possédé de télé, je ne connaissais pas les programmes. Les courses automobiles étaient O.K., je pouvais encore supporter les courses automobiles, bien qu'elles fussent assez chiantes. Mais il y avait une sorte de marathon pour une Cause quelconque, avec des collectes d'argent. Les participants avaient commencé tôt le matin, et continuaient toute la sainte journée. On affichait des petits numéros indiquant la dernière estimation de la somme réunie. Un type portait un chapeau de cuisinier. Je ne sais diablement pas ce que tout ça signifiait. Et puis il y avait une horrible vieille à face de grenouille. D'une laideur terrifiante. Je n'en croyais pas mes yeux. Dire que tous ces gens ignoraient à quel point leurs visages étaient laids, nus, adipeux, dégoûtants – bafouant toute décence. Ils marchaient tranquillement, exhibaient calmement leurs visages sur l'écran, parlaient entre eux et rigolaient. Leurs plaisanteries pesaient deux tonnes. mais ça ne les gênait pas une seconde. Ces visages, ces visages! Herb ne faisait pas de commentaires. Il gardait les yeux rivés à l'écran, comme si tout ça l'intéressait. Je ne connaissais pas les noms de ces gens, pourtant tous étaient des vedettes célèbres. On annonçait un nom et une vague d'excitation submergeait tout le monde – sauf moi. J'arrivais pas à comprendre. J'ai eu comme un vertige. J'ai regretté d'avoir quitté l'autre salle. En attendant, j'essayais d'aller à la selle. Sans autre résultat qu'un filet de sang.

Samedi soir. Le prêtre est passé.

– Voulez-vous communier demain? il a demandé.

– Non, merci, mon père, je ne suis pas un très bon catholique. Vingt ans que je n'ai pas mis les pieds à l'église.

– Êtes-vous baptisé?

– Oui.

– Alors vous êtes toujours catholique.

Exactement comme au cinéma – il parle du nez, comme James Cagney, ou était-ce Pat O'Brien qui portait un col blanc? Toute ma culture cinématographique datait : le dernier film que j'avais vu était *The Lost Week-end.* Le prêtre m'a filé une petite brochure. « Lisez cela. » Puis il est parti.

Livre de prières, tel était le titre. *Compilé pour les hôpitaux et autres institutions.*

Je l'ai lu.

Ô sainte Trinité éternelle, le Père, le Fils et le Saint-Esprit, ainsi que tous les anges et les saints, je Vous adore.

Ma Reine et Mère, je me sacrifie entièrement à Vous; et pour Vous prouver ma dévotion, je Vous consacre aujourd'hui mes yeux, mes oreilles, ma bouche, mon cœur, tout mon être sans réserve.

Cœur de Jésus plongé dans la souffrance, ayez pitié des agonisants.

Ô mon Dieu, à genoux je Vous adore...

Joignez-vous à moi, Esprits saints, pour remercier le Dieu de miséricorde, si généreux envers de si indignes créatures.

Ce furent mes péchés, doux Jésus, qui causèrent Vos terribles souffrances... mes péchés qui Vous flagellèrent, Vous couronnèrent d'épines, Vous clouèrent sur la croix. Je confesse que je ne mérite que le châtiment.

Je me suis levé pour essayer de chier. Ça faisait maintenant trois jours. Rien. Juste un filet de sang, une fois encore, et les cicatrices de mon rectum qui s'ouvrent. Herb regardait une comédie.

– Il y a Batman ce soir à la télé. J'veux absolument voir Batman!

– Ah ouais?

J'suis retourné me coucher en souffrant comme un damné.

Je regrette surtout mes péchés d'impatience et de colère, mes péchés de découragement et de révolte.

L'heure de Batman est arrivée. Tous les employés de la chaîne de télé semblaient excités.

– C'est Batman! s'est écrié Herb.

– Tant mieux, j'ai fait, Batman.

Doux Cœur de Marie, aidez-moi.

– Il chante! Regardez, il sait même chanter!

Batman avait enlevé sa combinaison de chauve-souris et portait maintenant un costume de ville. C'était un jeune homme d'allure très ordinaire, un visage quelconque. Il chantait. La chanson durait, durait encore, Batman semblait très fier de ses prouesses vocales, pour une raison quelconque.

– Il chante superbement! dit Herb.

Mon doux Seigneur, qui suis-je et qui êtes-Vous, pour que j'ose m'approcher de Vous?

Je ne suis qu'un pauvre pécheur pitoyable, totalement indigne d'apparaître devant Vous.

J'ai tourné le dos au poste de télé pour essayer de dormir. Herb avait poussé le volume au maximum. Je me suis enfoncé des boules de coton dans les oreilles, mais c'était pas vraiment efficace. Je ne chierai jamais, j'ai pensé, je ne chierai plus jamais, si ce truc de malheur continue à me casser les oreilles. Ça me contracte les tripes, ça me noue... Cette fois, c'est sûr, j'vais devenir dingo!

Ô Seigneur, mon Dieu, à dater de ce jour j'accepte humblement et volontiers de Votre main le genre de mort qu'il Vous plaira de m'octroyer, ainsi que toutes les souffrances physiques et morales. (Indulgence plénière une fois par jour, aux conditions habituelles.)

Enfin, à une heure et demie du matin, j'ai craqué. J'entendais la télé depuis sept heures du matin. Mes intestins étaient bétonnés pour l'éternité. J'ai pensé que j'avais assez payé pour la Croix durant ces dix-huit heures et demie. J'ai réussi à me retourner.

– Herb! Pour l'amour de Dieu, oh! je sens que ça vient! Je sens que j'suis en train de perdre la boule! Herb! PITIÉ! JE SUPPORTE PAS LA TÉLÉ! JE SUPPORTE PAS LA RACE HUMAINE! Herb! Herb!

Assis dans son lit, il roupillait.

– Espèce de sale connard, j'ai fait.

– Keski y a? Quoi???

– TU VEUX PAS ÉTEINDRE CE TRUC, NON?

– Éteindre...? Ah, euh, bien sûr, bien sûr... fallait le dire plus tôt, vieux.

11

Herb ronflait aussi. Et puis il parlait en dormant. Je me suis endormi vers trois heures et demie du mat. A quatre heures un quart, j'ai été réveillé par un raclement, comme si on tirait une table dans le couloir. Soudain, la lumière s'est allumée, et une grosse dondon de couleur s'est pointée au-dessus de moi avec un pince-notes. Bon Dieu, ce qu'elle pouvait être moche et avoir l'air con. Que Martin Luther King et l'égalité raciale aillent au diable! Je sentais qu'elle allait me faire chier, ce qui, après tout, n'était peut-être pas une mauvaise idée. C'étaient peut-être les derniers sacrements? Peut-être que j'étais fini?

– Dis donc, poupée, j'ai dit, ça t'embêterait de me mettre au parfum? Mon heure aurait-elle sonné?

– Vous vous appelez Henry Chinaski?

– J'en ai peur.

– Z'êtes sur la liste des communiants.

– Hé là, une seconde! Il s'est emmêlé les pinceaux. Je lui ai dit, *pas de communion.*

– Ah bon! elle a fait.

Elle a refermé les rideaux, puis éteint la lumière. J'ai entendu la table, ou le truc qui accompagnait la bigote, grincer dans le couloir. Mon comportement allait certainement peiner le pape. La table faisait un boucan de tous les diables. J'entendais les malades et les mourants se réveiller, tousser, interroger les murs de leurs chambres, sonner l'infirmière de service.

– Qu'est-ce que c'était, vieux? a demandé Herb.

– De quoi tu parles?

– Tout ce bruit, la lumière?

– C'était l'Ange exterminateur de Batman préparant le Corps du Christ.

– Quoi?

– Dors.

12

Le lendemain matin, mon médecin est venu inspecter mon cul, après quoi il m'a dit que je pouvais regagner mes pénates.

– Mais, attenzion, mon garçon, bas guestion de monter à chefal bour le moment, ja?

– Ja. J'peux quand même tremper mon biscuit, non?

– Was?

– Rapports sexuels?

– Oh! *nein, nein!* Fous defez attendre six à huit zemaines afant de reprendre fos actifités habituelles.

Il est parti et j'ai commencé à m'habiller. La télé ne me dérangeait pas. Sur l'écran, un type disait : « J'me demande si mes nouilles sont cuites? » Il a collé sa tronche au-dessus de la casserole, et quand il a relevé la tête, il avait des nouilles plein le visage. Herb a ri. Je lui ai serré la main.

– Salut, vieux, j'ai dit.

– Content de t'avoir connu, il a dit.

– Ouais, j'ai fait.

J'étais prêt à partir quand c'est arrivé. J'ai filé aux gogues. Sang et merde. Merde et sang. La douleur m'a fait parler aux murs.

– Ôôô, maman, saloperie d'enculés, oh! merde merde, ô bon Dieu de putain de merde, ô bordel de suceur de bite, assez, assez! Merde, merde, merde, OUH!

Enfin, ça s'est arrêté. Je me suis essuyé, j'ai mis en place un bandage de gaze, remonté mon pantalon, et je suis allé chercher mon sac de voyage posé sur le lit.

– Salut, Herb, mon pote.

– Salut, vieux.

Vous avez deviné. J'y suis retourné dare-dare.

– Espèce de saloperie de bordel de merde! Ôôôôôôô, merdemerdemerdemerdeMERDE!

Quand je suis sorti, je me suis assis pour récupérer. Mes contractions ont diminué, et je me suis senti prêt. Je suis descendu et j'ai signé un paquet de factures; y en avait pour une fortune. J'étais incapable de lire. Ils m'ont appelé un taxi et j'ai attendu devant l'entrée des urgences. J'avais mon petit bain de siège avec moi. Un récipient dans lequel vous chiez après l'avoir rempli d'eau chaude. A la porte, il y avait trois Oakies, deux hommes et une femme. Leurs voix du Sud profond étaient sonores; à leurs visages, on voyait que rien ne leur était jamais arrivé – même pas une rage de dents. Mon cul a commencé à se contracter et à me faire bondir. J'ai essayé de m'asseoir. J'aurais pas dû. Il y avait un petit garçon avec eux. Il s'est pointé pour essayer de m'arracher mon écuelle. Il tirait de toutes ses forces. « Non, p'tit con, non », je lui disais d'une voix sifflante. Il a bien failli y arriver. Il était plus costaud que moi, mais je m'accrochais.

Ô Jésus, tenez en Votre sainte garde mes parents, cousins, bienfaiteurs, maîtres, et amis. Récompensez-les tout spécialement des soucis et des inquiétudes que je leur ai causés.

– Sale petit branleur! Lâche ma cuvette à merde! je lui ai dit.

– Donny! Laisse cet homme tranquille! a gueulé la femme à son mioche.

Donny s'est barré. Un des types m'a regardé.

– Bonjour! il a fait.

– Bonjour! j'ai rétorqué.

Le taxi semblait correct.

– Chinaski?

– Ouais. En route.

Je suis monté devant avec ma cuvette à merde. J'me suis assis sur une fesse. Je lui ai donné quelques indications. Après quoi je lui ai dit :

– Écoutez, si je gueule, arrêtez-vous derrière un panneau de signalisation, une station-service, n'importe où. Mais arrêtez-vous. J'aurai peut-être besoin de chier.

– O.K.

On a démarré. Les rues paraissaient sympas. C'était l'heure du déjeuner. J'étais toujours vivant.

– Écoutez, je lui ai dit, vous connaissez pas un bon bordel? Où je pourrais trouver une chouette nana propre et pas cher?

– Désolé, mais c'est pas dans mes cordes.

– ALLEZ! ALLEZ! j'ai hurlé. Est-ce que j'ai l'air d'un flic? Est-ce que j'ai l'air d'un indic? Tu peux me mettre au parfum, Paulo!

– Non, j'plaisante pas. C'est vraiment pas dans mes cordes. Je travaille le jour. Peut-être qu'un taxi de nuit pourrait vous rencarder.

– D'accord, ça va. Tourne là.

Mon vieux cabanon avait fière allure, là-bas, au milieu de tous ces apparts de luxe. Ma Plymouth 57 était couverte de chiures d'oiseaux, les pneus étaient à moitié à plat. Tout ce que je voulais, c'était un bain chaud. Mon royaume pour un bain chaud. De l'eau chaude contre mon pauvre cul. Au calme. Les vieilles *Gazettes des courses.* Les notes de gaz et d'électricité. Les lettres de femmes solitaires habitant trop loin pour être baisées. De l'eau. De l'eau chaude. Au calme. Et moi m'imprégnant des murs, réintégrant le repaire de mon âme damnée. Je lui ai filé un bon pourboire et j'ai remonté lentement l'allée. La porte était ouverte. Grande ouverte.

Quelqu'un donnait des coups de marteau sur quelque chose. Il n'y avait pas de draps sur le lit. Bon Dieu, j'ai été cambriolé! J'ai été viré!

Je suis entré.

– HÉ! j'ai crié.

Le propriétaire est entré dans la pièce de devant.

– Houlà, on ne pensait pas que vous rentreriez si vite! Le cumulus d'eau chaude fuyait, il a fallu l'enlever. Nous allons en mettre un neuf.

– Vous voulez dire qu'il n'y a pas d'eau chaude?

– Non, pas d'eau chaude.

Ô doux Jésus, j'accepte de bon cœur cette épreuve qu'il Vous a plu de placer sur mon chemin.

Sa femme est entrée.

– Oh! j'allais justement faire votre lit.

– Très bien, allez-y.

– Il devrait fixer le cumulus aujourd'hui. Mais il nous manquera peut-être des pièces. C'est difficile de trouver des pièces un dimanche.

– D'accord, j'vais faire le lit, j'ai dit.

– Je m'en occupe.

– Non, je vous en prie, je le fais.

Je suis allé dans la chambre à coucher et j'ai commencé à faire le lit. Brusquement, c'est venu. J'ai foncé aux gogues. En m'asseyant, je l'ai entendu qui donnait des coups de marteau sur le cumulus. J'étais content qu'il donne des coups de marteau. J'ai adressé mon petit discours aux murs. Puis je suis allé m'allonger. J'entendais le couple de la cour voisine. L'homme était saoul. Ils s'engueulaient.

– Le problème avec toi, c'est que tu comprends rien à rien! T'es complètement ignare! Bouchée à l'émeri! Et par-dessus le marché, t'es une pute!

J'étais de retour à l'écurie. Formidable. Je me suis allongé sur le ventre. Au Vietnam, les armées en décousaient. Dans les allées, les pochards suçaient leurs bouteilles de pinard. Le soleil était encore haut. Ses rayons traversaient les rideaux. J'ai vu une araignée qui rampait sur le bord de la fenêtre. J'ai vu un vieux journal sur le plancher. Il y avait une photo de trois jeunes filles qui sautaient une haie en montrant leurs cuisses. L'appart me ressemblait, il avait la même odeur que moi. Le papier mural me connaissait. Au poil. J'étais conscient de mes pieds, de mes coudes, de mes cheveux. Je n'avais pas l'impression d'avoir quarante-cinq ans. J'me sentais dans la peau d'un foutu moine qui venait de connaître une révélation. J'me sentais amoureux de quelque chose de très bon; je savais pas très bien de quoi il s'agissait, mais c'était là. J'écoutais tous les bruits, les bruits de motos et de voitures. J'entendais les chiens aboyer. Les gens s'agiter et rire. Ensuite, j'ai dormi. J'ai dormi, dormi, dormi comme un loir. Pendant qu'une plante regardait par ma fenêtre, pendant qu'une plante me regardait. Le soleil continuait à bosser, l'araignée à se balader.

CONFESSIONS D'UN HOMME ASSEZ FOU POUR VIVRE AVEC DES BÊTES

1

J'me rappelle m'être branlé dans le placard après avoir chaussé les hauts talons de ma mère, avoir regardé mes jambes dans le miroir, remontant lentement le tissu sur mes jambes, plus haut, toujours plus haut, comme si je lorgnais des jambes de femme, et avoir été interrompu par deux amis qui entraient dans la maison – « je sais qu'il est quelque part ici ». Moi enfilant des vêtements, et brusquement l'un d'eux ouvrant la porte du placard et m'apercevant. « 'spèce d'enculé! » J'ai crié avant de les chasser hors de la maison; comme ils s'éloignaient, je les ai entendus dire : « Mais kesk'il a? Keski cloche chez c'type? »

2

K. était une ancienne call-girl qui adorait me montrer les coupures de journaux et les photos de son glorieux passé. Elle avait failli devenir Miss Amérique. Je l'ai rencontrée dans un bar d'Alvarado Street, dernière étape de la dégringolade avant les bas-fonds. Elle avait pris de la bouteille et du poids, mais avait encore une silhouette potable, un peu de classe, de beaux restes, quoi. On était tous les deux dans la même galère. On n'avait pas de bouulot, et je ne saurai jamais comment on faisait pour joindre les deux bouts. Des cigarettes, du vin et un proprio qui gobait notre baratin comme quoi le pèze n'allait pas tarder, mais que pour l'instant bernique. L'essentiel, c'était quand même d'avoir du vin.

Nous dormions presque toute la journée pour nous lever à la nuit tombante; nous avions envie de nous lever :

K. « Merde, j'boirais bien un coup. »

J'étais encore au lit, en train de fumer la dernière cigarette.

Moi : « Ben, t'as qu'à descendre chez Tony prendre deux bouteilles de porto. »

K. « Des pintes? »

Moi : « Évidemment, des pintes. Et pas du Gallo. Pas de l'autre marque non plus, ce truc m'a collé des migraines pendant deux semaines. Prends aussi deux paquets de clopes. Peu importe la marque. »

K. : « Mais il n'y a que cinquante *cents*! »

Moi : « Comme si je savais pas! Dis-lui de mettre ça sur l'ardoise; keski y a, *t'es conne ou quoi*? »

K. « Il ne veut plus nous faire crédit... »

Moi : « Y veut plus, y veut plus – mais pour qui se prend ce type? Pour Dieu le Père? *Baratine-le*. Souris! Ondule des hanches devant lui! Fais-le bander! Entraîne-le dans l'arrière-salle si besoin est, mais démerde-toi pour avoir ce VIN! »

K. : « D'accord, d'accord. »

Moi : « Surtout, reviens pas les mains vides. »

K. m'a dit qu'elle m'aimait. Souvent elle nouait des rubans autour de ma queue et fabriquait un petit chapeau en papier, qu'elle posait sur mon gland.

Si elle revenait les mains vides ou avec une seule bouteille, alors je descendais comme un fou, je gueulais, frimais et menaçais le vieux jusqu'à ce qu'il me donne ce que je voulais, et plus. Parfois, je remontais avec des sardines, du pain, des chips. C'était une période particulièrement faste; quand Tony a vendu son affaire, nous avons entrepris le nouveau propriétaire, plus coriace, mais qu'on a fini par faire craquer. C'était la belle vie.

3

On aurait dit une mèche à bois, ça aurait pu être une mèche à bois, je sentais l'huile qui cramait. Ils me collaient ça dans la tête, dans la chair, ça pénétrait, et faisait sortir le sang et le pus, et je restais assis là, mon âme de singe suspendue au bord d'une falaise. J'étais couvert de furoncles gros comme des petites pommes. J'étais ridicule, invraisemblable. Le pire cas que j'aie jamais vu, déclara un toubib, et sa jeunesse était loin derrière lui. Ils m'examinaient comme on examine un monstre. J'étais un monstre, je suis toujours un monstre. Je faisais sans arrêt la navette entre chez moi et la salle de l'hospice, en tramway. Dans le tramway, les enfants me dévisageaient, puis demandaient à leur mère : « Kesk'il a, cet homme? Maman, pourquoi son visage est comme ça? » Et leur mère répondait CHUUUUUUTT! Ce chuuuuuutt était la pire condamnation qui fût, après quoi elles laissaient ces petits salauds et ces petites salopes me reluquer par-dessus leurs sièges, et moi je regardais par la fenêtre les immeubles qui défilaient. Je me noyais, je perdais les pédales et me noyais, rien à faire. Les médecins baptisèrent ma maladie *Acne vulgaris* en désespoir de cause. Je restais assis pendant des heures sur un banc de bois en attendant ma mèche à bois. Navrante histoire, non? Je me rappelle les vieux bâtiments en brique, les infirmières alertes et reposées, les toubibs rigolards, une fois leur corvée terminée. Ce fut là que j'appris la duplicité des hôpitaux – là que je découvris que les médecins étaient rois et les malades de la merde, que les hôpitaux existaient pour assurer la fortune de médecins imbus de leur supériorité immaculée, amidonnée. En plus, ils ne s'emmerdaient pas avec les infirmières – Docteur, docteur, docteur, pincez-moi le cul dans l'ascenseur, oubliez la puanteur du cancer, oubliez la puanteur de la vie. Les crétins, c'est les autres, nous ne mourrons jamais; nous buvons notre jus de carotte, et quand nous avons du vague à l'âme, nous prenons une pilule, une seringue, toute la défonce que nous voulons. Cui, cui, cui, on se la coule douce, nous sommes les gagnants. J'entrais, je m'asseyais, et ils enfonçaient leur mèche dans ma chair. ZIRRRR ZIRRRR ZIRRRR, ZIR, pendant que le soleil faisait pousser dahlias et oranges, se glissait sous les blouses des infirmières, ce qui affolait les pauvres cinglés. Zirrrrr, zirrrr, zirr.

– Jamais vu personne supporter l'aiguille comme ça!

– Regarde-le, aussi impassible qu'un rat mort!

Nouveau rassemblement de baiseurs d'infirmières, d'hommes nantis de grandes villas, ayant le temps de rire, de lire, de s'intéresser au sport, d'acheter des toiles de maîtres, et d'oublier de penser, d'oublier de ressentir quoi que ce soit. Amidon immaculé, ma défaite. Le rassemblement.

– Comment vous sentez-vous?
– En pleine forme.
– L'aiguille ne vous fait pas mal?
– Va te faire enculer.
– Quoi?
– J'ai dit : va te faire enculer.
– Ce n'est qu'un gamin. Un gamin désespéré. On peut pas lui reprocher. Quel âge avez-vous?
– Quatorze ans.
– Je vous félicitais pour votre courage, le courage avec lequel vous supportez l'aiguille. Vous êtes un dur.
– Va te faire enculer.
– Vous ne pouvez pas me parler comme ça.
– Va te faire enculer, va te faire enculer, va te faire enculer.
– Allez, ne vous laissez pas abattre. Vous pourriez être aveugle, après tout!
– Ça m'éviterait de voir votre sale gueule.
– Ce gamin est cinglé.
– Complètement, laisse-le tranquille.

Sacré hôpital, mais je ne me doutais pas que j'y retournerais vingt ans après, dans cette même salle des miséreux. Les hôpitaux, les prisons et les putes : telles sont les universités de la vie. J'ai passé plusieurs licences. Vous pouvez me donner du Monsieur.

4

Je me suis mis à la colle avec une autre traînée. Nous vivions au deuxième étage, sur cour, et je bossais. Voici ce qui a bien failli me tuer : picoler toute la nuit et travailler toute la journée. De temps en temps, je balançais une bouteille toujours dans la même fenêtre. Ensuite, je descendais la fenêtre chez le vitrier du coin de la rue pour la faire réparer, pour qu'il remettre un panneau de verre. Ça me prenait environ une fois par semaine. Le type me regardait avec un drôle d'air, mais à chaque fois il acceptait mon fric sans poser de questions. Je buvais régulièrement, excessivement, depuis quinze ans, et un matin, au réveil, c'est arrivé : du sang plein la bouche et plein le cul. Des étrons noirs. Du sang, du sang, des cascades de sang. Le sang pue davantage que la merde. Elle a appelé un médecin, et une ambulance est venue me chercher. Les infirmiers ont déclaré que j'étais trop gros pour qu'ils me portent jusqu'en bas, et m'ont demandé de descendre à pied. « D'accord, les gars, j'ai fait, si ça peut vous rendre service; je voudrais pas que vous vous creviez à la tâche. » Une fois dehors, je me suis allongé sur une civière; ils l'ont dépliée à mon intention et je suis monté dessus comme une fleur flétrie. Sacrée putain de fleur. Les voisins passaient la tête par les fenêtres ou restaient plantés sur leur seuil pendant qu'on me transportait sous leur nez. Ils me voyaient saoul la plupart du temps. « Regarde, Mabel, dit l'un d'eux, c'est cet horrible pochard! – Dieu ait pitié de son âme! » rétorqua l'autre. Cette bonne vieille Mabel. J'ai lâché une bonne rasade de sang écarlate par-dessus le brancard, et quelqu'un a fait OOOOhhhhhhooooh.

Bien qu'ayant travaillé, je n'avais pas un sou, de sorte que je me suis retrouvé dans la salle des miséreux. L'ambulance était bondée. Il y avait des bat-flancs dans l'ambulance, et du monde partout. « On est plein, a dit le chauffeur, en route. » Sale voyage. On brinquebalait dans tous les sens. Je faisais l'impossible pour ne pas gerber du sang, épargner la puanteur aux autres urgences. « Oh! j'ai entendu geindre une Noire, c'est pas possible que ça m'arrive à moi, je peux pas y croire, oh! Seigneur, aidez-moi! »

Dieu a une sacrée cote de popularité dans ce genre d'endroit.

Ils m'ont collé dans un sous-sol obscur, quelqu'un m'a donné un truc dans un verre d'eau, et basta. De temps à autre, je vomissais du sang dans un crachoir. Nous étions quatre ou cinq dans ce sous-sol. Un des types était ivre – et givré –, mais paraissait costaud. Il s'est levé de son lit de camp pour se balader, tituber, se viander sur les autres malades, renverser des objets, « Oua oua oua, j'suis pépé le jobard, j'suis bébé le pojard, jobé le chopard, j'suis l'pépé ». J'ai saisi le broc à eau pour l'assommer, mais il s'est jamais approché de moi. Il a fini par s'écrouler dans un coin, puis s'évanouir. J'ai passé toute la nuit et toute la matinée du lendemain dans un sous-sol. Après quoi ils m'ont fait monter. La salle était bondée. Ils m'ont collé dans un coin sombre. « Ooh, y va mourir dans ce coin sombre », a dit une des infirmières. « Ouais », a renchéri l'autre.

Une nuit, je me suis levé, mais j'ai pas pu aller jusqu'aux

gogues. J'ai gerbé du sang en plein milieu du plancher. J'suis tombé et me suis senti trop faible pour pouvoir me relever. J'ai appelé une infirmière, mais les portes de la salle étaient capitonnées d'une bonne épaisseur d'alu, si bien qu'elles n'ont rien entendu. Une infirmière se pointait toutes les deux heures environ pour repérer les cadavres. Chaque nuit, ils faisaient sortir un sacré paquet de morts. Comme je ne pouvais pas dormir, je les regardais. Elles faisaient glisser le macchabée de son lit, le mettaient sur un chariot, puis tiraient un drap sur sa tête. Ces chariots étaient bien huilés. J'ai gueulé « Infirmière! » sans savoir spécialement pourquoi. « La ferme! m'a dit un vieux, nous voulons dormir. » Je suis tombé dans les pommes.

Quand je me suis réveillé, toutes les lumières étaient allumées. Deux infirmières essayaient de me ramasser. « Je vous avais dit de ne pas quitter votre lit », dit l'une. Je ne pouvais pas parler. Des tambours résonnaient dans ma tête. Je me sentais aussi creux qu'une boîte vide. J'entendais tout, mais ne voyais rien, parfois quelques éclairs lumineux. Pourtant, je ne paniquais pas, je n'avais pas peur; simplement un sentiment d'attente, j'attendais n'importe quoi, sans inquiétude.

– Vous êtes trop gros, a dit l'une, montez donc dans ce fauteuil.

Elles m'ont mis dans un fauteuil et m'ont fait rouler à travers la salle. Je n'avais pas l'impression de peser plus de trois kilos.

Après ils se sont agglutinés autour de moi : des gens. Je me rappelle un médecin en blouse verte, une blouse de salle d'opération. Il semblait furieux. Il parlait avec l'infirmière en chef.

– Pourquoi cet homme n'a-t-il pas eu de transfusion? Il ne doit plus avoir de sang du tout.

– Son dossier est passé en bas pendant que j'étais en haut, et ils l'ont classé sans que je l'aie vu. Par ailleurs, docteur, il n'a pas de crédit sanguin.

– Je veux qu'on monte du sang ici, qu'on le monte TOUT DE SUITE!

– Qui diable est ce type, j'ai pensé, vraiment bizarre. Vraiment étonnant de la part d'un médecin.

Ils ont commencé les transfusions – quatre litres et demi de sang, plus quatre de glucose.

Une infirmière a essayé de me faire avaler du rosbif avec des patates, des petits pois et des carottes en guise de premier repas. Elle a posé un plateau devant moi.

– Bon Dieu, je peux pas manger ça, je lui ai dit, ça va me tuer!

– Mangez, elle a dit, tout cela est inscrit à votre régime.

– Apportez-moi du lait, j'ai dit.

– Mangez ça, elle a répété avant de s'en aller.

J'ai tout laissé.

Cinq minutes après, elle a rappliqué dare-dare dans la salle.

– NE MANGEZ PAS ÇA! elle a crié, ne mangez SURTOUT PAS ça! Il y a eu une erreur!

Elle a emporté le plateau, puis est revenue avec un verre de lait.

A peine le premier flacon de sang se fut-il vidé en moi, qu'ils m'installèrent sur un chariot pour m'emmener en radiologie. Le médecin me dit de me redresser. Je tombais sans cesse en arrière.

– NOM DE DIEU, hurlait-il, ENCORE UN FILM DE FOUTU À CAUSE DE VOUS! MAINTENANT REDRESSEZ-VOUS ET NE BOUGEZ PLUS!

J'ai essayé, vainement. Je suis retombé en arrière.

– Et merde, il a dit à l'infirmière. Remmenez-le.

Le dimanche de Pâques, l'orchestre de l'armée du Salut est venu jouer juste sous notre fenêtre à cinq heures du matin. Ils ont joué d'insupportables morceaux religieux, très mal et très fort, ça m'a lessivé, ça s'insinuait en moi, ça a bien failli me tuer. Ce matin-là, j'ai senti la mort planer au-dessus de moi comme jamais auparavant ni depuis. Elle était à un centimètre, à un cheveu. Ils ont fini par déménager vers une autre partie de l'hôpital et je me suis senti revivre un peu. Je dirais que, ce matin-là, ils ont bien dû assassiner une demi-douzaine de prisonniers avec leur musique.

Et puis mon père est arrivé avec ma putain. Elle était saoule, j'ai compris qu'il lui avait donné de l'argent pour boire, puis l'avait délibérément amenée ici, ivre morte, pour me rendre malheureux. Le vieux et moi étions ennemis de longue date – il détestait tout ce que j'aimais et réciproquement. Elle a chaloupé jusqu'à mon lit, le visage empourpré, complètement jetée.

– Pourquoi l'as-tu amenée dans cet état-là? j'ai demandé. Pourquoi n'as-tu pas attendu un jour ou deux?

– J't'avais dit que c'était une souillon! J't'ai toujours dit que c'était une souillon!

– Tu l'as fait boire et après tu l'as amenée ici. Pourquoi cherches-tu à me faire du mal?

– J't'avais dit que c'était une souillon, je te l'avais dit, *je te l'avais dit!*

– Sale fils de pute, un mot de plus, j'enlève cette aiguille de mon bras et je me lève pour te flanquer une dérouillée dont tu te souviendras longtemps!

Il l'a prise par le bras et ils sont partis.

On leur avait sans doute téléphoné pour leur dire que j'allais mourir. Mes hémorragies continuaient. Ce soir-là, le prêtre est venu.

– Mon père, je lui ai dit, excusez-moi, mais j'aimerais autant mourir sans parlote, ni rites.

Je fus stupéfait de le voir osciller et se balancer de droite et de gauche, presque comme si je l'avais frappé. Il n'en croyait pas ses oreilles. Je dis « stupéfait » parce que je pensais ces gars plus *cool* que ça. Enfin, eux aussi s'essuient le cul.

– Mon père, parlez-moi, dit un vieux, vous pouvez me parler, à moi.

Le prêtre s'approcha du vieux et tout le monde fut content.

Treize jours après mon entrée à l'hôpital, je conduisais un camion et soulevais des paquets pesant jusqu'à vingt-cinq kilos. Une semaine plus tard, je prenais mon premier verre – celui qui, d'après eux, devait me foudroyer.

Je parie qu'un jour je mourrai dans cette saloperie de salle des miséreux. Apparemment, elle me tient.

Ma chance était de nouveau en baisse et l'excès de vin me mettait les nerfs en pelote; j'étais hagard, au bout du rouleau, trop déprimé pour trouver, comme d'habitude quand je voulais récupérer, un boulot bouche-trou d'expéditionnaire ou de magasinier, si bien que je suis allé aux abattoirs et je suis entré dans le bureau des embauches.

– Je t'ai pas déjà vu? a demandé le préposé.

– Non, j'ai menti.

J'étais déjà venu deux ou trois ans auparavant; je m'étais farci les paperasses, la visite médicale et tout le tremblement, puis ils m'avaient emmené quatre étages plus bas. Plus je descendais, plus il faisait froid, le sol était couvert d'une pellicule de sang, sols verts, murs verts. On m'avait expliqué le boulot – j'appuyais sur un bouton et d'une espèce de trou dans le mur sortait un bruit, comme des demis de mêlée qui se rentrent dedans ou des éléphants qui s'écroulent, et voilà qu'arrive un truc mort, énorme, sanguinolent, et le type m'avait dit : « T'empoignes ça, tu le balances dans le camion, tu appuies sur le bouton et au suivant. » Après quoi il s'était barré. J'avais enlevé ma blouse, mon casque, mes bottes (trois pointures trop court), j'avais remonté l'escalier et je m'étais tiré. Et maintenant, j'étais de retour.

– T'as l'air un peu vieux pour ce boulot.

– J'veux m'faire les muscles. J'ai besoin de travailler dur, vraiment dur, j'ai menti.

– Tu penses tenir le coup?

– J'suis pas une fillette. J'ai été boxeur, j'ai combattu contre les plus grands.

– Ah oui?

– Ouais.

– Hum, ça se voit sur ton visage. T'as dû en voir de toutes les couleurs.

– Laisse tomber ma tronche. J'avais la main leste. Je l'ai toujours d'ailleurs. Fallait que je frime un peu, que je fasse semblant d'aller au tapis.

– Je m'intéresse à la boxe. Pourtant, ton nom me dit rien.

– Je combattais sous un autre nom. Kid Stardust.

– Kid Stardust? Je me rappelle pas Kid Stardust.

– J'ai combattu en Amérique du Sud, en Afrique, en Europe, dans les îles, j'ai même fait les petits bleds. Ça explique les trous sur ma carte de travail – je n'aime pas mettre « boxeur », parce que les gens croient que je plaisante ou que je mens. Alors je laisse en blanc, voilà tout!

– Très bien, présente-toi demain à 9 h 30 pour la visite médicale, et on te mettra au travail. T'as bien dit que tu voulais bosser dur?

– Enfin, si vous avez autre chose...

– Non, pas pour l'instant. Tu sais, moi je te donne pas loin de cinquante ans. Je me demande si je fais pas une bêtise... Nous n'aimons pas perdre notre temps avec des gars comme toi.

– Je ne suis pas un gars quelconque, je suis Kid Stardust.

– D'accord, p'tit gars, le type a ri, on va te filer un VRAI BOULOT!

Je n'ai pas aimé la façon dont il a dit ça.

Le surlendemain, j'ai franchi les grilles et montré mon billet au vieux bonhomme dans la cabane à l'entrée. Il y avait mon nom dessus, Henry Chinaski. Le vieux m'a envoyé au chargement – je devais voir Thurman. J'ai traversé la cour. Il y avait une brochette de types assis sur un banc de bois, qui m'ont regardé comme si j'étais un homosexuel ou un panneau de basket.

Je leur ai balancé mon célèbre regard dédaigneux tranquille, puis j'ai pris mon meilleur accent de dur à cuir pour leur dire :

– Où est Thurman? J'suis censé voir ce mec.

Un type s'est avancé.

– Thurman?

– Ouais?

– Je dois bosser pour toi.

– Ouais?

– Ouais.

Il m'a regardé.

– Où sont tes bottes?

– Mes bottes? On m'en a pas donné, j'ai dit.

Il a plongé sous le banc et m'a tendu une paire, une vieille paire complètement pourrie. Je les ai enfilées. Toujours la même histoire : trois pointures trop court. Mes orteils étaient écrasés, recroquevillés au bout.

Puis il m'a donné une blouse pleine de sang et un casque. Je les ai mis. Je suis resté planté là pendant qu'il allumait une cigarette, ou comme disent les Anglais : pendant qu'il allumait sa cigarette. Il a jeté l'allumette avec une affectation calme et virile.

– Suis-moi.

Tous étaient noirs; quand je suis arrivé à leur hauteur, ils m'ont maté comme s'ils étaient des musulmans noirs. Je faisais plus d'un mètre quatre-vingts, mais ils étaient tous plus grands que moi, ou alors deux à trois fois plus baraqués.

– Hank! a gueulé Thurman.

Hank, j'ai pensé. Hank, tout comme moi. Sympa.

Je transpirais déjà sous mon casque.

– Fous-le au TRAVAIL!

Jésus Marie Joseph! Que sont devenues les douces nuits câlines? Pourquoi cela n'arrive-t-il jamais à Walter Winchell, lui qui croit à l'Amérique? N'étais-je pas l'un des plus brillants étudiants en anthropologie? Que s'est-il passé?

Hank m'a emmené au pied d'un camion vide, long comme un demi-pâté de maison, garé dans le hangar.

– Reste ici.

Alors plusieurs musulmans noirs sont arrivés en courant, avec des brouettes peintes d'un blanc écaillé et grumeleux, comme de la chaux mélangée à des crottes de poules. Chaque brouette était chargée d'une montagne de jambons flottant dans un sang aqueux. Non, ils ne flottaient pas dans le sang, ils étaient coulés dans le sang, comme du plomb, comme des boulets de canon, comme la mort.

L'un des gars a sauté dans le camion derrière moi, l'autre s'est mis à me jeter des jambons, que j'attrapais au vol pour les lancer au type sur le camion, qui pivotait et les balançait au fond du camion. Les jambons arrivaient vite VITE, ils étaient lourds, de plus en plus lourds. J'en jetais un, me retournais, aussitôt le suivant m'arrivait dessus. J'ai compris qu'ils essayaient de me faire craquer. La sueur a bientôt dégouliné sur mon corps, comme sous des robinets grands ouverts, mon dos me faisait mal, mes poignets me faisaient mal, mes bras s'engourdissaient, mon corps tout entier s'engourdissait, je pompais sur mes dernières réserves d'énergie, bientôt ce serait fini. Ma vue se brouillait, je me décidais tout juste à attraper encore un jambon, à le jeter, encore un jambon et à le jeter. Éclaboussé de sang, je recevais le doux FLOP lourd et mort dans mes mains, le jambon résonnant un peu comme les fesses d'une femme, je suis trop faible pour parler et dire : « Hé, les mecs, keski vous prend? » Les jambons arrivent, je virevolte, cloué sous mon casque comme un homme à une croix, on ne cesse d'amener des brouettes pleines de jambons, jambons, jambons, et enfin elles sont toutes vides, et je reste là, vacillant et haletant sous les ampoules jaunes. Il faisait nuit en enfer. Bah, j'ai toujours aimé travailler la nuit.

– Suis-moi!

Ils m'ont emmené dans un autre hangar. Tout là-haut, par l'ouverture pratiquée dans le mur du fond, un demi-bœuf, ou peut-être était-ce un bœuf tout entier, oui, c'étaient des bœufs entiers, je m'en souviens, avec les quatre pattes, j'en ai vu un sortir du trou sur un croc, il venait d'être tué, et ce bœuf s'est arrêté pile sous mon nez, il pendait là au-dessus de moi, sur son croc.

Ils viennent juste de le tuer, j'ai pensé, ils ont tué ce foutu machin. Savent-ils encore distinguer un homme d'un bœuf? Savent-ils au moins que je ne suis pas un bœuf?

– BON – BALANCE-LE!

– Balance-le?

– Exactement – DANSE AVEC!

– Quoi?

– Ô bon Dieu! *George*, viens ici!

George s'est pointé sous la charogne du bœuf. Il l'a prise à bras le corps. UN. Il a couru en avant. DEUX. Il a couru en arrière. TROIS. Il a couru en avant, loin. Le bœuf était presque parallèle au sol. Un gus a appuyé sur un bouton et le bœuf s'est décroché. George le tenait enlacé pour toutes les halles à viande du monde. Enlacé pour toutes les ménagères débiles reposées commères volages du monde à deux heures de l'après-midi, en peignoir, tirant sur une cigarette tachée de rouge à lèvres et ne ressentant quasiment rien.

Ils m'ont poussé sous le bœuf suivant.

UN.

Deux.

TROIS.

Je le tenais. Ses os morts contre mes os vivants, sa chair morte contre ma chair vivante, anéanti par cette pesante carcasse, j'ai pensé à une huître sexy assise sur le divan en face de moi, jambes haut croisées, moi un verre à la main, me frayant lentemant mais sûrement mon chemin jusqu'à l'esprit inerte de ce corps féminin, et Hank a gueulé :

– ACCROCHE-LE DANS LE CAMION!

J'ai couru vers le camion. La honte de la défaite, apprise dans les cours d'écoles américaines quand j'étais petit, me dit que je devais pas foutre le bœuf par terre, car cela prouverait que j'étais un minable, et non un homme, je ne mériterais alors que ricanements et sarcasmes, fallait être un gagnant en Amérique, y avait pas d'autre moyen de s'en sortir, fallait apprendre à se battre pour rien, sans poser de question, et puis si je lâchais le bœuf, faudrait peut-être que je le ramasse, je savais que je n'y arriverais jamais. Sans compter qu'il serait dégueulasse. Je ne voulais pas le dégueulasser, ou plutôt – *eux* ne voulaient pas le dégueulasser.

J'ai cavalé jusqu'au camion.

– ACCROCHE-LE!

Le croc pendait du toit, aussi lugubre qu'un pouce sans ongle. Tu laisses glisser l'arrière-train du bœuf et tu y vas avec la tête, tu cognes la tête contre le croc, mais ce putain de croc ne voulait pas crocher dans la barbaque! *Merde!* Rien que du cartilage et de la graisse, dur comme du bois.

– ALLEZ! ALLEZ!

J'ai rassemblé mes dernières forces et, miracle! le croc a croché... Spectacle magnifique, le croc transperçant la viande, le bœuf pendu dans le camion, mon épaule enfin libre, ce bœuf oscillant pour le bonheur des bouchers et des mémères.

– REMUE-TOI!

Un nègre de cent cinquante kilos, insolent, menaçant, froid, l'œil assassin, s'est pointé, a accroché sa barbaque d'un coup sec, et m'a toisé.

– On fait la queue, ici!

– D'accord, King-Kong.

Je suis passé devant lui. Un autre bœuf m'attendait. Chaque fois que j'en chargeais un, j'étais persuadé de m'écrouler au suivant, mais je me répétais

encore un
juste un
et puis
j'me casse.
Boulot d'
enculé.

Ils attendaient que je me casse, je le voyais à leurs yeux, à leurs sourires quand ils croyaient que je regardais ailleurs. Je ne voulais pas qu'ils gagnent aussi facilement. Je me suis coltiné un autre bœuf. Le grand jeu. Dernier sursaut d'un champion lessivé. J'ai enlacé la barbaque.

Deux heures, ça a duré, puis quelqu'un a gueulé : « REPOS! »

J'avais tenu bon. Une pause de dix minutes, un peu de café, et jamais ils réussiraient à me faire craquer. Je leur ai emboîté le pas en direction d'une buvette ambulante. Je voyais la vapeur du café s'élever dans la nuit; je voyais les beignets et les cigarettes et les gâteaux et les sandwiches sous les ampoules électriques.

– HÉ, TOI!

C'était Hank. Hank, comme moi.

– Ouais, Hank?

– Avant de faire ta pause, grimpe dans ce camion et va le garer au parking 18.

C'était le camion que nous venions de charger, celui qui faisait un demi-bloc de long. Le parking 18 était de l'autre côté de la cour.

J'ai réussi à ouvrir la portière et à monter dans la cabine. Il y avait un siège en cuir souple, je m'y sentais si bien que, si je ne faisais pas gaffe, j'allais m'endormir dans la seconde. J'étais pas chauffeur de poids lourds. J'ai baissé les yeux et avisé une demi-douzaine de changements de vitesses, freins, pédales et machins. J'ai mis le contact et réussi à faire démarrer le moteur. J'ai bidouillé quelques pédales et changements de vitesses jusqu'à ce que le camion se mette à rouler, puis je lui ai fait traverser la cour et je l'ai garé au parking 18, sans arrêter de me dire : quand je serai revenu, la buvette sera partie. C'était une tragédie pour moi, une vraie tragédie. J'ai garé le camion, coupé les gaz, et j'suis resté assis une minute à savourer la délicieuse douceur de ce siège en cuir. Puis j'ai ouvert la portière et je suis descendu. J'ai loupé le marchepied ou le truc censé se trouver là, et je me suis étalé par terre avec ma blouse ensanglantée et mon casque de Christ, comme un homme foudroyé par une balle. Ça ne m'a pas fait mal, je n'ai rien senti. Je me suis relevé juste à temps pour voir la buvette ambulante passer les grilles et disparaître dans la rue. J'ai vu les gars retourner vers le hangar en se marrant et allumant des cigarettes.

J'ai enlevé mes bottes, j'ai enlevé ma blouse, j'ai enlevé mon casque, et je me suis dirigé vers la cabane en bois à l'entrée de la cour. J'ai jeté la blouse, le casque et les bottes sur le comptoir. Le vieux m'a regardé :

– Quoi? Tu plaques un boulot PAREIL?

– Dis-leur de m'envoyer un chèque pour les deux heures, ou bien de se le foutre au cul, j'en ai rien à secouer!

Je suis sorti. J'ai traversé la rue pour boire une bière dans un bar mexicain et puis j'ai pris le bus jusqu'à chez moi. Une fois de plus, l'école américaine avait eu ma peau.

6

Le lendemain soir, j'étais assis dans un bar, entre une femme portant un galurin pourri et une autre femme ne portant pas de galurin pourri ; un rade de plus à mon palmarès – terne, miteux, désespéré, cruel, merdique, pauvre, les toilettes des hommes puaient à te faire gerber, on ne pouvait pas y chier, seulement pisser, vomir, en détournant la tête pour chercher de la lumière, priant que ton estomac tienne encore une nuit.

Trois heures que j'étais là, à boire et payer des verres à la dame ne portant pas de galurin pourri. Elle était pas mal : pompes de luxe, jambes potables, du chien; au bord de la déglingue finale, mais c'est alors qu'elles sont le plus sexy, du moins pour moi.

Je lui ai offert un autre verre, deux autres verres.

– Ça y est, je lui ai dit, j'suis sans un.

– Tu plaisantes.

– Non.

– Tu as un endroit où crécher?

– Encore deux jours de location.

– Tu travailles?

– Non.

– Que fais-tu?

– Rien.

– Je veux dire, comment t'en es-tu tiré jusqu'ici?

– Un temps, j'ai été l'agent d'un jockey. Un bon gars, sauf qu'il s'est fait piquer deux fois avec une batterie au portillon de départ. Interdit de course. J'ai fait un peu de boxe, j'ai tâté du jeu, j'ai même essayé l'élevage de poulets – je passais toutes mes nuits à les protéger contre les chiens sauvages des collines, c'était dur, et puis un jour j'ai laissé un cigare allumé dans le poulailler, j'ai brûlé la moitié de mes poules, plus tous mes meilleurs coqs. J'ai été chercheur d'or en Californie du Nord, aboyeur sur les plages, j'ai essayé le commerce, le coup de la marge bénéficiaire réduite – rien n'a marché, j'suis un raté.

– Finis ton verre, elle a dit, et suis-moi.

Ce *suis-moi* m'a paru de bon augure. J'ai fini mon verre et je l'ai accompagnée dehors. Nous avons remonté la rue pour nous arrêter devant un magasin de spiritueux.

– Maintenant pas un mot, elle a dit, tu me laisses me débrouiller.

On est entré. Elle a pris du salami, des œufs, du pain, du bacon, de la bière, de la moutarde forte, des condiments, deux pintes de bon whisky, quelques Alka Seltzer et une bouteille de cocktail. Sans oublier des cigarettes et des cigares.

– Mettez ça sur le compte de Willie Hansen, dit-elle à l'employé.

On est sorti avec la camelote; de la cabine téléphonique du coin, elle a appelé un taxi. Le taxi est arrivé, on est monté derrière.

– Qui est Willie Hansen? j'ai demandé.

– T'occupe, elle a dit.

Chez moi, elle m'a aidé à ranger la marchandise dans le frigo. Elle s'est assise sur le divan, a croisé ses belles jambes, puis est restée pénarde, à tortiller de la cheville en donnant des coups de pied dans le vide, les yeux baissés sur ses chaussures, de superbes pompes à talons aiguilles. J'ai ouvert une pinte et préparé deux verres corsés. Une fois de plus, j'étais le roi.

Cette nuit-là, au lit, je me suis arrêté au beau milieu pour la regarder.

– Au fait, comment tu t'appelles? j'ai demandé.

– Quelle importance?

J'ai ri avant de redémarrer.

Quand ma location a été terminée, j'ai entassé toutes mes affaires – soit : pas grand-chose – dans ma valise en carton, et une demi-heure plus tard on est passé derrière un magasin de fourrures en gros, on a descendu une allée au macadam défoncé, pour s'arrêter devant une vieille maison à deux étages.

Pepper (c'était son nom, elle avait fini par me le dire) a sonné, puis m'a dit

– Reste en arrière, j'veux lui faire croire que je suis seule; quand il ouvrira, je pousserai la porte et tu entreras derrière moi.

Willie Hansen avait installé un miroir à mi-escalier, lequel lui permettait de savoir qui était à la porte, après quoi il décidait d'être chez lui ou non.

Il a décidé d'être chez lui. Il a ouvert, j'ai suivi Pepper à l'intérieur, laissant ma valise au bas des marches.

– Chérie!

Il l'accueillit en haut de l'escalier.

– C'est tellement BON de te voir!

Il était relativement vieux, et manchot. Il a mis son unique bras autour de Pepper et l'a embrassée.

Puis il m'a vu.

– Qui est ce type?

– Oh! Willie, je veux te présenter un de mes amis. Voici le Kid.

– Salut! j'ai fait.

Il a rien répondu.

– Le Kid? Il n'a plus l'air tout jeune, pour un gamin.

– Kid Lanny, il a longtemps combattu sous le nom de Kid Lanny.

– Kid Lancelot, j'ai dit.

Nous sommes montés dans la cuisine, Willie a sorti une bouteille et rempli des verres. On s'est assis autour de la table.

– Les rideaux vous plaisent? il m'a demandé. Ce sont les filles qui ont fait ces rideaux pour moi. Ces filles ont un talent fou.

– J'aime bien ces rideaux, je lui ai dit.

– Mon bras s'ankylose, je peux à peine bouger les doigts. Je pense que je vais mourir, les médecins n'arrivent pas à découvrir ce que j'ai. Les filles croient que je plaisante, elles se moquent de moi.

– Je vous crois, je lui ai dit.

Nous avons eu droit à deux autres tournées.

– Vous me plaisez, a dit Willie, on dirait que vous avez pas mal bourlingué, en tout cas vous avez de la classe. La plupart des gens sont tellement ringards. Mais vous, vous avez de la classe.

– Je ne connais rien à la classe, j'ai dit, mais j'ai pas mal bourlingué.

Nous avons encore descendu quelques verres, avant de passer dans la pièce de devant. Willie s'est collé une casquette de marin sur le crâne, s'est assis devant un orgue et a commencé à jouer de son unique bras. Il jouait très fort.

Il y avait des pièces de cinq, dix et vingt-cinq *cents* sur le plancher. J'ai pas posé de question. On est resté assis, à boire en écoutant l'orgue. J'ai applaudi doucement quand il a terminé.

– Toutes les filles étaient ici, l'autre nuit, il m'a dit :

Soudain, quelqu'un a hurlé ALERTE! Vous les auriez vues courir, certaines nues, d'autres en slip et soutien-gorge, elles sont toutes sorties se planquer dans le garage. C'était tordant! Je suis resté assis ici et elles sont revenues, une par une, du garage. C'était absolument *tordant*!

– Qui a crié ALERTE? j'ai demandé.

– Moi, il a dit.

Puis il s'est levé, est allé dans sa chambre, s'est déshabillé et mis au lit. Pepper est allée le retrouver, pour l'embrasser et discuter avec lui, pendant que je ramassais la petite monnaie sur le plancher.

Quand elle est revenue, elle m'a fait signe en direction du bas de l'escalier. Je suis descendu chercher ma valise et je l'ai remontée.

7

Chaque fois qu'il mettait cette casquette de marin, sa casquette de capitaine, nous savions dès le matin que nous allions sur le yacht. Il se plantait devant son miroir pour l'ajuster, et l'une des filles arrivait en courant pour nous dire :

– Nous sortons sur le yacht – Willie est en train d'ajuster sa casquette!

Exactement comme la première fois. Il est arrivé avec sa casquette, nous l'avons suivi en bas, au garage, sans prononcer un mot.

Il possédait une vieille voiture, tellement vieille qu'il y avait un siège de domestiques.

Les deux ou trois filles sont montées devant avec Willie, entassées l'une sur l'autre; quant à Pepper et moi, on s'est installés sur le siège arrière, et elle a dit :

– Il ne sort que lorsqu'il n'a pas la gueule de bois, et il ne boit pas une goutte. Ce salaud tient à ce que personne ne boive. Alors, fais gaffe!

– Merde, faut que je boive.

– On a tous besoin de boire, elle a dit.

Elle a sorti une flasque de son sac et dévissé le bouchon. Elle m'a tendu la bouteille.

– Maintenant, attends qu'il nous reluque dans le rétro. Sitôt que ses yeux regardent la route, tape-toi une rasade.

J'ai essayé. Ça a marche. Ensuite, au tour de Pepper. Quand on est arrivé à San Pedro, la bouteille était vide. Pepper a pris un chewing-gum, j'ai allumé un cigare et on est sorti.

Le yacht avait de la gueule. Deux moteurs à bord. Willie m'a montré comment faire démarrer le moteur auxiliaire en cas de pépin. J'opinais du bonnet sans l'écouter. Des conneries à propos d'une ficelle qu'il fallait tirer pour mettre le truc en marche.

Puis il m'a montré comment hisser l'ancre et désamarrer du quai, mais je pensais uniquement à mon prochain verre. Après ça, on s'est tiré et il s'est planté dans la cabine avec sa casquette de capitaine sur la tête, pour diriger le bateau. Les filles se pressaient autour de lui.

– Oh! Willie, laisse-moi barrer!

– Willie, laisse-moi barrer!

J'ai pas demandé à barrer. Il avait baptisé le bateau d'après son propre nom : *Le Willhan.* Horrible. Il aurait dû l'appeler *La Chatte flottante.*

J'ai suivi Pepper en bas, dans la cabine. On a trouvé de quoi boire, plein. On est resté en bas, à picoler.Puis je l'ai entendu couper les gaz et descendre les marches.

– Nous rentrons, il a dit.

– Pourquoi?

– Connie se paie une de ses crises de cafard. J'ai peur qu'elle se fiche par-dessus bord. Elle refuse de me parler. Elle reste prostrée, les yeux dans le vague. Elle sait pas nager. J'ai peur qu'elle se foute à l'eau.

(Connie était la dame au galurin pourri.)

– Laisse-la sauter. J'irai la chercher. Et je la dérouillerai. J'ai rien perdu de mon punch, j'irai la repêcher. T'inquiète pas pour elle.

– Non, non, on rentre. Et puis, il me semble que vous avez *bu*!

Il est remonté. J'ai rempli les verres et allumé un cigare.

8

Quand on a accosté, Willie est descendu nous dire qu'il revenait tout de suite. Il n'est pas revenu tout de suite. En fait, nous ne l'avons pas vu pendant trois jours et trois nuits. Il avait laissé toutes les filles sur le bateau. Il n'avait emmené que la voiture avec lui.

– Il est cinglé, a dit une fille.

– Ouais, a approuvé une autre.

La bouffe et l'alcool abondaient à bord, si bien qu'on est resté sur le *Willhan* pour attendre Willie. Il y avait trois filles, en plus de Pepper. Il faisait froid dans la cabine, malgré tout l'alcool qu'on s'envoyait, les couvertures qu'on entassait sur soi. Il n'y avait donc qu'une seule façon de se réchauffer. Les filles se marraient.

– C'est MON TOUR! s'esclaffait l'une.

– Je n'en peux plus! disait une autre.

– Ah! comme ça, t'en peux plus, je disais, et *moi* donc!

Elles riaient. J'ai fini par ne plus pouvoir le faire.

Je me suis aperçu que j'avais mes dés verts sur moi, on s'est assis par terre et on a commencé un 421. Tout le monde était saoul, les filles avaient tout le fric. Moi, j'avais rien, mais j'ai bientôt gagné un peu d'argent. Elles ne comprenaient pas très bien le jeu, je leur expliquais les règles au fur et à mesure, tout en les modifiant selon les circonstances.

Ce fut ainsi que Willie nous découvrit à son retour – jouant au 421 et ivres morts.

– JE NE VEUX PAS DE JEUX DE HASARD SUR CE BATEAU! il a gueulé en haut des marches.

Connie s'est relevée, a monté les marches, l'a pris dans ses bras et lui a fourré sa grande langue dans la bouche en lui flattant les couilles. Willie a descendu l'escalier en souriant, il s'est servi un verre, a servi des verres à tout le monde, on s'est assis pour bavarder et rigoler, puis il a parlé d'un opéra qu'il écrivait pour l'orgue, *l'Empereur de San Francisco.* Je lui ai promis de m'occuper du livret, et ce soir-là, on est rentré en ville en picolant, heureux. Les autres balades en bateau se passèrent exactement comme la première. Une nuit, il mourut, et nous nous sommes retrouvés une fois de plus à la rue, les filles et moi. Une sœur habitant l'est du pays a ramassé tout le fric, et j'suis allé bosser dans une usine de biscuits pour chiens.

9

J'habite quelque part dans Kingsley Street, je travaille comme expéditionnaire pour une boîte fabriquant du matériel d'éclairage.

Les affaires étaient calmes. Tous les soirs, je m'envoyais pas mal de bière, j'oubliais souvent de manger. J'ai acheté une machine à écrire, une vieille Underwood d'occasion, dont les touches se coinçaient. Je n'avais rien écrit depuis dix ans. Je me pétais à la bière et je commençais à pondre des poèmes. Bientôt, j'en ai eu une sacrée pile, dont je ne savais pas quoi faire. J'ai glissé le tout dans une enveloppe, que j'ai expédiée à une nouvelle revue éditée dans une petite ville du Texas. Je me disais que personne n'accepterait de publier ça, mais qu'au moins quelqu'un risquait de perdre la boule, de sorte que mon travail ne serait pas totalement vain.

On m'a répondu une lettre, puis deux lettres, de longues lettres. On disait que j'étais un génie, on disait que j'étais éblouissant, on disait que j'étais Dieu. J'ai lu et relu ces lettres tout en me saoulant à la bière, et j'ai renvoyé une longue lettre. Plus d'autres poèmes. J'écrivais des poèmes et des lettres toutes les nuits, j'étais con comme un balai.

La rédactrice, qui écrivait aussi à ses heures, s'est mise à m'envoyer des photos d'elle, où elle n'avait pas l'air mal, pas mal du tout même. Les lettres ont pris une tournure personnelle. Elle disait que personne ne voulait l'épouser. Le rédacteur adjoint, un jeune type, acceptait de l'épouser pour la moitié de son héritage, mais elle prétendait ne pas avoir d'argent, que ce n'était qu'une rumeur dépourvue de fondement. Par la suite, le rédacteur adjoint fit un séjour en hôpital psychiatrique. « Personne ne veut m'épouser, ne cessait-elle de m'écrire, vos poèmes seront publiés dans notre prochain numéro, un numéro spécial Chinaski, et personne ne m'épousera jamais, personne, voyez-vous, je suis affligée d'une difformité, au cou, je suis née comme ça. Personne ne m'épousera jamais. »

Un soir, j'étais plein. « Oubliez tout ça, je lui ai écrit, moi, je vais vous épouser. Oubliez votre cou. Je ne suis pas un Adonis non plus. Vous avec votre cou et moi avec ma tronche de dompteur griffé par le lion – je nous vois très bien descendre la rue bras dessus bras dessous! »

J'ai posté la chose et tout oublié; j'ai bu une autre canette de bière et suis allé me coucher.

Par retour du courrier, j'ai reçu une lettre : « Oh! je suis tellement heureuse! Tout le monde me dévisage, puis me dit : " Niki, qu'est-ce qui t'arrive? Tu es RADIEUSE, éblouissante!!! Que se passe-t-il? " Je ne veux rien leur dire! Oh! Henry, JE SUIS SI HEUREUSE! »

Elle avait joint quelques photos, des photos particulièrement moches. J'ai eu la trouille. Je suis sorti acheter une pinte de whisky. J'ai examiné les photos en buvant du whisky. Je suis tombé à genoux sur le tapis :

– Ô Seigneur, doux Jésus, qu'ai-je fait? Quel péché ai-je donc commis? Bon, j'vais vous dire un truc, les gars, je vais consacrer le restant de mes jours à rendre heureuse cette pauvre femme! Ce sera infernal, mais j'suis costaud, et quelle meilleure raison de vivre que de rendre quelqu'un d'*autre* heureux?

Je me suis relevé du tapis, pas trop certain de la dernière partie de ma promesse...

Une semaine plus tard, j'attendais à la gare des bus; saoul, j'attendais l'arrivée d'un bus en provenance du Texas.

Ils ont annoncé le bus au haut-parleur et je me suis préparé à mourir. En les regardant franchir le portillon des arrivées, je les comparais mentalement aux photos. Soudain, j'ai vu une jeune blonde, dans les vingt-trois ans, belles jambes, démarche alerte, visage innocent et un peu snob, mutin est le terme exact, et un cou pas mal du tout. J'avais trente-cinq ans à l'époque.

J'ai marché à sa rencontre.

– Êtes-vous Niki?

– Oui.

– Chinaski. Laissez-moi porter votre valise.

On a marché jusqu'au parking.

– Je vous attends depuis trois heures, j'suis à bout de nerfs, c'est infernal l'attente. La seule chose que j'ai pu faire, c'est descendre quelques verres au bar.

Elle a posé la main sur le capot de la voiture.

– Le moteur est encore chaud. Tu viens juste d'arriver, mon salaud!

J'ai ri.

– Tu as raison.

On est monté dans ma vieille guinde et j'ai démarré. On

s'est marié rapidement à Las Vegas, et tout mon fric y est passé, entre la cérémonie et le billet de bus pour retourner au Texas.

J'ai pris le bus avec elle; il me restait trente-cinq *cents* en poche.

– Je ne sais pas si ma décision plaira beaucoup à papa, dit-elle.

– Ô doux Jésus, je priais, aidez-moi à être fort, aidez-moi à être courageux!

Elle n'a pas arrêté de m'exciter, de me peloter, de me flatter tout le long du chemin, jusqu'à ce petit bled du Texas. On est arrivé à deux heures et demie du mat; au moment de sortir du bus, j'ai cru entendre le chauffeur dire : « Qui c'est, l'épave que tu trimbales avec toi, Niki? »

Dans la rue, je lui ai demandé :

– T'as entendu ce que le chauffeur a dit? J'crois qu'il t'a dit kek chose...

Je jouais avec les trente-cinq *cents* au fond de ma poche.

– Il n'a rien dit. Allez, viens avec moi.

Elle a gravi les marches d'un immeuble du centre ville.

– Hé, bon Dieu, quesse tu fais?

Elle a mis une clef dans la serrure et la porte s'est ouverte. J'ai regardé au-dessus de la porte; gravée dans la pierre au-dessus du linteau, il y avait l'inscription : HÔTEL DE VILLE.

Nous sommes entrés.

– Je veux voir s'il y a du courrier pour moi.

Elle est allée dans son bureau et a regardé sur une table.

– Nom de Dieu, pas de courrier! Je parie que cette *salope* m'a piqué mon courrier!

– Quelle salope? Quelle salope, chérie?

– J'ai une ennemie. Suis-moi.

On a descendu le couloir et on s'est arrêté devant une porte. Elle m'a tendu une épingle à cheveux.

– Tiens, essaie de crocheter cette serrure.

J'ai essayé un bon moment. Je voyais déjà les gros titres :

UN CÉLÈBRE ÉCRIVAIN ET UNE ANCIENNE PROSTITUÉE SURPRIS ALORS QU'ILS ESSAYAIENT DE PÉNÉTRER DANS LE BUREAU DU MAIRE!

J'ai pas réussi à crocheter la serrure.

Nous sommes allés jusqu'à chez elle à pied, directo au pieu, et nous avons achevé ce que nous avions commencé dans le bus.

J'étais installé depuis deux jours quand un matin, vers neuf heures, on a sonné. Nous étions au lit.

– Et merde! j'ai fait.

– Va voir qui c'est, elle a dit.

J'ai enfilé un minimum de vêtements et je suis allé ouvrir. Il y avait un nain à la porte, un nain qui tremblait de la tête aux pieds à intervalles réguliers – il devait être malade. Il portait une petite casquette de chauffeur.

– Monsieur Chinaski?

– Ouais?

– M. Dyer m'a demandé de vous montrer les environs.

– Une seconde.

Je suis rentré.

– Dis donc, chérie, il y a un nain à la porte qui affirme que M. Dyer veut me montrer les environs. Un nain qui tremble comme une feuille.

– Eh bien, va avec lui. C'est mon père.

– Qui, le nain?

– Non, M. Dyer.

J'ai mis mes chaussettes et mes chaussures, puis j'ai rejoint le nain.

– O.K., vieux, j'ai dit, allons-y.

On a sillonné la ville et les faubourgs.

– M. Dyer possède cela, signalait le nain, je regardais, et M. Dyer possède cela, et je regardais.

Je ne disais rien.

– Toutes ces fermes, continuait-il, M. Dyer possède toutes ces fermes; il laisse les paysans travailler la terre, après quoi ils partagent les bénéfices.

Le nain m'a emmené au cœur d'une forêt verte. Il m'a montré quelque chose.

– Vous voyez ce lac?

– Moui.

– Il y a sept lacs dans le coin, pleins de poissons. Vous voyez les dindes en vadrouille?

– Moui.

– Ce sont des dindes sauvages. M. Dyer loue tout cela à un club de pêche et de chasse, qui s'en occupe. Naturellement, M. Dyer et ses amis peuvent s'y rendre quand ils le désirent. Vous aimez pêcher ou chasser?

– J'ai pas mal chassé, dans le temps, j'ai répondu.

Nous avons continué.

– M. Dyer est allé à l'école ici.

– Ah oui?

– Oui, dans ce bâtiment de brique, pour être exact. Maintenant, il l'a racheté pour en faire une sorte de monument.

– Étonnant.

Nous sommes rentrés.

– Merci, je lui ai dit.

– Voulez-vous que je revienne demain matin? Il y a d'autres choses à voir.

– Non, merci, ça va.

Je suis rentré à la maison. Une fois de plus, j'étais le roi...

Je préfère m'arrêter ici, plutôt que de vous raconter comment j'ai perdu tout ça, bien que cela ait à voir avec un Turc portant une épingle de cravate pourpre, ayant de la culture et des manières raffinées. Contre lui, je ne faisais pas le poids. Mais le Turc aussi est tombé en disgrâce, et aux dernières nouvelles elle était en Alaska, mariée à un Eskimo. Elle m'a envoyé une photo de son bébé, en me disant qu'elle écrivait toujours et qu'elle était vraiment heureuse. Je lui ai répondu : « Accroche-toi, chérie, le monde est fou. »

TABLE DES MATIÈRES

Dans la collection Les Cahiers Rouges

Joseph d'Arbaud	42	*La Bête du Vaccarès*
Marguerite Audoux	79	*L'Atelier de Marie-Claire*
Marguerite Audoux	78	*Marie-Claire*
Marcel Aymé	23	*Clérambard*
Béatrix Beck	92	*La Décharge*
Béatrix Beck	93	*Josée dite Nancy*
Julien Benda	127	*La Trahison des clercs*
Emmanuel Berl	80	*Rachel et autres grâces*
Princesse Bibesco	115	*Catherine Paris*
Ambrose Bierce	47	*Histoires impossibles*
Ambrose Bierce	68	*Morts violentes*
André Breton, Lise Deharme, Julien Gracq, Jean Tardieu	52	*Farouche à quatre feuilles*
Charles Bukowski	164	*Au sud de nulle part*
Charles Bukowski	108	*L'amour est un chien de l'enfer t.1*
Charles Bukowski	121	*L'amour est un chien de l'enfer t.2*
Charles Bukowski	60	*Le Postier*
Erskine Caldwell	17	*Une lampe, le soir...*
Henri Calet	161	*Contre l'oubli*
Ferreira de Castro	95	*Forêt vierge*
Blaise Cendrars	01	*Moravagine*
Blaise Cendrars	120	*Rhum*
Blaise Cendrars	72	*La Vie dangereuse*
André Chamson	61	*L'Auberge de l'abîme*
Jacques Chardonne	18	*Claire*
Jacques Chardonne	39	*Lettres à Roger Nimier*
Jacques Chardonne	101	*Les Varais*
Jacques Chardonne	32	*Vivre à Madère*
Alphonse de Châteaubriant	49	*La Brière*
Bruce Chatwin	77	*En Patagonie*
Hugo Claus	74	*La Chasse aux canards*
Jean Cocteau	88	*La Corrida du 1er Mai*
Jean Cocteau	116	*Les Enfants terribles*
Jean Cocteau	09	*Journal d'un inconnu*
Jean Cocteau	114	*Lettre aux Américains*
Jean Cocteau	33	*Portraits-souvenir*
Vincenzo Consolo	125	*Le Sourire du marin inconnu*
Salvador Dali	107	*Les Cocus du vieil art moderne*
Léon Daudet	29	*Les Morticoles*
Joseph Delteil	15	*Choléra*
Joseph Delteil	69	*Les Poilus*

Joseph Delteil 16 *Sur le fleuve Amour*
André Dhôtel 27 *Le Ciel du faubourg*
Charles Dickens 145 *De grandes espérances*
Carlo Emilio Gadda 140 *Le Château d'Udine*
Gabriel García Márquez 132 *Des feuilles dans la bourrasque*
Gabriel García Márquez 137 *Des yeux de chien bleu*
Gabriel García Márquez 123 *Les Funérailles de la Grande Mémé*
Gabriel García Márquez 124 *L'Incroyable et triste histoire de la candide Erendira*
Gabriel García Márquez 138 *La Mala Hora*
Gabriel García Márquez 130 *Pas de lettre pour le colonel*
Gauguin 156 *Lettres à sa femme et à ses amis*
Maurice Genevoix 02 *La Boîte à pêche*
Nathalia Ginzburg 139 *Les Mots de la tribu*
Jean Giono 34 *Mort d'un personnage*
Jean Giono 71 *Naissance de l'Odyssée*
Jean Giono 155 *Regain*
Jean Giraudoux 46 *Bella*
Jean Giraudoux 103 *Siegfried et le Limousin*
Ernst Glaeser 62 *Le Dernier Civil*
William Goyen 142 *Savannah*
Jean Guéhenno 117 *Changer la vie*
Louis Guilloux 134 *Angélina*
Louis Guilloux 76 *Dossier confidentiel*
Louis Guilloux 05 *La Maison du peuple*
Kléber Haedens 35 *Adios*
Kléber Haedens 89 *L'été finit sous les tilleuls*
Kléber Haedens 97 *Une histoire de la littérature française*
Knut Hamsun 53 *Vagabonds*
Joseph Heller 44 *Catch 22*
Louis Hémon 19 *Battling Malone*
Louis Hémon 55 *Monsieur Ripois et la Némésis*
Hermann Hesse 82 *Siddhartha*
Panaït Istrati 30 *Les Chardons du Baragan*
Pascal Jardin 102 *La Guerre à neuf ans*
Ernst Jünger 157 *Le Contemplateur solitaire*
Franz Kafka 10 *Tentation au village*
Jacques Laurent 41 *Le Petit Canard*
Le Golif 59 *Cahiers de Le Golif, dit Borgnefesse*
Paul Léautaud 126 *Bestiaire*
G. Lenotre 99 *La Révolution par ceux qui l'ont vue*
G. Lenotre 100 *Sous le bonnet rouge*
Primo Levi 85 *La Trêve*
Suzanne Lilar 131 *Le Couple*
Pierre Mac Orlan 11 *Marguerite de la nuit*
Vladimir Maïakovski 112 *Théâtre*
Norman Mailer 81 *Pourquoi sommes-nous au Vietnam ?*
Norman Mailer 36 *Un rêve américain*
Curzio Malaparte 165 *Technique du coup d'État*

André Malraux	28	*La Tentation de l'Occident*
Thomas Mann	03	*Altesse royale*
Heinrich Mann	13	*Professeur Unrat (l'Ange bleu)*
Thomas Mann	25	*Sang réservé*
François Mauriac	37	*Les Anges noirs*
François Mauriac	38	*La Pharisienne*
Paul Morand	90	*Air indien*
Paul Morand	83	*Bouddha vivant*
Paul Morand	113	*Champions du monde*
Paul Morand	48	*L'Europe galante*
Paul Morand	04	*Lewis et Irène*
Paul Morand	67	*Magie noire*
Alvaro Mutis	163	*Ilona vient avec la pluie*
Alvaro Mutis	159	*La Neige de l'Amiral*
Vladimir Nabokov	06	*Chambre obscure*
Irène Némirovsky	122	*L'Affaire Courilof*
Irène Némirovsky	51	*Le Bal*
Irène Némirovsky	63	*David Golder*
Irène Némirovsky	87	*Les Mouches d'automne*
Paul Nizan	50	*Antoine Bloyé*
François Nourissier	07	*Un petit bourgeois*
René de Obaldia	08	*Le Centenaire*
René de Obaldia	151	*Innocentines*
Joseph Peyré	40	*L'Escadron blanc*
Joseph Peyré	98	*Sang et Lumières*
Charles-Louis Philippe	57	*Bubu de Montparnasse*
André Pieyre de Mandiargues	118	*Le Belvédère*
André Pieyre de Mandiargues	119	*Deuxième Belvédère*
André Pieyre de Mandiargues	26	*Feu de Braise*
Henry Poulaille	65	*Le Pain quotidien*
John Cowper Powys	96	*Camp retranché*
Charles-Ferdinand Ramuz	66	*Aline*
Charles-Ferdinand Ramuz	43	*Derborence*
Charles-Ferdinand Ramuz	104	*La Grande Peur dans la montagne*
Jean François Revel	75	*Sur Proust*
André de Richaud	22	*La Barette rouge*
André de Richaud	86	*La Douleur*
André de Richaud	20	*L'Étrange Visiteur*
Rainer-Maria Rilke	24	*Lettres à un jeune poète*
Marthe Robert	94	*L'Ancien et le Nouveau*
Mark Rutherford	111	*L'Autobiographie de Mark Rutherford*
Maurice Sachs	73	*Au temps du Boeuf sur le toit*
Vita Sackville-West	141	*Au temps du roi Edouard*
Leonardo Sciascia	128	*L'Affaire Moro*
Leonardo Sciascia	110	*Du côté des infidèles*
Leonardo Sciascia	109	*Pirandello et la Sicile*
Jorge Semprun	144	*Quel beau dimanche*
Victor Serge	58	*S'il est minuit dans le siècle*

Cet ouvrage a été reproduit
par procédé photomécanique
par la SOCIÉTÉ NOUVELLE FIRMIN-DIDOT
Mesnil-sur-l'Estrée
pour le compte des éditions Grasset
en septembre 1992

Imprimé en France
Dépôt légal : septembre 1992
N° d'édition : 8860 – N° d'impression : 21097
ISBN 2-246-28262-4
ISSN 0756-7170